中国小小说名家档案

ZHONGGUO XIAOXIAOSHUO
MINGJIA DANGAN

爸爸，我是卡拉

陈力娇◎著

吉林出版集团股份有限公司

总 策 划：尚振山

策划编辑：东　方

责任编辑：张晓华　韩　笑

封面设计：三棵树

版式设计：麒麟书香

图书在版编目（CIP）数据

　　爸爸，我是卡拉/陈力娇著．—长春：吉林出版集团

股份有限公司，2010.4

　（中国小小说名家档案）

　　ISBN 978 - 7 - 5463 - 2847 - 8

　　Ⅰ.①爸…　Ⅱ.①陈…　Ⅲ.①小小说 - 作品集 -

中国 - 当代　Ⅳ.①I247.8

　　中国版本图书馆 CIP 数据核字（2010）第 069687 号

书　　名：	爸爸，我是卡拉
著　　者：	陈力娇
开　　本：	710 mm×1092 mm　1/16
印　　张：	15.5
版　　次：	2010 年 5 月第 1 版
印　　次：	2017 年 6 月第 2 次印刷
出　　版：	吉林出版集团股份有限公司
发　　行：	北京吉版图书有限责任公司
地　　址：	北京市西城区椿树园 15-18 号底商 A222
	邮编：100052
电　　话：	总编办：010-63109269
	发行部：010-63104979
印　　刷：	北京一鑫印务有限责任公司
书　　号：	ISBN 978 - 7 - 5463 - 2847 - 8
定　　价：	30.00 元

一种文体和一个作家群体的崛起

——《中国小小说名家档案》序

最近几年，由于工作的关系，我开始接触并关注小小说文体和小小说作家作品。在我的印象中，小小说是一种非常古老的文体，它的源起可以追溯到《山海经》《世说新语》《搜神记》等古代典籍。可我又觉得，小小说更是一种年轻的文体，它从上世纪80年代发轫，历经90年代的探索、新世纪的发展，再到近几年的渐趋成熟，这个过程正好与我国改革开放的30年同步。我觉得这是一个非常有意义和非常有意思的文化现象，而且这种现象昭示着小说繁荣的又一个独特景观正在向我们走来。

首先，小小说是一种顺应历史潮流、符合读者需要、很有大众亲和力的文体。它篇幅短小，制式灵活，内容上贴近现实、贴近生活、贴近群众，有着非常鲜明的时代气息，所以为广大读者喜闻乐见。因此，历经20年已枝繁叶茂的小小说，也被国内外文学评论家当做"话题"和"现象"列为研究课题。

其次，小小说有着自己不可替代的艺术魅力。小小说最大的特点是"小"，因此有人称之为"螺丝壳里做道场"，也有人称之为"戴着

1

镣铐的舞蹈"，这些说法都集中体现了小小说的艺术特点，在于以滴水见太阳，以平常映照博大，以最小的篇幅容纳最大的思想，给阅读者认识社会、认识自然、认识他人、认识自我提供另一种可能。

还有非常重要的一点，小小说文体之所以能够迅速崛起，离不开文坛有识之士的推波助澜，离不开广大报刊的倡导规范，离不开编辑家的悉心栽培和评论家的批评关注，也离不开成千上万作家们的辛勤耕耘和至少两代读者的喜爱与支持。正因为有方方面面的共同努力形成"合力"，小小说才得以在夹缝中求生存、在逆境中谋发展。

特别是2005年以来，小小说领域举办了很多有影响力的活动，出版了不少"两个效益"俱佳的图书，也推出了一批有代表性的作家和标志性的作品。今年3月初，中国作家协会出台了最新修订的《鲁迅文学奖评奖条例》，正式明确小小说文体将以文集的形式纳入第五届鲁迅文学奖短篇小说奖的评奖。而且更有一件值得我们为小小说兴旺发展前景期待的事：在迅速崛起的新媒体业态中，小小说已开始在"手机阅读"的洪潮中担当着极为重要的"源头活水"，这一点的未来景况也许我们谁也无法想象出来。总之，小小说的前景充满了光耀。

在这样的历史背景下，《中国小小说名家档案》的出版就显得别有意义。这套书阵容强大，内容丰富，风格多样，由100个当代小小说作家一人一册的单行本组成，不愧为一个以"打造文体、推崇作家、推出精品"为宗旨的小小说系统工程。我相信它的出版对于激励小小说作家的创作，推动小小说创作的进步；对于促进小小说文体的推广和传播，引导小小说作家、作品走向市场；对于丰富广大文学读者特别是青少年读者的人文精神世界，提升文学素养，提高写作能力；对于进一步繁荣社会主义文化市场，弘扬社会主义先进文化有着不可估量的积极作用。

最后，希望通过广大作家、编辑家、评论家和出版家的不断努力，中国文坛能出更多的小小说名家、大家，出更多的小小说经典作品，出更多受市场欢迎的小小说作品集。让我们一起期待一种文体和一个作家群体的崛起！

中国作家协会党组成员、书记处书记

中国作家协会副主席

中国作家出版集团管委会主任

何建明

目 录

■ 作品评论

■ 创作心得

■ 创作年表

金训华

　　沿着江边往上游走，一直走到大顶子山，水面浩然辽阔，没有尸体。

　　马栋说，我们回去吧，看来他没在这儿。荆澥不干，他已经筋疲力尽。荆澥说，不行，一定找到金训华，不然我一生不得安宁。

　　马栋说，可这也不怨你呀，要怨就怨当地老百姓，是他们让他抢救电线杆，那电线杆就是让水冲走了，能值多少钱呀，能比人的命值钱吗？

　　荆澥不说话，沙滩上的碎石硌痛了他的脚，他把它脱下来，往一块大石头上磕。边磕边说，电线杆也是命，老百姓的命。马栋听他这么一说，愣了，捡起一个石子狠命往远处的水面抛去。

　　马栋预感荆澥完了，荆澥的魂肯定和金训华一起死了。当初他和荆澥一起来双河，在火车上，马栋就觉得荆澥的眼睛围着金训华转，那会儿的荆澥，心里承受能力弱到了极点，再加一个草棍他都能崩溃。

　　而金训华，才比他大一岁，却是乐观积极，一会儿帮乘务员拖地，一会儿帮伙伴们倒水，一会儿给大家讲解旅行常识。从上海跨越六千里，到黑龙江北陲，漫长而寂寞，这中间的跨度，让金训华的快乐，减少了一半。

　　黑龙江的双河，是个破陋的村庄，房屋低矮，泥土草墙，四野空旷苍茫。在上海长大的荆澥，看到这凋败的景象，一下车，就蹲在地上哭了。

　　这哭是绝望，谁都知道。且金训华没有挑破这些，他是领队的，他的队伍不能溃败，他像父亲一样，把荆澥从地上拉起来，让他趴在自己的肩头，足足有十分钟，他轻轻地拍着荆澥的背部，安抚着他受惊的灵魂，他们谁都没有提前结束这拥抱。

　　后来荆澥告诉马栋，他那一刻崩溃了，觉得他的魂飘出了体外，恐怖地在他的头顶旋呀旋，不肯离去。是金训华，像捋一根丝线一样，把它一点点地又送回了他的体内。

一个月以后，荆溆和马栋在食堂里做饭时，荆溆对马栋说了这样的话，荆溆的眼神里，有把自己的生命，交付给金训华的愿望。

交付给金训华不是没有机会，金训华已安排荆溆去食堂做饭。

食堂里最累的活是挑水。每天洗菜做饭要用两大缸水。都要到村中央的井里去担，全村就一口井，知青点又在村西。荆溆单薄的体格去做这样的事，是很费劲的。他正愁苦难当，金训华来了，他是帮荆溆担水来的，金训华把荆溆最棘手的事做了。

为了感谢金训华，荆溆在吃饭上照顾金训华，土豆白菜汤，他会给金训华多盛些干的，馒头他会给金训华捡大的，锅贴他会给金训华选没糊的。金训华对这些是体会在心的，他也没有指出荆溆不该这样做，只是吃饭的时候，他会把多出的这部分，拨给那些没吃饱的战友，这样一来，金训华吃的份饭，就比原来正常的还少了。

荆溆和马栋都把这看在眼里，荆溆说，我做了蠢事了。马栋说，是金训华太蠢了，他这么做分明是有利可图，为自己的名利地位。荆溆说，他不这么做行吗？他不这么做，我那天就疯了；他不这么做，全青年点的人都会自私自利。

从此以后，荆溆再乜不给金训华多盛饭了，他看到金训华也不再为别人拨饭了。

这年夏天水大极了，水没来之前就满天的蝴蝶和蜻蜓。

金训华说，山洪要来了，准备抢险吧。

这天金训华感冒并拉肚子，山洪可没管金训华感没感冒、拉没拉肚子，它说来就来了。它以迅雷不及掩耳之势，向知青们挑战了。金训华带领大家拦洪修坝。三天人就瘦得不成样子。荆溆把一枚煮熟的鸡蛋给了金训华，他说，你吃了吧，这是王大妈给我的。今天我生日。

荆溆特意把鸡蛋的来历说清，他怕不说清金训华不吃。而金训华也果然没吃，他把它给了张嫂的孩子。

这时有人来报，大水把堆在河沿上的 150 根电线杆泡上了，已经有两根被冲走了。听到这话，金训华第一反应就是，保护电线杆。

金训华跳入了洪水，荆渺也跳了下去。但是水流太快了，以每秒七八米的流速过滤着河滩，他俩在水里拼争着，旋涡一次次扑过来……

马栋说，你说金训华傻不傻，是命重要还是电线杆重要？马栋望着已经驯服的江水问荆渺。荆渺愣愣地梗着脖子不回答，找不到金训华让他怒气冲冲。可是只一会儿，荆渺的大嘴巴就很冲地喷出一句话：命也不重要，电线杆也不重要，老百姓重要，革命利益重要。

马栋凝重起来，他蹲在地上，望着江水，自言自语道：这革命利益到底是啥呢？让金训华没了性命。十年以后，荆渺用实际行动回答了这个问题，他留在了白山黑水，为金训华默默守墓一辈子，这时的马栋他们，已然回到了繁华的大都市。

天若有情

阿粉爱吃凉皮，动辄去正大商城地下吃王记凉皮。

王记凉皮是陕西名吃，酸甜可口，香气怡人。阿粉忘吃什么，也不会忘吃陕西凉皮。这天阿粉正吃着，接到哥哥的电话，哥哥说，阿粉，吃凉皮呢？阿粉停止了咀嚼，问，你怎么知道？哥哥说，我有位病人，想吃陕西凉皮，你速给他送来一碗。

阿粉一听直咧嘴，一块未嚼的凉皮脱落在碗中。阿粉说，哥呀，为人民服务也未必到这份儿上呀，我非去不可吗？阿粉的哥哥很坚定，说，非去不可。又说，十分钟后我也到，对了，你穿着你的粉色上衣，开法拉利跑车。

阿粉有两辆车，平日里开马自达，只有兜风时开法拉利。法拉利是红色的，篷顶露着，在原野上一跑，像天上的太阳落下来，不住地滚动。

阿粉努努嘴，十分钟后启程了，后备箱里，装一塑料袋王记凉皮。

通往郊外的路是笔直的柏油马路，阿粉的跑车一路飞翔，高分贝音响把小鸟震得纷纷逃窜。阿粉乐得直颠屁股。阿粉有三个哥哥，但是她和这个哥哥最好。阿粉爱跳街舞，大哥二哥都反对，只有这个哥哥支持她，给她置办光盘，纠正她饮食，极力把她塑造成跳街舞的好坯子。

一想到这个叫阿法的哥哥，阿粉就觉得自己很爱他。

郊外的草屋到了，阿粉把车子停好，提着王记凉皮择路前行。

说草屋太不为过了，一望无际的田野里，就这一间屋子，往远看，才在目光所及之处看到一簇簇民房。那是一个村庄，有袅袅炊烟爬向天空。

进了草屋，阿粉的小红凉鞋脚尖着地，几步跳到哥哥的近前，哥哥正给病人吸痰，吸痰机嘤嘤地响。哥哥操作得很认真，见她来没抬头，目不转睛地盯着病人的变化。病人躺在炕上，是个老头儿，气若游丝，闭着眼睛，瘦剩了骨头。阿粉的身上，就直起鸡皮疙瘩。

哥哥把他的痰吸出后，接着就把病人手背上的滴管拔掉了。阿粉也发现那输液管的药液不走了，一动不动在那停着。哥哥拔掉后把药瓶和滴管一并递给了阿粉，阿粉用表情问哥哥，不要？哥哥点头，示意扔到墙角处。

然后哥哥俯下身，凑近病人的耳边说，老伯，阿粉来了，你和她说点什么？被叫做老伯的人眼睛动了动，却没有说出话。哥哥就把他骨瘦如柴的手，拉过来放在阿粉的手上，阿粉想抽出来，哥哥嗔怪地向她瞪眼，阿粉就只有听哥哥的了。

阿法对老伯说，这就是阿粉，这是阿粉的手，你牵过的。

病人依旧闭着眼睛，阿粉细嫩的手握在他手里时，他使出最大的力气攥了攥，但在阿粉觉得，还是过于轻，像一块粗布缠了一下手，有气无力。但是阿粉却看到有两行饱满的泪，从病人的眼角向两边流下去。阿法为他擦眼，很轻很轻。

阿法又把阿粉往他跟前推了推，说，阿粉二十岁了，她是个很漂亮的姑娘。

阿法说完这话，忙把一只凳子塞在阿粉的屁股下，让她坐，然后把老伯的手放在阿粉细润的脸上。病人有了强烈的反应，那泪就流得更欢了。

阿粉已经不害怕了，她握住了老伯的手，牵引它在自己的脸上走，她想帮老伯识别这二十年她积累的青春。她知道，这是个快要走完生命旅程的人，她不能让他完不成什么。况且还是阿法哥哥吩咐的。

老伯似乎很满意，他的眼睛睁了一条缝儿，阿法不失时机地说，你瞧见阿粉穿的衣服了吗？是粉色的，是你最喜欢的颜色，也是阿粉最喜欢的颜色。

老伯的情绪出现了反常，他的呼吸急促起来，眼睛顿时异常地亮。

阿法看到这种迹象，迅速拿起自己的急救包，取出一个一次性针管，熟练地撕开，取出，然后把亮晶晶的针头插进了老伯的血管。

阿粉看到，一股黑紫的血流了出来，又黏又稠。然后阿法把针管小心地放了起来，又用棉球迅速擦拭了老伯胳膊上的针眼儿。但这已经是多余的了，因为老伯已去了另一个世界。

老伯死后的第三天，阿法把阿粉带到他们母亲的坟前，母亲已经离开他们二十年了，阿粉知道，母亲是生她时难产死的。这已不足为奇，让阿粉吃惊的是，老伯的棺木也埋在母亲的坟边，他们一起住在离草屋不远的一块朝阳的地方。

阿法很沉痛地告诉了阿粉，老伯就是为守护他们的母亲，一生哪也不去，只住自己的草屋。更令阿粉接受不了的是，阿法递给阿粉一张 DNA 检测单，上面有阿法的批字，证明老伯和阿粉有血缘关系。

阿粉这才明白，她和哥哥阿法，不是同一个父亲。

火烧云

暑假回家，马豆梗去东舞玩台球，一杆子挑下马小二，备受尊崇，高兴之余把衣服忘在了台球室，衣服里有他五百元钱。

这钱可来之不易，是马豆梗打工挣来的。整整一学期，他选修课都没上，成了"马豆梗牌"洗碗机，累得腰酸背疼不说，还把一摞高档碗碟跌成一堆碎瓷，到底人家说不用他了，才赔了款回家度假。

马豆梗把钱丢了，心情自然写在脸上。马豆梗的妈妈见状，说，儿呀，你不舒服？马豆梗说，没有，没有不舒服。马豆梗妈妈打破沙锅问到底，没有不舒服你怎么不舒服？马豆梗烦了，大声嚷嚷，什么舒服不舒服的，我就是心里难受。马豆梗的妈妈知道儿子心里有事，尽力让自己和悦，说，儿呀，什么事能难倒英雄汉呢？有事说了，化解了，一天云彩就散了，前面还有那么多事等着你做呢。

马豆梗妈妈后面的话，对马豆梗起了作用，他瞟了一眼病重在床的妈妈，终于低下头，说，我把钱包丢了，衣服忘在东舞台球室了。马豆梗的妈妈如释重负，说，就这事呀，多简单呵，去找哇，愣在这儿干什么？马豆梗说，老妈呀，那是钱啊，尔以为是豆包？

马豆梗妈妈坐起身，她的肺不好，一阵阵喘息，马豆梗就很后悔和她说丢钱的事。妈妈喘了一会儿，说，儿呀，什么事不能过早下结论，也不能过早就放弃，你没去怎么知道找不到？

马豆梗不愿听了，更烦了，一头扎在自己的床上。这回轮到马豆梗的妈妈大声嚷嚷，她命令儿子，尔不能躺着，你必须马上去！妈妈的态度，大有如马豆梗不去，她亲自去的架势。马豆梗察觉出，就扑棱坐起身，头也不回出去了。

走出家门的马豆梗并没有去东舞，对找回钱他根本不抱希望。

可是马豆梗去哪儿呢？去朋友那里？他总不能把自己的坏情绪传递给朋友吧？就独自去了他高中时的母校。校园很大，到处是郁郁葱葱的树木，鹅黄色的教学楼和林阴小路，都带给马豆梗温馨的回忆。

上大学要走那年，他和妈妈曾来过一次校园，那天妈妈特意买了胶卷，想和儿子多照几张供以后回忆的照片。那天他们很尽兴，以各种姿势照了许多不同凡响的人物风景照。

但是事情就是没有太完美的。回来的路上，马豆梗由于兴奋，相机的绳套在手腕上，不住地悠，马豆梗的妈妈想阻止他，看儿子谈兴正浓，没好意思张口，结果那相机就像一只会飞的鸟，一飞飞出挺远，落地时五脏六腑都出来了。

曝光了。当时反映在母子俩脑子里的，都是这令人沮丧的信息。

捡起相机时，马豆梗满脸尴尬，他望着妈妈说，真对不起，白白浪费了妈妈一天的时间。马豆梗的妈妈也觉得这个结果太不如人意，但她说，没问题吧，我们把它拿到照相馆，没准能抢救出来几张呢。马豆梗本来就扫兴，听妈妈一说，就不高兴起来，说，你懂不懂呀，这叫曝光，有多少报废多少。而妈妈那天特别执拗，可能她太看中这些照片了。她说，万一呢，万一有好的呢？马豆梗觉得没法往下谈了，就说，我回家了。扔妈妈一个人拿着破碎的相机站在那发愣。

马豆梗上学走那天，妈妈像孩子一样把手藏在背后，声称要给马豆梗一样礼品，当这礼品摆在马豆梗面前时，马豆梗吃了一惊，他看到了他和妈妈那天在校园照的照片。马豆梗的妈妈说，你看，虽才抢救出这几张，但也是我们那个日子里的回忆呀，对过去来说，它是精华，谁都无法找回，只有这些照片呀。

马豆梗那天想了很多，那以后在大学的日子里，他时不时拿出这些照片看，一看就是老半天。其中有几张边沿上发红，是曝光所致，可马豆梗并没有嫌弃它们，他把它当成了天边的火烧云。

那一朵朵云霞，一直燃烧了他大学的四年，每一天都给了他全新的希望。

马豆梗正想着，手机响了，是妈妈打来的，妈妈开口就说，儿子，你去东舞了吗？马豆梗的思绪还没从往事中出来，就沉吟着没马上回答。妈妈紧接着又说，儿呀，不管什么时候都要记住，不到万不得已时绝不能放弃希望，白天应想到夜的黑，这是对的，但是没有夜晚怎谈白天美丽？

马豆梗的妈妈好像刚服了药，她一点都没喘。这让马豆梗很愉悦，他似一跃而起，马上回答妈妈：我在路上，正往东舞走呢，用不了几分钟就到了。这样的回答马豆梗自己很满意，因为他已经开始向东舞的方向迈动了脚步。

妈妈悦耳的笑声传了过来，似铃声，宣布着马豆梗这堂课的胜利。

回 家

珍珠是一头猪，猪们在开会。珍珠是组长，珍珠说，主人今天不在家，我们要把栅栏门哄翻，然后突围出去。

亮蹄说，是呵，人类太拿我们不当回事了，不给我们自由，唯一给点好吃的，还是为了杀了我们。

四眼说，最可恨的是他们还嫌我们长得不胖，给我们吃添加剂，我现在胖得都走不动路了，离死越来越近了。

四眼的话音刚落，一群猪围了上来。积极响应珍珠的号召。小丽说，哪里只是胖啊，我现在瘦得见风都打晃了，胃里火烧火燎的，城里人喜欢吃瘦肉，主人专门给我吃了只长个儿不长膘的药，你们看我现在苗条的，就跟少女似的。

大家向小丽看去，果然看到她骨骼高挑得比大家高出许多。这才想起每天进食的时候小丽都到另一个栅栏里和十二崽一起吃。十二崽是小丽的孩子们，白刷刷十二个小猪崽，平时大家还以为这是小丽生产后特殊的待遇呢，现在看显然不是。

珍珠说，所以我们得逃。主人去城里又给我们买添加剂了，吃了它，我们要多丑有多丑，要命的是我们只有四个月的活头了，四个月添加剂会把我们鼓成气球。我们要趁他没回来，把属于我们自己的世界夺回来。

对！亮蹄第一个向栅栏门冲去，他想把栅栏门撞碎，却让一棵铁钉刺破了嘴唇。四眼说，你真傻呀，你难道不知门这东西比什么都坚固吗？人类用它关我们祖祖辈辈，有谁冲破了这道门？

四眼的话让大家静下来，每头猪都在想着对策。可是对策哪是一时想出来了的。多少年了，猪都是由人摆布，人是猪的上帝，他们从养猪起就没想过让猪好。猪们想到这，一个个垂下头去。小丽自生产后身体一直不好，就躺下来等候大家的主意。十二崽们在一边玩，他们还什么都不懂，铆足了劲在打闹。

珍珠说，我们一起吼，主人家的小主人在家，我们一吼她就学不了习了，她就会为我们开门。小丽一骨碌爬起来，说，不能影响小主人，她很善良，常喂我的十二崽饼干，她交不上作业会急死的。亮蹄瞪了她一眼，说，就你事多，不吼，我们还有别的办法吗？难道就等死吗？大家一起怒视小丽，小丽就不知怎么回答了，她也不想等死，她想把她的十二崽养大，哪怕有一个能冲出栅栏，回到山林，她的愿望就实现了。

小丽是多么怀念山林啊，她的爸爸是头野猪。

珍珠看大家想不出办法，就目测一下栅栏和远处树林的距离，说，亮蹄，你平时跳高不错，你试着跳出去，到森林找小丽的爸爸，请他来援救我们。亮蹄听了珍珠的话，想了想说，办法倒可以，可是这栅栏也太高了，我跳不过去，掉下来会摔死的。

四眼说，摔死也是为国捐躯呀，你不过是比我们早死几个月，我们这样的生命，哪有活到白头到老的。

亮蹄生气了，瞪了四眼一眼，看着他胖得走不动路的体态，调过头去。四眼不吭声了，他在打一节土墙的主意，这土墙是他平时擦痒痒的地方，有一块已经被他弄得松动了，四眼现在就想从这松动的土墙打开缺口。

大家猜透了四眼的心思，都过来帮忙。但是他们很快发现，弄倒土墙也不是件容易的事，土墙外面是黄泥，里面的砖和水泥，还有钢筋，他们发现纵使再有本事，也是颠覆不了这现代化的东西。

小丽叹气，说，这要是我爸，一身本领，不会被这点小事难住的。他整天在森林里奔跑，老虎都没怕过，多深的土地他的大长嘴都不在话下，他会在地底下打洞把我们都接出去。

小丽说出这话，扑棱一下坐起身，她让自己的歪打正着吓了一跳。这是一个好主意呀！直到大家欢呼起来，小丽才红了脸，为自己骄傲。她说，这是我爸爸在帮咱们呢。

夜晚到了，小主人隔着墙给他们往食槽里添食，隔老远就闻到一股让他们厌烦的添加剂的味道。但是他们还是努力地吃，把自己吃饱好有力气。

夜晚安静下来了，他们的行动悄悄地开始了。由珍珠选好了一个便于出行的方位，打洞开始了。亮蹄率先拱开地皮，他的力气很猛，一上场就旗开得胜。但是问题还是出现了，正在大家干劲冲天时，他们听到了马达声，是主人开着四轮子车回来了，车上还有几个人。于是由珍珠带领，他们一起横七竖八躺在坑里，屏气凝神，想瞒天过海。

一行人下车直奔正房，有人用手电向他们这里照，主人说，不忙，咱先喝酒打牌，天亮再动手，要几头，任你们！珍珠听了这话一哆嗦，他顿时明白他们的大限来临了。主人进屋后，珍珠含泪指挥大家，为节省时间，缩小出口。猪们一起行动起来。天蒙蒙亮时出口打通了，珍珠和亮蹄还有四眼一起把小丽和孩子送了出去，望着他们潜入森林，然后用他们肥胖的身躯将出口堵牢，不论谁看，这里都像什么也没发生过。

胜　利

　　土拨鼠在站岗，有人要侵略他的家园。他的家在地下三米之处，有两个出口，里面有绵软的草絮供他们休息，但是这一切都无用了，已经有四五家土拨鼠的家被洗劫一空。

　　土拨鼠的又名旱獭，他的皮毛很珍贵，能为人类换大钱，他的油能让马笼头和马缰绳坚固如钢铁。这些土拨鼠们自己也知道。由此土拨鼠的妈妈让土拨鼠无论如何要守住自己的家园。

　　土拨鼠站岗已经三天了，三天他目睹了不少同类进入了那队人马的皮馕。他们死得都很惨，有的才出生就被连窝端了。土拨鼠躲在一块岩石的草窠里把这一切看得很真切，看得自己毛骨悚然，但是为了家，为了家族长久的延续，他就是付出生命也不在乎。

　　又有一支队伍过来了，他们牵着马，扛着长杆，长杆上面有缝制的空空的丝织袋，那是用来捕捉土拨鼠用的，他们把这袋子罩在洞口，只要土拨鼠出来，就无一漏网。

　　土拨鼠的妈妈告诉土拨鼠，出洞时，用力不要过猛，要用耳听，用心揣摩，用尾巴试探，把尾巴当戈扫把扫洞壁，人类是心急的，见有动静他们就会有动作，有动作就会有声音。土拨鼠信了妈妈的，果然那天他巧妙地躲过了人类的劫持。

　　但是现在就得土拨鼠自己来应付这些了，土拨鼠的妈妈这几天正生产，为他生下三个小弟弟，土拨鼠十分想和小弟弟一起玩，可是他们太小了，就是大，土拨鼠也没时间。每晚守夜让他筋疲力尽。

　　土拨鼠站立的地方很隐蔽，是一块岩石，岩石四周有蒿草，土拨鼠只要精心瞭望就会看到那队人马的一举一动。那队人马中有一个人最让土拨鼠痛恨，他的计谋很多，总是在别人放弃追杀时又想出一个主意，而且他的主意没有一个落空的，总能让那个丝织袋里盛满土拨鼠的同类。

这个人三十岁左右，是人类的壮年，对付土拨鼠他既有经验又耐得住兴致，他先把土拨鼠家的另一个洞口堵住，然后守住这一个洞口，又不是只守不攻，他会把一挂人类庆贺节日的鞭炮，拴在一个事先逮住的小土拨鼠的尾巴上，然后燃着爆竹，放开它，小土拨鼠受了惊吓，就会直奔洞里找妈妈，那么家里有多少土拨鼠都会在呛眼的烟雾下窜出洞口，一个家族就这样毁灭了。

土拨鼠看到这哭了，他的浑身颤抖着，他不知他的家族会不会也是同等的命运。那伙人满载而归走了，土拨鼠回到家里把这事对妈妈说了，他当然也说了自己的惧怕和担心。

土拨鼠的妈妈身体很虚弱，奶水不太多，已经有两个小弟弟饿死了。妈妈听土拨鼠把这些叙述完。撑起身子对他说，人类在自讨苦吃，没了我们，狼就不来了，没有了狼，兽类就不会那样矫健了，当一切都灭绝，土地就风化了，风沙会把城市吞没。

会吞噬那个可恶的青年吗？土拨鼠问妈妈。会的，一切的一切。妈妈回答。那我们怎么办呢？妈妈喘口气说，我们能做的就是保住生命，让生命延续，保持生态平衡。这当然是很难做到的事情。

土拨鼠明白了妈妈的话，他又去站岗了，但是这一次他有些心事重重，也就是从这一刻开始，他知道思考了，一下子长大了许多。

这一天清晨，阳光很柔和，四周青草葳蕤一片祥和，是个让土拨鼠忘记灾难的美好时刻。就是在这样的时刻，那伙人又来了，这回他们的队伍中没了那个壮年，多了一些相当于土拨鼠这个年龄段的少年，这让土拨鼠多少产生一点亲切感，有一点遇到朋友的感觉。

土拨鼠看到，那伙人在寻找诱饵，可是他们绕来绕去也没找到，更多的土拨鼠都躲在洞里不出来，他们就只有采取灌水的方法，灌水当然不如放爆竹了。土拨鼠躲在岩石后面忍不住笑出了声。

忽然他看到一只瘦弱的小土拨鼠拱出洞口，这让土拨鼠大吃一惊，他知道如果这个小土拨鼠也被尾巴上拴上爆竹，那他的整个家族瞬间就会遭

遇灭顶之灾。

土拨鼠按捺不住了，他必须在这一刻力挽狂澜。如果可能他想和人类谈判，用自己的血肉之躯去换得和平也在所不辞。

就在那几个少年往小土拨鼠的尾巴上拴长长一串红色爆竹时，土拨鼠箭一样窜了出去，他直奔那双绑爆竹的手，用他好看的两颗小门牙死死地将它咬住。少年松开了小土拨鼠，小土拨鼠连滚带爬回到洞中。

但是土拨鼠无疑被捉了，尾巴上拴爆竹的事也不能幸免了。

土拨鼠没有反抗，他很驯服，爆竹像风筝的尾巴一样牢牢地固定在他的尾巴上，这时候土拨鼠抬头看了看天，他很希望这时的天空真出现一只风筝，他好和它媲美一下，看谁飞得更高。

爆竹点燃了，一阵震耳的鸣响如同打雷，土拨鼠没有跑，更没有回洞，他镇定了自己，任那爆竹一点点接近自己的身体，然后奋力一跃，跳上了那些惊慌失措人们高高的肩头。

年宝宝的啼哭

一对哑孩子，把年庚折腾得不尽人样儿。

年庚是老公公，哑孩子是他的儿子与儿媳妇。这就构成了特殊的形式，年庚在这里没有多少自由的空间。

年庚很尽职，是一流的父亲。他用旧房子换了两套新房子。因为儿子年利要结婚，也因为他也实在不适应和两个哑孩子一起生活。

房子是楼房，和年利是一个单元的对门。这也是因为，虽不在一起生活，也要溜边儿照看他们一下。这就是父亲，就是年庚这样的独身父亲必有的、放不下的心思。

这样果然挺好，他们婚后的日子如水波流动，顺畅而明快。年庚看着，把心都乐出了"皱纹"，没有什么比这更让他惬意了。他一个人，也并不觉得孤单。

事情出在他们有了新生儿以后。这之前年庚的生活是平静的，他每天上班，中午食堂用餐，晚饭多半和同事们一起乐呵，日子滋润也随意。

但是小孙子年宝宝出生后，事情就有了变化，年宝宝最让年庚高兴的是他有嗓音，他的哭声响亮悦耳，打破了年庚寂静的内心，也给年庚的生活带来了无限生机和希望。

五十岁的年庚再入眠就费劲了，几乎是刚闭上眼睛，年宝宝的哭声就传了过来。这是一种号召力，是告诉人们年家从此香火兴旺了。

头三个月是年宝宝的姥姥帮着侍候，年庚对哭声的敏感在于享受。可是百天之后，年宝宝的姥姥回乡下了。这时再听到年宝宝的哭声，年庚就如坐针毡了，因为他知道，不论年宝宝怎么哭，哭哑了嗓子，他的父母都是听不见的，也因此让年庚的心一阵比一阵提得紧，仿佛在悬崖上吊个人，上上不去，下下不来，任风吹雨打，夏阳暴晒。

晚上夜深人静时，年宝宝的哭声更是吵得整幢楼都能听见。

这天夜里，年宝宝直哭了半个小时，哭声像小刀滑在窗玻璃上，尖利刺耳。年庚隔着墙品尝着孙子的哭闹，就好像他的褥子底下铺着滚烫的红铁，他实在受不了，就起身找钥匙，去开儿子的防盗门。门开了，借着鬼火一样的墙壁灯，他看到小孙子被单独放在房厅里的婴儿床里，他把年宝宝抱起来，哭声戛然停止。原来他尿床了，他在用哭声叫人为他换尿布。

而这么大的事他父母并不知道，年庚想着不禁往他们的卧室瞭一眼，这一看不打紧，他看到两个人，赤身裸体睡得正香。

年庚不高兴了。不高兴他也改变不了。他的身份让他不好提醒儿媳妇应该怎样照看孩子。不过有了这一次，再听到年宝宝夜里的哭声，年庚就习惯性地起来为他换尿布了，这样做了许多次，屡试不爽，都是换完后，年宝宝面挂泪痕地睡去。

但是今天有点反常，今天也是年庚为年宝宝换尿布，可是换完后他仍大哭不止。任爷爷怎么哄，就是不开晴，年庚以为他是饿了。

就推开他妈妈的门去找她喂奶，谁想这一次比上一次还让年庚无地自容，年庚看到了不该看到的场面。

再退回来已经来不及了。年庚就红着脸，把年宝宝送到儿子手里。

这以后他们的关系就变得尴尬了。这以后年宝宝一哭，年庚就不知怎么办了。他只有盼年宝宝快些长大，长大后好和自己一个床，那样他就不用为听到他的哭声而揪心了。

可是年宝宝一时半会儿也长不大，他要把他的哭声哭成大海的涛声才能长大。

这天年宝宝的哭声果然像海涛一样敲击着年庚的心，年庚实在心疼，就又去了年宝宝的床前，这回年庚来对了，孩子是趴在婴儿床上大哭的，年宝宝会自己翻身了。

年庚看到这场面不知是惊还是喜，惊的是他晚一会儿过来，年宝宝的小脖子支不住他的小脑袋，那会窒息也说不定；喜的是小孙子会自己翻身了，年庚好像看到有一天他自己能站起来走路的情景了。

年庚正高兴之余，意外的场面发生了，他看见儿子下身扎着个毛巾被，光着膀子站在卧室门前，儿子和他打手语，表示有事和他谈谈。年庚就很诧异地坐了下来。他的头有些沉，他感到儿子在这个时候和他谈什么都很不适宜。

儿子的手语非常好，年庚的领悟程度这些年也让他给训出来了。儿子的大意是：你别深更半夜借故到我们房间来，你会不会是偷看我们的房事……小孩子哭是练肺活量……我想告诉你，你这样做我很反感。

儿子的脸在灯光下涨得通红，他把熟睡的年宝宝像抢稻谷似的抢了回去。

随着砰的一声门响，头顶上的吊灯骤然碎裂，玻璃雨倾盆而下。

车衣服

爸爸总睡懒觉，总让戴尔给看车衣服。戴尔刚上初中，时间很紧。如果不给爸爸看车衣服，他就能早上学半小时。

车衣服是车子穿的衣服，爸爸怕他的帕萨特冷着，冬日里就在成衣铺给车子做了一件冬装，车子披着棉斗篷，远看像一尊怕冷的石头。

爸爸跟戴尔说，等明年买到车库，你就不用看车衣服了。又说，你若能把车衣服放后备箱里锁上，你就尽管上学。

可是这两样戴尔哪样也做不到，爸爸说的明年，其实是个不等数，明年到底有没有卖车库的还不知道。而车衣服放在后备箱困难也太大，车衣服像四条双人被那么大，放进后备箱，怎么也扣不上盖子。

这让戴尔犯难了。

戴尔的难处，楼下开小卖店的老爷爷全看见了，老爷爷就对戴尔说，你只管热车，车衣服我来替你照看。戴尔喜出望外。把车子的发动机打开就上学去了。

这以后的日子戴尔很轻松，他能利用早去这半小时把早自习的题做了，还能为同学打两瓶热水放在教室。戴尔觉得生活是快乐的。

可是问题还是出现了，这问题让戴尔顿时萎靡起来。车衣服丢了。是老爷爷为他看管半个月以后丢的，而且是夜里丢的。

戴尔早晨起来去热车，发现帕萨特早把衣服脱光了。戴尔问老爷爷，老爷爷正打点顾客，他说不知道啊，我还以为你拿回去了呢。戴尔说我家在六楼，我拿不动呀。老爷爷说，我早起就没见它呀。

父亲一听车衣服丢了，破天荒起来了。父亲没有责备戴尔，只围着车子转了一圈，说，兔子不吃窝边草啊。回屋去了。父亲把戴尔和老爷爷晾在了这里，他们俩都明白父亲是什么意思。戴尔很尴尬，老爷爷更尴尬，老爷爷对戴尔说，我这是费力不讨好啊，没功劳连苦劳也没赚着。

戴尔忙劝老爷爷，我爸不是那意思，我爸是太心疼车衣服了。老爷爷一脸的无辜。

旧的不去新的不来。美丽的帕萨特第二天就穿上新衣服了。这回是更厚实的色彩更纯的银灰色，帕萨特得意了，戴尔可就更辛苦了。这回父亲怕丢了，把底端用绳链上了，而且把车就停在了小卖店底下。小卖店晚十一点关门，早晨老早就营业，中间的几小时戴尔家还在楼上，估计也不会出太大的问题。

这天戴尔起来，依旧热车，刚来到车跟前，老爷爷从屋里走出来。老爷爷说，我为你看了一夜的车衣服，不然它又丢了，昨晚已经有好几家丢的了。戴尔不知怎么回答，是说谢谢，还是说不需要这么做，因为老爷爷的年岁早到了七十了。

老爷爷说，人过留名雁过留声啊，我一世清白，不想让你们家的车衣服在我眼皮下丢了。可是这与老爷爷有什么关系呢？戴尔垂下了头。

以后的几天里，车衣服相安无事，戴尔知道是老爷爷在暗地里帮他的忙。

一晃戴尔已经有半个月没见老爷爷了。这天爸爸没烟吸了，戴尔去小卖店为爸爸买烟。意外地没见到老爷爷。是老爷爷的女儿在卖货。戴尔买完了烟，没有走的意思。女店主就问他还需要什么。戴尔嗫嚅着说，老爷爷怎么不在这了？老爷爷的女儿说，你有事？戴尔说，他总是为我看着车衣服，我们家的车少挨不少冻。女店主看着眼前这个腼腆的少年，眼里有了一丝喜欢，她说，是你家呀，我父亲每天都为一家看着车衣服，我以为是他老了说胡话呢。

见戴尔在认真地等她说老爷爷的去向，这才说，他病了，住院了，一有响动就出去看，大半夜的，好人也受不了啊。

戴尔的心震了一下。就像睡得好好的，猛然有人在他枕边敲铜盆。

再路过小卖店时，戴尔都要想起老爷爷，缺个笔和本什么的，戴尔都要去小卖店买，一是看看老爷爷回没回来，二是他想为老爷爷家增添一点收入，可能一只笔老爷爷才挣一毛钱，但那也是戴尔的心意，有时他明明没有什么可买的，也要搜寻家里是否缺油盐酱醋。戴尔的妈妈有一天发现，他们家的酱油，一茬没用了，又来一茬，用也用不尽了。

一个月以后，老爷爷出院了，但是再也没有精气神站柜台了。他就在后屋躺着，有时出来晒晒太阳。

帕萨特有房子了，是一家车库出卖，父亲高价买了下来。

戴尔再也不用看车衣服了，他自由了，可以上早自习了，可以为同学打开水了。但是他的心里总像揣着一件事。由于总是想，这天放学他走进小卖店，用爸爸给他的零花钱，买了一箱纸袋蒙牛牛奶，付过钱后，他对女店主说，请你把这个转交给老爷爷。

宝葫芦

寂静的小村，她们家却不寂静。

一到晚上十点钟，他们家就来人了。是一个大汉，不认识，进门就要吃的，她知道这是丈夫派来的。

丈夫在外面赌，赌输了，大汉就来了。大汉一脸络腮胡子，吃东西狼吞虎咽，不但吃，吃完还要在她家睡，眼睛像窥视仪，在她身上扫来扫去。

这晚大汉又来了。大汉好像在哪喝过，进了门却还要喝，她本是把门扣好了，把灯熄了，可这没用，大汉从墙头过来，把门拍得叮当山响，她如不开，全村都会被他震醒。

大汉进屋高着嗓门让她炒菜，说要喝酒，大汉今天一定是赢了丈夫许多钱，不然不会这么理直气壮。菜好办，几个鸡子煎一盘就够大汉吃了，酒家里却没有了。没酒怎么行，大汉让她去买酒。

她只有踏着月光，去了前街的食杂店。

食杂店还没关门，店主是个男的，矮矮的。见她进来，就把一瓶酒递给她。她诧异他怎么知道她要买酒。店主说，那个人不就是来喝酒的吗？她一惊，脸红了，眼光飘向食杂店的后窗，这才看到，那窗子正对着自己家的院子。

付过钱，她都走出了食杂店，但是又回去了。回去后，她对店主说，那大汉不是奔我来的，是我丈夫欠了人家的赌债。店主也很真诚地说，我知道，村里人都知道，谁都知道你是好女人。

她听了忙转身，因为不走眼泪就下来了。店主的理解唤起了她内心的委屈，出了门，拐到食杂店的侧面时，她让自己哭了个够。

大汉这一晚果然要对她施暴，大汉说，你应了吧，你丈夫已欠我三万赌债了，再欠两万，你就是我的了。她很害怕，没等大汉喝完，她就偷着溜了出去。

她来到街上，茫然四顾，没处去，这个村子没有她的亲戚，她的娘家离这里也有五十里的路程。

她瑟缩发抖，天气接近老秋，站在小街上，她听到大地的苞米叶子刷刷的断裂声。这当儿她看见一个人向她走来，到了跟前，她认出是食杂店的店主。他刚关店门，关后窗的铁栅栏时看到了她。

他对她说，去我家吧，我媳妇回娘家了，她要生孩子，到她妈那有个照应。又说，我去我妈那住。说着把手里的钥匙给了她。

送她到食杂店时，店主说，你应该想办法脱离这日子，不然没法过。她开始没吭声，进了屋她说，我能怎么办？离开他回娘家？我是后娘，还得和哥嫂在一起过。他说，那也不能这样了此一生呀，他能改吗？他能把你拱手相让，你还在意什么？

她觉得他说得对，这一夜她一个人在店主宽大的床上睡意全无。

天亮时她想眯一会儿，却有人敲门。她以为是店主回来卖货，起身去开了。这才看到是大汉站在门外。大汉说，我就知道你在这儿，你偷情我不管，我只告诉你，你家那个宝葫芦我拿走了。说着拍拍自己的衣兜。

她想抢回来，却不可能，那是她死去的娘舅传给她的，已经传了五代人。她说，你给我，你不能拿走。她的声音带着哭腔。

大汉把身子向后闪了闪说，别舍不得，我不说你的丑事，你就已经赚了。她涨红了脸，回大汉，我有什么丑事，你骑在我们脖颈拉屎，我借宿一夜有什么不行？大汉的嘴角露出不屑的笑，他的眼光没断了向屋里一次次张望。

这时他的身后响起了说话声，别找了，我在这儿。大汉一愣，回过头见店主从外面回来。大汉反应快，鄙视地说，想不到英雄救美，回见。大汉想脱身。她扑了上去：把葫芦给我！大汉恼了，甩开她，怒道，三万块，还不顶你个破葫芦。

店主拦住了大汉。店主说，自古欠债还钱，打酒向提瓶子的要钱，把葫芦还给人家！店主用整个身躯拦住了大汉的去路。大汉看店主坚决，就捋着络腮胡子想了一会儿，说，也行，拿钱来，一千我立马放葫芦。

僵持了，一千太多了。要知道，在他们这个小村，一千元，对谁都是个大数。她为难了，他也为难了。但也仅仅是为难，也仅仅是僵持，还没到一分钟，店主就做了决定。他走进里屋，拿出一叠钱来，这是他为未出生的孩子准备的钱，他当着大汉的面儿数。

数的时候，从钱里落下一张纸片，站在一旁的女人，小心地把它拾了起来。

葫芦回来了，女人却离婚了。女人离开土屋那天，把两样东西悄悄地放在了店主的柜台上，一样是葫芦，另一样是那天他数钱时，飘落的那张纸片，上面写着，摇篮。

女人还在这两个字的前面加了几个字，成长的，五个字放在一起，就变成了成长的摇篮。男人会心地笑了，抬头望，女人的屋子已风去楼空。

阿宠的春天

阿宠出生不到半年，就被送到煤井下，从此过上了暗淡无光的日子。

阿别很心疼阿宠，每天喂它草料时，都忘不了给它多兑些苞谷。阿别说，阿宠呀，虽说你叫阿宠，可是没人真正宠你呀，你知道你到井下意味着啥吗？就是你到死都得呆在这八百米深处啊。

阿宠像能听懂阿别的话，它抬头看了看阿别，不吃了，把头别到了食槽的这一方，眼里含着泪。那根拴在它脖颈的绳子，被它拉得直直的，像个棍儿，支在它和食槽之间，再也弹不回来了。

阿别就明白，阿宠是上火了。

上火的阿宠，任阿别再喂它什么都不会去吃了。

阿别知道了阿宠的脾气，从此不和阿宠说这样败兴的话了，他换了一种语气，像哄孩子一样对阿宠说，阿宠啊，你多幸福啊，有我陪着你，哪里找这样的好事呀，我要能再活十年，到时我们一起走啊，走啊，就不再回来了。

阿宠听了这话，果真不再耍脾气了，把它毛茸茸的头贴在阿别怀里，不住地拱动，还伸出舌头，去舔阿别苍老的胸脯。阿宠是一匹雪青马，白色重，青色少，像柔软的青白绸缎，均匀地披在它的身上。由于这一身好辨认的皮毛，它的命运注定在井下一生劳作。

但是这一天，阿宠瞎了。

终日不见阳光，阿宠的眼睛就什么也看不到了。阿别劝阿宠道，你别当回事啊，有眼没眼对你一样，你只负责拉车，我为你看路，我不会把你往坏道上领啊。阿宠唯有这一次没听阿别的，它躁动起来，嘶鸣起来。阿别的话音刚落，阿宠一个跳跃挣脱了缰绳，沿着它熟悉的巷道，一路狂奔。

阿宠毛了！阿宠不听话了！阿宠为自己的眼瞎痛苦了！矿工们放下手里的活儿，嘻嘻哈哈去追，他们追了一个巷道又一个巷道，阿宠却仿佛和他们赛跑一样，在晕黄的灯光下灵便地时隐时现。其实阿宠的眼睛早在两个月前就模模糊糊了。

后面的人继续追着，呼啦啦几十号矿工，都是身强体壮，有井下工作经验的，可是任谁也追不上阿宠，到底是五分钟后，阿宠自己停了下来。阿宠刚停下，矿工们就傻了眼了，在他们刚才干活儿的地方，传来轰隆一声闷响，像海浪拍打礁石，直滚到他们脚下。

塌方了！

矿工们怔住了，愣愣地盯着战栗不已的阿宠，心哆嗦了。忽然有人大喊，阿宠呀，你如亲爹娘啊，家里还有老小呢，不然这会儿我们就成煤下鬼了！这话是阿别喊出的，阿别老泪纵横，他的话，让巷道里顿时叹息四起。

连阿宠在内，五十条生命保住了，但是连阿宠在内，五十条生命也濒临死亡。没有粮食了，没有水了，阿宠也没草料了，更没有苞谷了。可是细心的阿别发现，巷道里有空气，因为他们并没感到窒息，却不知风从哪里来。

阿别吩咐矿工们找风源，有了风源就可能找到出口。

五个人开始行动了，阿别没让所有人一起行动，他想让大家保存体力，他们在井下还不知要呆多少天呢。有人往外打手机，但是信号不好。阿别就让所有人都把手机关了，节省电源，只留一部精良的随时与外面联络。子夜十分，一个叫阿炯的矿工终于和救援队伍联系上了。外面说，他们正在积极想办法，确定方位，让他们坚持住。这话就是说，活命还很渺茫。

大家在巷道里坐了下来，阿宠也趴下了，阿别像守护神一样守护着它。大家心里七上八下。找风源的人一出去就迷路了，到了晚上才摸回来。他们告诉阿别，这是一个老巷道，一时摸不清它通向哪里，如果当时阿宠把他们引向别处，一定会比这好找到出口。

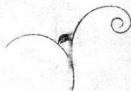

阿别一听不高兴了，把头扭过去，不理说话的人，却把阿宠搂得更紧了。

夜晚来临，人们相继睡去，可是睡下不久，就都激灵醒来，醒来就再也睡不着了。一晃，两天过去，救援没有进展，希望像撕破的纸屑，一点点飘落。许多人饿晕了，支撑不住了，已经有人把目光一次次集聚在阿宠身上。阿别明白大家怎样想的，但是那是他拼老命也不会让他们做的。

人们理解阿别的心思，没人率先行动，这让阿别很是慰藉。可是到了第五天，人们实在熬不下去了，眼冒金花，奄奄一息。阿别与阿宠商量，他说，阿宠啊，眼睁睁看着这么多人死去吗？阿宠没有表达，它也饿得虚脱了几次，没有力气回应主人的话了。

翌日清晨，饥饿如恶魔又一次降临。矿工们只剩下活命的欲望了。有一个人忍无可忍，手握尖刀爬到阿宠身旁，他面目狰狞，满眼贪光，可是他很快发现，不用他再费劲了，阿宠已为他准备好了丰盛的早餐。

在一个煤坑边，阿宠的一条腿搭在坑沿上，嘴巴上有黏黏的未干的血痕，显然是阿宠自己咬断了大动脉，血像个小喷泉，汩汩地流淌，热气正温温地袅袅地向上盘旋。

那边，阿别的泪，把耳朵都灌满了。

爱情芭蕾

方小含是良家女子，平时做事谨慎含蓄，但是她也一样会遇到恋情，她遇到的人是她姑家的表弟，虽不是近亲，却也接亲挨故，朋友和熟人都知道他们是亲属。方小含的母亲对他俩总粘在一起持反对意见。她说像个啥，四不像似的，让你男人知道，还不扒了你的皮。

方小含已结婚，丈夫在部队服役，正办随军，方小含一不主动，进度就自然减慢一半。古歌是知道表姐真心爱自己的，他也不想让方小含走，他想有一天，水到渠成，他要娶了方小含，必要时他可以不要工作，和方小含远走他乡，他现在就差不知方小含什么意思。

古歌在歌舞团是跳芭蕾的，形体奇美，按说歌舞团美女如云，和他配舞的都是出类拔萃的，可他谁也看不好，单单就看好自己的表姐方小含。

按说他们的事是有难度的。难题之一是方小含是有夫之妇，那边一声令下，她就得卷铺盖卷走人。那时她恋得再深，也得和自己的恋人劳燕分飞。

难题之二就是，近亲结婚会遭现代人鄙视。他们虽不太近，却也是亲，朋友小浓就跟他说，没人爱了？怎么窝里搞上了？弄得古歌一脸羞赧无从解释。

难题之三是方小含大古歌八岁。虽方小含保养得好，又没孩子，但是这总是个问题。试想古歌五十多岁时，方小含就六十了，怎么能领一个比自己差不多大十岁的人，出来进去。

这天方小含的姑妈找她，姑妈就是古歌的妈妈。

姑妈是个特别的人，一生无拘无束，生了古歌后，一直独身。不是看不好古歌的父亲，也不是有婚外情，就是觉得自己自由，想做啥做啥。这

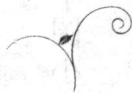

一点上天可以作证。

姑妈找方小含说了什么，古歌不知道，反正方小含听了她的话后，痛哭了一场，第二天，辞职去了部队。古歌知道她走时，恨不得把母亲折巴折巴装进皮包邮走，去告慰方小含委屈的灵魂。

按说事情到此也该结束，但是爱情这东西不讲理，一旦爱上了，就像油毡燃着了火，纵使自控力再强，也会被冲破防线把人烤个滚烫。

这天古歌彩排，是一出双人芭蕾戏，平时他做这种戏易如反掌，而方小含走后他就像丢了魂，常常无缘由发呆，常常突然中断剧情。小透看他这样就提醒他，市领导检查彩排，你要当心。

小透是古歌的搭档，很多年都在一起排戏，和古歌感情较深，却不是恋人。但她什么话都可直接对古歌说，不生分。古歌就把和方小含的事对小透说了，小透说这事好办，你若真爱她就把她找回来就完了。

小透的话对古歌有了启示，他打算这一个戏过后去一趟部队，把方小含接回来。可就在这时他的脚崴了，他从一米的高台上摔下来，脚肿得像萝卜。摔伤后的古歌很懊恼，坐在医院里给方小含发短信：我的脚崴了，你回来吧。

这是自方小含走后他第一次给她发短信。他给她打手机，她不开机。他知道她在躲着他。而现在他不得不利用手机短信和她联系，因为他知道，不论方小含如何不开机，她也会在相应的时间看短信，那是他们爱情最后的一个可窥视的孔隙。

方小含还是没回。古歌就又发：你是我心中的树，树倒了，所有的大风吹来，长海医院的十层楼上，我会奔树而去。此时古歌住在长海医院的骨科病房，他的神经确实杂乱无章，他的生活中不能没有方小含，他爱她太深了。

古歌哭了很多次，很久方小含都没回短信。古歌就觉得没法活了，撕心裂肺的想念，让他几近崩溃。小透提着鸡汤来了，她一直在精心而默默地担着这个责任。古歌的眼泪正流淌似水，看她来也没擦，哭得越发起劲。

小透坐在他身旁，用毛巾为他擦泪，那泪水无论怎么擦也无穷无尽，小透知道古歌哭的是什么，是这些年他所有爱的疲惫与艰辛，是一个在外面闯荡久了的孩子对母亲深深的哭述。小透就被这泪水感动得心都化了，一腔母性温情，海潮一样铺天盖地而来。

古歌这时被海潮深深卷起，在小透吻自己脸颊时，不由自主把小透搂在了怀里。这时的他，像见到了方小含，他一生最深情的恋人，最难以割舍的挚爱，最放不下的另一半。

古歌爱的帆船在旋涡里打旋时，小透来掌舵了，这是她的失控和自愿。这一夜他们无疑走进了男女之爱。古歌虽脚上有伤，把两个人的事做得也十分到位，这不能不说是舞蹈的功力帮了他的大忙，不然他的脚伤肯定妨碍他快感的质量。

做完后，古歌的情绪平稳了许多，却是两眼望着天花板失眠了，他又一次思念起方小含。半夜时分他推了推躺在他身边，也和他一样睡不着的小透，对她说，明天，你陪我去一趟部队好吗，我要把小含接回来。

说这话时，他虽像个孩子，却依旧信念如铁。

绝地哺乳

冯小板台球打得好，在班级没人能抵挡得上她。但是这天她改为登山了。

登山不是她想去，大三的时间像油，她舍不得去，是母亲想去。母亲早年是登山运动员，退役许多年了，现在陪冯小板去登山，是她别有用意。

冯小板在减肥，人减成一根刺，前胸贴着后背，肚皮冲太阳一照，能看清几根肠子。可是她还在减，每天让母亲给她做木瓜粥，一做一小盆，端到学校就不吃别的了。

冯小板的母亲觉得这样不好，和她理论几次，冯小板不高兴，嘟哝，又不是乳汁，若是你的乳汁，你又能啥样？母亲没办法，就主张和她登一次山。

双盔山在郊外，山上结实地伸出两顶帽檐，像手臂，老远就和她们打招呼。她们背着干粮和水，雪橇还有登山器具，开始了向自然挑战。

母亲体力很好，看不出五十岁，总是走在冯小板前头，腰不酸，腿不软，壮硕而有力。倒是冯小板，刚到山脚就力不从心，才登几步，就有些气喘。体力一跟不上趟，冯小板就心烦，觉得母亲没事找事，大冷的天不好好在家呆着，出来冒险。这样一想再看母亲，觉得她不可思议，还穿着个刺眼的大红衣服。

本来说好是从南坡登路，南坡坡缓，天然的滑雪场。但是到了山脚下，母亲突然改了主意，从北坡上。

北坡陡，没有登山的经验谁都不敢做尝试。母亲看出冯小板的担心，就说，我熟路，刚好锻炼一下意志。说着人已走了上去。冯小板没有信心，她同学中就有一个人，从北坡登顶丧了生。可是这当儿把事说给母亲，未免有点不吉利，冯小板只好把话头掖起来，跟母亲攀了上去。

起初的路还可以，冯小板再怎么减肥她也是年轻，跟着母亲的脚步没显太费力。但是到了山腰，情形就逆转，异峰突起，怪石嶙峋，有些雪窝把腿陷进去，还够不到它的根底。冯小板有些惧怕，说，妈，太危险了，我们回吧。

母亲在前面走，也登得很艰难。听了冯小板的话，没回头，思忖片刻说，登山登山，其实不是两个字，是一个字，就是登，不登怎么叫山，登上去才是山。母亲的话被山风撕得粉碎，但冯小板还是听懂了，母亲没有返回的意思。

山有时真是魔鬼，越峥嵘越折磨人，仿佛它的俊秀就是为了拒绝。

果然到了晌午，路突然中断了，满眼乱石，冰壁林立，石头与冰层如一棵棵上长的树，看不到顶。如非要仰头去看，人就危险地后仰下去，看着心都打鼓。

没有路我们还走吗？冯小板催逼着母亲。

冯小板的母亲非常训练有素，她临危不惧，想着对策，运动员的韧劲，此时像她怀里沉睡多年的娃娃，顷刻间醒来。她说，哪有回去的道理，登山都是向前，你看谁向后登了？母亲从包里面取出一捆绳子，绳子上一个铁抓手，在空中绕了几绕，用力一抛，铁抓手牢牢地固定在冰壁上。

这有把握吗？冯小板问。母亲没吭声，她想用行动来回答。

冯小板在母亲的护送下，上去了。上去的她立马就瘫了，浑身出透了冷汗，她看到了山底，盘根错节的公路，像人的手指一样粗细。母亲比冯小板利落，冯小板还没哆嗦完，石壁下母亲的两个雪橇就露出头来。

母亲上来后，没有歇息，继续做着向上攀登的准备，可是再向上就更难了。冯小板说，妈，我可是登不动了，要登你登吧。母亲没迁就她，说，那怎么行，比试一下我们和自然到底差在哪里？面对它，你不减肥也许才是个棒槌，减了，就是稻草了。

冯小板白了母亲一眼。这时她们共同看到了山顶。

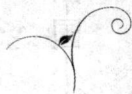

山顶这会儿让她们大吃一惊。雪雾迷茫，白浪涛天，一个个雪柱拔地而起，像旋风向她们的方向扑来，母亲马上辨明情况，叫了声：雪崩！拉着冯小板躲在了一块巨石下。

真是雪崩了。铺天盖地，隆隆作响，冰雪连同山体一起呼啸而来，瞬间把大山掩埋了，分不清哪是山哪是路，天空混沌一片……

往下的事似不用说了，和所有的遇险故事一样，冯小板和母亲陷入了绝境，手机没信号了，缺水断粮了，上不去下不来了。

三天以后，一架搜救机发现了目标，在接近山体时，他们看到一望无际的白雪上，有一点红瑟瑟抖动，用高倍望远镜看，是一件匍匐在冰雪之上的红色羽绒服。

不远处的山石下有两个人，一个躺在另一个的怀里。机长看后激动地对机组成员说，一位母亲在奶孩子呢。可是等他们进一步接近时，都惊呆了，孩子吮吸的不是母亲的乳头，而是母亲的手指，那血正一滴滴润进女孩的喉咙。

骄傲而鲜活。

爸爸，我是卡拉

　　小区节电，晚八点才开灯。各家各户的灯一闪出光亮，前楼立即有两个人向后楼望。楼房的窗几乎对着，他俩看到从后楼窗子射出个人影，一男子开始穿装打扮往出走，一个和写字台一般高的小女孩跟在后面叫爸，当男子闪在门外咣的一声将门关上，小女孩不再追了，一只手抬起抹眼泪。

　　他俩看到这光景，说，敏儿又哭了，敏儿太可怜了。

　　于是他俩也下楼，一起去跟踪男子。想弄清男子到底做什么去。男子并没有目标，就是一路疾走，昂着头，目不斜视。他俩跟不上，只有改变战术，从岔道堵截。这招还真灵，他们中的一个迎面撞上了他，就和男子打招呼，程普，这么晚了做什么去？

　　男子不回答，像沉浸在自己的世界中，像根本没听到他的话，无动于衷地同他擦肩而过。

　　两个人讪讪地汇合，一个说，梦游这么厉害呀，得想办法唤醒他。另一个则叹息，不只是梦游了，是精神出了毛病。一个说，他媳妇真狠，竟然甩了他，看孩子的面儿也不该呀。另一个说，那叫一百万呀，卷跑一百万和天上掉陷饼，有什么两样？

　　说话间，男子的背影转过了墙角，很快从他们的视野中消失了。但是他们也不怕他丢，男子每天都这个路线，好像事先规定好的，又好像沿着这条路走下去，就能找到他的老婆。这时他们中的一个说，我们要想个办法，让他心动，心一动，自然就能醒来。

　　另一个动起了脑筋，说，对，程普爱下棋，我们截住他，找他下棋。他俩达成共识，就拐进路旁一家棋社，租了一副象棋。在程普必然出现的路旁拉开了阵势。路灯下，他们把棋子拍得啪啪直响，杀戮声极大。可走过来的程普，连看都没看他们一眼，旁若无人地径直而去。

他们俩望着他的背影，一时没了主意。一个问另一个，你说，这世界作为父亲最在意的是什么？儿女。另一个漫不经心回答。可紧接着他叫了起来，说，有了，我们找敏儿，敏儿一出现他肯定醒来。另一个赞同地响应，说对呀，这办法准行啊，肯定百发百中。两个人激动得孩子般跳了起来。

这是他们想把男子拉回到正常人行列的第五天。

他们去找敏儿。前后楼住着，敏儿对他们很熟，他们一叫门，敏儿就开了，小姑娘脸上的泪痕还没干。她可能饿了，手里拿着一个生土豆。他俩一看心就酸了。一个说，敏儿，叔叔领你去肯德基，吃汉堡；另一个说，叔叔给你买可乐。敏儿高兴了，手中的生土豆滑落在地。

他们真的领着敏儿吃了汉堡，喝了可乐。然后又领敏儿来到一个小巷，这条小巷叫都市，是程普的必经之路。几乎是每晚十点十五分，他的身影必然出现在都市。

他们问敏儿，你爸爸最喜欢什么？敏儿回答，"最喜欢上网"。"和谁聊呢"？"和一个叫卡拉的人聊"。"卡拉不是你妈妈吗"？"这个卡拉不是，她是另一个卡拉"。"你爸爸喜欢这个卡拉"？"爸爸喜欢妈妈，他说这个卡拉就是妈妈那个卡拉。"

两个人相视一笑，知道程普不只为失去一百万，而是为失去卡拉。

十点十五到了，程普的身影准时出现。路上人烟稀少。老远就看到程普大踏步走来。其中一个对敏儿说，敏儿，我们一起救爸爸，等他到我们跟前时，你就喊，爸爸，拉住他不放。敏儿懂事地点着头。

程普来了，他穿着一件浅蓝色格子衫，脸色惨白惨白，眼睛一眨不眨，直逼着远方。敏儿这时冷不防从胡同口蹿出，大叫一声爸爸！夜空中，这声炸响确实起了作用，程普深深地打了个愣。但也仅仅就像钟表卡了一下壳，愣过后，他又开始急速向前了。

程普没有认出女儿，他们失败了。他们俩顿时很泄气。敏儿见爸爸没有停留也哇的一声大哭起来。这提醒了他们中的一个，他说，不能泄气，我们还没到绝境，敏儿不能没有爸爸，我们说什么也要唤醒他。说着抱起敏儿，去拦出租车。

车停下了，三个人一同坐了进去，抱着敏儿的人对司机说，看到了吗，追上前边的人，在他前方二百米的地方停车。然后又对敏儿细细地做了交待，聪明的敏儿把他的话一一记住了。

出租车停在了指定地点。这时候从车里下来了敏儿，她张着手臂，一边喊一边向着爸爸跑了上去，她急切的呼喊，一声接一声，毫不间歇，震得星星都想下来看看：爸爸，我是卡拉！爸爸，卡拉爱你！一个令人激动的场面出现了，一个他俩期待的场面出现了，疯狂的程普像中弹了一样停下，他醒了，立在原地，向敏儿张开了快乐的手臂。

世纪之恋

月光下，李佳在送米小医。这是她的第二十几任情人。走到这一步不能全怪她，是她的前夫把她推上这条不归路。

早在十年前，她是好好过日子的。后来她和丈夫去一家幼儿园慰问，遇到一个小女孩，那孩子两岁，会叫爸爸，当她看到和她一起走来的丈夫时，小女孩喊了声爸爸。若是一般孩子喊爸爸，可能是认错人了，而这个叫沐沐的女孩不是这样，她见爸爸不理她，瞬间哭了起来，不顾死活地奔了过来。

童言无忌，李佳就和丈夫分手了。

之后就认识了无数男子，再之后就认识了米小医。

开始她并没想和米小医，是米小医来她的酒吧跳舞。米小医太小，小她十多岁，和米小医在一起，她总疑心米小医是她的儿子。

玩玩却玩出了真情，米小医从此像个小宠物一样跟定了她。弄得李佳就差没把他放在口里含着，半夜里都要起来抚摸他几次。

天下的事大约都好景不长，就在李佳对米小医付出真情后，事情的变化就跟吃了摇头丸，一夜之间把她的头都摇疼了。

那是早晨，那是她送米小医去皇城俱乐部健身，车门刚关上，就见一位老妇人在车旁叫米小医的名字。这位老妇人拄着拐杖，有气无力，衣衫不整，一看就是经过长途旅行，从乡下劳顿而来。

她的叫喊米小医装作没听见，脸却红了起来。忙让李佳开车快走。李佳走是走了，而且把车速开到八十迈。李佳却想，这老妇人是谁呢？是米小医的什么人呢？送米小医到了皇城，李佳又转道回来了，那老妇人果真没走，她好像饿疯了，在垃圾筒里翻东西。

李佳忙从后背箱里拿出一袋面包，递给她，问了句，你找谁？你儿子吗？老妇人点头。李佳说，我可以帮你，你跟我来。就把她领到对面的旅馆。这一进去，李佳把什么都弄清了，米小医和老妇人是母子俩。这个答案李佳并没吃惊，他吃惊的是米小医的领悟能力。按老妇人的说法，米小医才从家乡出来半年，半年他居然把自己和城市融于了一身，和李佳这样的身家百万的情场老手也没露怯，这不能不让李佳连连吃惊。

但是吃惊归吃惊，事情还是有它自然的走向。李佳把米小医从皇城接回来的路上，就跟他摊了牌。让他跟着母亲回乡下。李佳的话说得真诚，她说，不管我们的身世怎样，母亲没有罪过。你如不认母，有一天也会不认我。

米小医当时就哭了，也就决定跟母亲回去。这一次走，李佳难舍难分，因为毕竟没有心理准备，就好像一个人睡在热被窝里正香，被迫去了荒郊野外，而且还是冰天雪地。李佳是有心的，给米小医拿了足够他和母亲一起生活的钱。

令李佳没想到的是，明明是说好一起回家过日子的米小医，第三天居然跑了回来。他站在李佳的卧室门口，话都没说就倒了下去。李佳看到米小医口鼻流血，不省人事。

抢救过来的米小医和李佳交代了一件事，他说，这回他的母亲不会来找他了。母亲把他领回家后，给他做了一顿他最爱吃的粘米饭，吃饱后又领他去了父亲的坟前祭拜，可是等米小医磕下去第一个头时，他感到了头晕，再磕第二个时，人就一头栽了下去，蒙胧中他听到母亲骂了一句，孽障！然后扬长而去。

李佳不由得敬佩起这位老妇人。她能亲手把儿子送上黄泉路。她的决绝让李佳的灵魂深深地震动。等米小医经过半个月的治疗出院以后。李佳和米小医正式摊牌。让他无论如何把他的母亲接来。她为他们母子在井街置办了一套房子。这样她才能对得起他的妈妈。

米小医接过钥匙，他当然是答应的，没有这套房子他也会答应的，他太爱李佳，只要能和李佳在一起，只要是李佳提出的要求，他都会用一生去抵押。

这样就有了月台上分别的场面，就有了月光下的一一惜别。

米小医扯着李佳的手，从他的眼睛里李佳读出他火一样的真情。米小医说，不会是欺骗我吧？不会是不要我吧？李佳摇摇头。她说，苍天在上，我爱你。

火车来了。它鸣着笛，叫嚣着扯断了这对恋人的情谊，然后载着米小医走了。米小医从窗子伸出手，对着李佳喊，用什么保证我们的感情？李佳想回答他，风却把她的口腔塞满了，她什么也没回答出。

直到一小时后，李佳签完出卖酒吧的合同，登上另一列火车时，她才对着米小医消失的方向，喃喃地回答了他：用爱呀，我死了都会爱你，我已经把你"吃"了，你已经化在了我的肚子里，我就是你的妈妈了。

说完，泪流满面。

布　控

公路一直向前延伸，他坐在绑匪的身边，绑匪和他一个年龄，也是十八九岁，但是绑匪有枪，面对有枪的人，他束手无策，只有乖乖就范。

刚才从学校的后门出来，同学吕顽还拽了他一下，若是平时他会和吕顽微笑，但那会儿他没理吕顽，他心里想着事，想着这么多天他一直不间断地接到的纸条。

第一次接到纸条是在他的笔袋，笔袋里有他的钢笔，再就是一张蓝色的纸条，纸条上写着，你早晚是我们的人，这不可抗拒。

这不太像女同学的求爱信，从笔迹的刚劲上看，他辨别出是男人的字迹，可是他想象不出会是什么人。这让他心里发慌。

第二次看到同样的纸条是他去洗手间，洗手间在教学楼的两侧，他选择了靠东侧的那间。他刚蹲下身，就看见那个纸条从门缝上方飘下来，起初他以为是一只蓝蝴蝶，等落地一看是和他笔袋里一样颜色的纸条，他拾起打开一看，顿时不寒而栗，他看到了同样的字迹，你是我们的人，这不可抗拒。

他无法想象这我们指的是谁。

再一次就是碰见吕顽之前，他去老师办公室交英语作业，老师总是对他的英语成绩不满意，而他又品学兼优，老师就常常给他吃小灶，零星的作业题他每周都要比别的同学多做几份。

给老师送卷子回来，他在楼梯上又看到了那只蓝蝴蝶，它已被人踩上了脚印，卷曲着伏在那里。他本不想捡，但他太熟悉它了，他前后左右看看，没人注意他，就不由自主弯下了身。

这次他没见到上次的内容，而是看到众多蝴蝶组成的六个字。六点，桥头，务必。从这六个字中他看到了命令，他知道他躲不过，又一次在恐惧中迷茫战栗。

接下来他穿戴整齐走出教室，恰巧这时碰见了去吃晚饭的吕顽，但他没有理会吕顽，如果理会或是和吕顽说说，吕顽就会为他想出办法，吕顽绝顶聪明，不会被这种事吓倒，吕顽的父亲又是公安，吕顽肯定主张和公安父亲禀报，可是他当时精力太集中了，他只想如何尽快摆脱这件事，这件事太影响他的学习了。

晚上六点钟，桥上没有人，只有江风猎猎，他在桥头的灯光下站了一会儿，没有看见要找他的人，便掏出手机，想给吕顽发个短信，告诉吕顽晚自习为他请个假。就在这时，一辆车从远处开过来，在他身边停下，开车的人叫他的名字，并让他坐到车上来。

他看到这个人和他一个年龄，口里还嚼着口香糖，并对着他笑，这让他丧失了许多警惕，他甚至也向他回以微笑，他的心里甚至在说，操，是你呀，吓死我了，我当是什么人呢。就一脚迈上了车。

其实他并不认识这个年龄和他相仿的人。

上车后的情形就变了，口香糖被这个人呸的一口吐出窗外，之后他反锁了车门，再之后他掏出手枪，上了膛。

一切都是在几秒钟内完成，原来这个人是那么训练有素，超出了他实际的年龄。

坐在绑匪身边的他，这才觉出大难临头，自己的草率注定了自己一生的错误。

他预感自己不是对手，就一言不发想对策，但是没容他想明白，车子已开出一百米，一百米后它又停了下来，紧接着一个人上了车，坐在他的后面，这个人上车后没说话，而是重重地拍了一下他的肩膀，他回头看去，见他戴着一只黝黑黝黑的墨镜。

黑天戴墨镜，他明白这不是普通的墨镜，这样的墨镜不管怎样漆黑的夜，看世界都如同白昼。

墨镜下是一张棱角分明的脸，十分地严肃，他忽而明白那蓝蝴蝶的字迹，一定出自这个人之手。

他们谁也没说话，那个和他年龄相仿的人也没说话。

是戴墨镜的人首先开了口，他的声音低沉而强硬，他说，拿出你的手机，给你最好的同学发个短信，告诉他，你死了，让他通知该通知的人。

他迟疑着，不太想发，也不想这么发。一个硬邦邦的东西顶住了他的后脑，他哆嗦了一下，掏出了手机。

他选择了吕顽，顿时有眼泪冲出眼眶。

车子开出去没多久，就来到郊外的古江前。古江有千年的历史，一直养育着这个城市的人，这是个冬天也不封冻的江，四周一片漆黑。

他们三人一同下了车。还是戴墨镜的人开口说话。他很干脆，说，就两条路，一是跟我们干，和你的亲人包括熟人永远断绝干系，二是从这条江游过去，对面就是你的家，看见那片灯火了吧，那灯火中有你的娘。

他不会水，会水也不可能在大冬天从这条江游过去，那要横跨一公里，一公里寒冷刺骨的江水，会轻松吞噬人的生命，这谁都知道。

他思考着，他们等待着。

一分两分三分钟，他们心里有把握，没人会这么做，没人愿意马上去死。

可是三分钟后，他们还是看到了不愿看到的场面，他向江水中绝然走去……

胆　瓶

　　大清国将亡那会儿，沈长有个大户，户主叫沈德仁。沈德仁爱国，且精通古玩，其喜爱的程度，就像新出生的婴孩不能没有妈。他有一个宋代胆瓶，一直被他宝贝似的钟爱着，放在专门房子里怕丢了，放在专门的柜子里怕被盗了，就索性把它放在自己的休息间，这样便于他每日目睹经管看护，夜里醒来瞄上几眼，然后安心地睡去，做梦也甜蜜。

　　这天他的女儿从意大利回来，领回了他的男朋友比乐。比乐长得人高马大，潇洒漂亮，谈吐不凡，沈德仁一看就明白女儿看好他什么了。比乐也有爱好，且和沈德仁一样爱好古玩，一进屋他的眼睛就没离开过那个闪着微微紫光的胆瓶，沈德仁一看，这还了得，敢情这厮是相中了他的命根子，就从此不再让女儿领比乐到他的房间请安。

　　明明以为这样做可以蒙混过去，却不料有一天晚上，沈德仁出去赴宴，回来时见黑咕隆咚的窗子上贴着一个人，这个人拿着一个小型手电筒正往那个胆瓶上照，沈德仁顿时心里一惊，完了完了，这个老外惦记上我的宝贝了。

　　这天晚上为比乐偷看他胆瓶的事，沈德仁一夜没睡好，没想到女儿第二天一大早就找上门来，女儿说，把你那个宝贝胆瓶给比乐得了，他昨夜一夜都没睡好。沈德仁说，我也一夜没睡好。女儿说，你们呀，都是何必呢，不就一个破胆瓶吗，至于吗？沈德仁说，你不懂，你要知道爸爸如何爱你，你就知道爸爸如何爱这个胆瓶了。

　　女儿想了一会儿，忽然来了主意，她拉过沈德仁的手说，那好，爸爸，我现在来问你，如果让你在我和胆瓶中选一个，你选择谁？沈德仁知道女儿来了蛮劲，就说，这怎么好比，这根本就没有可比性。女儿却不依不饶，她说，不，我就叫你比，你不比我今个就赖在这里不走。沈德仁无奈只好说，当然选择你了。

女儿这回乐了，迅速在爸爸脸上亲一口。沈德仁明白任性的女儿这是一锤定音了。

接下来的几天沈德仁一直很愁苦，饭水都没滋没味，比乐倒是很高兴，和女儿每天逛街，女儿更是没心没肺，只要比乐高兴，她哪里还会管父亲，沈德仁没办法，就找老朋友们拿主意，讨良方良药。

老朋友们说，那还不好办，照原样做个假的不就行了，反正是对付一个老外。沈德仁说，假的可不行，比乐是个行家，他是我女婿，能瞒住我女儿能瞒住比乐吗？又一个老朋友说，那你就来个大仁大义给比乐算了，你又承认他是你女婿，财宝不出外国嘛。沈德仁一听顿时把脸拉了下来，他说，错，虽说他是我女婿，他也还是外国人，这正是财宝出了外国，比乐没准儿娶的不是我女儿，而是我的胆瓶。老朋友们一听他是这么认为，知道没辙了，就由着他自己处理。

离女儿远离家乡的日子越来越近，沈德仁一天比一天心慌意乱。这天他正左思右想不见主意，下人过来叫他，说女儿后天起程，张罗打理行李呢。沈德仁这才想起，女儿又一次离乡别土的日子来到了，可是他还是没想好他那个胆瓶到底是给不给比乐。

沈德仁想着来到客厅，比乐和女儿正等在那里，这回是比乐亲自开口，比乐说，岳父大人，我来中国感觉非常好，有一样东西我感觉更好，我要是能把它带回去，我将永远都会怀念这个国度。沈德仁装糊涂，他说，那会是什么呢？你们看好尽管拿，不会是我那杆老猎枪吧？比乐立即操着生硬的中国话说，不是猎枪，是那个宋代胆瓶。沈德仁一听，好家伙，连哪个朝代的他都搞得清清楚楚，看来是不到黄河不死心哪。

沈德仁心里心疼，表面却不能不装豁达，他高声说，不就那胆瓶吗？拿去拿去，我正想把它送给你们呢，我女儿出嫁，我陪送什么我看都不抵那个胆瓶。说着掏出钥匙，出去叫下人到他卧室把胆瓶拿来当场验货打包。

沈德仁把钥匙给下人就回来了，和比乐谈了许多关于收藏的事。

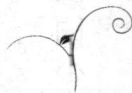

　　下人这时抱着胆瓶来了，一来来了三个人，三个人像护送儿子出征一样把胆瓶恭恭敬敬送到比乐手里，比乐更是高兴得像个孩子似的，大嘴咧到耳朵丫子。等到比乐看够了高兴够了，沈德仁才吩咐下人务必包好，让它一路辉煌到意大利去。

　　下人就小心翼翼把它接到手中，一列长队走了出去。可是尽管他们十分小心，走到门口时那个手抱着胆瓶的下人，还是出奇地摔了一跤，他这一跤非同小可，不但胆瓶被摔了个粉碎，连老板沈德仁也跟着昏死过去。

　　沈德仁这一闭气险些送了命，直到第二天上午才被抢救过来，那个抱着胆瓶的下人老早就吓跑了，跑得无影无踪，沈德仁的女儿想找他问点什么都没找到，只好和比乐一起哭哭啼啼赶点儿上了飞机。

　　大约有半年的光景，沈德仁才恢复元气，但病愈后的他心里总是空落落像丢了魂，他只是反复做着一件事，就是逢年过节派人给那个打了胆瓶的下人送点什么，他什么都送，什么好送什么，超过了主人对仆人的尺度，直到许多年后他还没忘了遵循这个规矩。

逝　情

艳米和来恩的感情旷日持久，双方都有点累了，这天艳米又来到来恩的小城来看来恩，在火车上，她给来恩打了电话，要求他到火车站接她，来恩满口答应，可是放下电话来恩却很痛苦地伏在桌上难受起来。

和他对桌的小王看到他这样，和来恩开起玩笑，说，哎哎哎，是不是饱汉不知饿汉饥呀，本人可是离婚一年还没嗅到女人味呢。小王本是开玩笑，谁知来恩听了他的话，抬起头惺忪着眼睛对小王说，给你怎么样？把她给你你愿意吗？

小王起初不太信来恩的话，后见他一脸的真诚，就说，你厌烦了她不成？来恩无奈地点点头，说，我不只厌烦了她，我厌烦了爱情。又说，给你吧，你去接她，火车站出站口，我再告诉你几个注意事项。说着隔着桌子站起身，凑到小王的跟前嘀咕好一阵子。

小王来到出站口，见艳米走出来东张西望，就冷不防凑到她跟前，把艳米吓了一跳，因为艳米看到小王手里举着一个纸牌，上面写着王艳米，底下还有注解，大王的王，冷艳的艳，爆米花的米。更可笑的是纸的下方别着一朵玫瑰花。

艳米吃了一惊，随即笑道，你开什么玩笑，接我的应该是来恩，送玫瑰花的也应该是来恩。小王答道，都一样，我和来恩情如兄弟，有福共享，有难同当。艳米撇撇嘴，说，那也要分什么事，比如玫瑰花，你就超出权限范围了。想想又说，好，我就破例一次跟你走，我们去哪儿？小王说，当然是好地方，一个令人销魂的地方。

小王是驾车来的，这点比来恩强，来恩在这个城市奋斗了十年，却还坐公交车。

艳米上了小王的车，立即一股香水味扑鼻而来。艳米说，一闻这味就知你车不寻常，引诱女人上钩吧。小王说，哪能呢，引诱我也只引诱你，不像来恩引无数蝶飞竞折腰。小王敢对她说来恩不好，这让艳米机警起来，问小王，来恩怎么了？小王想了想说，来恩换人了，我看不过，就来接你。

艳米不信，给来恩打手机，一连拨了几遍，来恩都关机，艳米就气愤起来，手机盖关得啪啪直响。

小王扭头说，我带你去散心，保你比和来恩在一起快活。

小王带艳米去的地方是小王的酒店，是个在远郊开设的得莫利鱼馆，这里的来往顾客都是一些过往的轿车，都是奔着小王的过江鱼来的。

艳米一到店里就被小王派上了用场，小店挺火，人手有点紧，小王对艳米说，先帮帮忙吧，考验你两天，若行，你以后就是这里的老板娘了。艳米瞪了小王一眼，却觉得有必要在这里住一住，她和丈夫离婚后，一直等来恩离婚，来恩总是拖，艳米就知道，她的等待也许会和自己一起牺牲。但爱情这东西上瘾，没有什么力量能使艳米终止行动。

艳米留了下来，她的活不重，是在吧台帮着打点顾客。

小王安排好一切，又嘱咐一下总管姐姐，就回城里上班去了。走时他问艳米，有事吗？艳米说，你让来恩给我回个电话。小王就耸耸肩，说，好，我如实禀报。

但是艳米等了两天，来恩也没给她回半个电话，哪怕是个短信，艳米这些年也算没白爱。小王倒是回来过两次，只是他总是匆匆的，小店的一些要事都需他出头摆平，他忙得连头都没有时间抬一下。

小王的姐姐是个雷厉风行的人，有文化，她也是离婚的人，小王大约把艳米的事和她说了，她看艳米百无聊赖的样就对艳米说，在该分手时分手最好，女人千万别把尊严搞丢了。说着眼睛飘向窗外的得莫利江，又说，再美的爱情有什么用呢，都不过是大海的浪潮，潮退了，海水缩了，沙滩上的狼藉毕现无疑。

艳米听了她的话，偷偷地哭了。这以后，她再也没动过给来恩打电话的念头。

这日小王回来了，依旧开着他那小巧的鹅黄色"路宝"，只是这一回他不像和艳米开玩笑，他试探着对艳米说，来恩，来恩他发生一点事情，现在在医院里，医生说，他的腿骨要一百天才能恢复，你看你是不是去护理他。

艳米听了先是心里一惊，之后马上平静下来，她对小王说，我们不是结束了吗？你是证人，过去的一切还用重复吗？

小王点点头，说，不过这对你是最后一次机会了，你想和好，就只有现在去，否则日后可别后悔。

艳米说，我不后悔，他要爱我，早来找我了，不爱了，才没有再来，我都懂。

小王想了想说，对了，我还想告诉你，我和你也不可能，不是我清高，是我不配你。我和来恩一样，都是久经情场的人，你看我这一身紫疤你就明白了。

艳米没有去看小王的紫疤，她说，我只是你的雇工，没想过别的。说完转身干活去了。

小王驾车走后，有一辆红色出租车始终跟在他身后。"路宝"的车窗贴着防护膜，外面看里面看不到，里面看外面清清楚楚。车里的来恩问小王，那车怎么不超咱们？小王说，如果我没猜错，艳米在里面。来恩说，要不要打电话问一下你姐。小王说，不用了，她想消失，不想让我们看到，好女人都会这么做。

两人一时无语。

礼　单

　　婚礼刚结束，记账的老乔拿着账单和钱找到王可儿她爸，王可儿她爸是厂长，王可儿是这场婚礼的新娘。老乔说，厂长，账上的数目是三万三千一百元，可是钱却是三万二千六百元，少了五百元，不知差在哪里，我记不起问题出在哪里。

　　王可儿她爸说，少就少吧，大伙的意思，多点儿少点儿能怎么的，发不了家的，把钱和账交给可儿保管，你和我一起去趟厂里。老乔就跟着王可儿她爸去了厂里。

　　晚上，王可儿她爸回家，第一件事就是向王可儿要账单，王可儿就把账单交给她爸，她爸迅速看了一遍，看后他明白了，明白这钱是差在了哪里，王可儿她爸把账单往王可儿面前一摊，指着其中的一个名字说，你看，这不是，王老狗，他穷得叮当山响他怎么会一下子随了五百，这准是笔下误，这老乔也真是糊涂。王可儿说，那你问一问乔叔叔不就什么都明白了吗，别冤枉了人家。王可儿她爸大手一挥，罢罢罢，怎么好再提这种事。又说，我不会冤枉他的，王老狗我太知道他了。

　　说是不提，结果是人坐在那里发愣，没有去干别的意思。王可儿也没走，她也在想这件事，隔了一会儿她问她爸，她说，爸，王老狗去年得肝病，你不还给他批了两万元钱吗，他可能是报答你，真的拿了五百吧。

　　王可儿她爸站起身，说，也呀，别说批两万，就是再批两万他也不会给我五百呀，这种人，心眼小得像针鼻儿，一分钱能掰两半花，他肯拿五百给我，一百元就算他有心了。说着准备洗澡，想回自己的屋睡觉去。

　　王可儿追上父亲不甘心地和父亲说，那，就是真随一百也只能是少四百，也不能是少五百呀。父亲这回没理王可儿，他可能认为这件事再没有议论的价值了，他认准的事儿十有八九不会差，他有这种把握。

父亲离开后，王可儿也回到了自己的屋间，她的新房在楼上西侧，屋中的墙角处有一小块楼梯，她沿着这楼梯就可以一直走上二楼她的温暖舒适的新房。

王可儿上了楼并没有马上睡觉，她还要等，她刚才是等父亲，现在是等新夫，她的丈夫是父亲厂里的厂医，在刚才她洗水果时接到一个电话就走了，走前对她喊了句什么，可是水池的水哗哗地响，她没听清，等她出来的时候，丈夫早没了踪影，不过王可儿心里有底，丈夫爱她像眼珠，这世界没有什么大事能让他新婚之夜离开妻子，那肯定是要紧的事，肯定是他厂里二百多名职工身心健康的事。

果然丈夫在王可儿躺下还没有十分钟就回来了，只是洗漱完了躺在王可儿身边没有马上做那事，他在两眼望着棚顶发呆，王可儿关切地问，你怎么了？怎么结婚结傻了？丈夫开始还不说，不说不发愣也行，却还发着愣。王可儿翻了个身，说，不行，你得把话说出来，不然你非得癔症不可，整个一个没魂了。

王可儿的话温柔得像暖风，王可儿的丈夫这才转过身来搂住王可儿，他说，告诉你你可别害怕。王可儿说，你说的不是梦话吧，你是不是忘了我是学什么的，我可是护校毕业的，是咱爸不让我干老本行的，你说我还会怕什么？

王可儿的丈夫禁不住笑了，他也刚好想起自己厂医的位置还是妻子给他腾出来的。于是，他对王可儿说，王老狗你知道吧，这回他可真要喂狗了。王可儿说，你是说他要死了吗？丈夫说，岂止是要死了，是已经死了。

王可儿虽然经历过无数死人的场面，可一听是王老狗死了还是有些震惊，这回轮到她望着棚顶发呆了。丈夫见她这样，就晃一晃她，说，哎，你不是不害怕吗？怎么不给自己的话做主呵？王可儿这才深深地醒了过来，她说，哪的话呀，我是想他这一死，就不用咱爸再给他批钱了，咱厂也可以省下一点资金了。丈夫说，其实王老狗真是个好人，难得的好人，他明知自己要死了，还让他家小三给咱婚礼送五百元钱。

王可儿听到这，扑棱一下坐起来，她说，你怎么知道？你可不能空口说白话呀，五百元够他家一个月的生活费了，够他家小三上半年学了，够他买五瓶美国进口药了。

王可儿的丈夫没吃惊王可儿的态度，他知道王可儿心地善良，容不得这样的事情，他说，谁说不是呢，放在我我也不会这么做，可是我给你取香水回来的时候，看见小三汗水淋淋向饭店跑来，见到我把钱塞给我就跑，说这是他爸的心意，我没办法，只有让老乔把它记在账上，我还想什么时候找借口把钱还给他呢，现在看是不能交到他本人手了。

王可儿听到这儿，一脑袋的思绪翻江倒海起来，她无心睡觉了，心像掉进了瓦凉瓦凉的井里，她再也躺不住了，呼啦一下扯掉被子，她说，我要过爸那屋去，我要和爸说几句话去。

生死搭档

　　和妻子重归于好是一个月以前的事，这之前他们正处于紧锣密鼓地离婚当中。妻子在婚外恋中是个生手，发个短信都手忙脚乱，他就是在妻子发短信时看出破绽，一把抢过后看到其中的内容才决定离婚的。

　　离婚对他们俩来说都无伤大雅，就是苦了他们七岁的儿子，为了不使儿子受伤害，他把他送到自己的母亲家。

　　妻子见他去意已决，有点儿不甘，极力挽留他。妻子说，我是常给他发短信，但是我们什么事也没有，至于离婚我更是没想过。

　　他很生气，他说，你把我当小孩儿看了是不是？那点儿事早晚还不是有？

　　妻子不吭声了，她认为他说得对。无奈，妻子找到她的意中人，想让他帮她出出主意。

　　可当她刚把丈夫要与她离婚的事说出后，他俨然成为一个严谨又严肃的人。他说，要说我们的来往是过了一些，但也绝不像你丈夫想的那样，好像我们就成了情人了，情人是什么样？肯定不是我们这样，情人一个个都爱得死去活来，不管天和地，你说是我们这样吗？

　　她一听什么话也没说，捂着脸跑了，她明白他们的关系已经不可挽回地结束了。

　　和情人的关系已然如此，和丈夫的关系她就更不想结束了，但是她又没有太好的办法，为此她很痛苦，以致到了绝食的程度。早晨在家空腹上班，中午拒绝去食堂吃饭，晚上回家倒头就睡，三天下来，她已经饿得直不起腰了。

　　她办公室对桌的小八平时和她相处不错，看她这样就想帮她一把，小八是个男性，比她小许多岁，她平时像待弟弟一样待他，有时从家里带来水饺与糖醋排骨，她都要给小八带上一份。

小八给她出了一个主意，她听了模棱两可，方法是让她继续在他丈夫面前发短信，而且要接连不断地发，还要躲躲闪闪地发，还要怎么亲切怎么发，但是接收短信的人变了，不是原来她朝思暮想的那个人了，而是换成了舍生取义的小八。

小八的主意看来不错，她照着做后效果极佳，短信首先引起了丈夫极大的关注，频率更是让他闹心。她和丈夫早已分居住了，她一个屋，丈夫一个屋，她发完短信后，总是把手机放在最显眼的地方，以便丈夫能发现它。

丈夫果然把注意力集中在短信的跟踪上，而放松了让她签署离婚协议的逼迫，一切应该说正往好的方面发展，一切都按照小八的部署适时地进行。

这天小八又给她发了短信：没有月亮的夜晚，我万分思念你，让风捎去我的情意如酒如歌……按照约定，她给小八回了短信。

发完短信后，她去另一间屋子给儿子准备书包，儿子上学前班满一年了，现在要成为小学生了，昨天他还扯着她的手问她，他什么时候才能回家。他说他既想要爸爸又想要妈妈。他说他既不想离开爸爸也不想离开妈妈。想起儿子惨兮兮的小脸儿，她的心里一酸，她想，就看小八的措施了，小八若做得好，儿子回家的愿望就能早一点实现，小八若做得不好，儿子回家的愿望就遥遥无期了。

她万万没想到，她这么想时，一场战争已经在酝酿了。半小时以后，在西郊的人民广场上，一个刚满十八岁的男孩正被一个成年男子拳脚相加。那个成年男子一边踢那男孩一边骂他，你他妈的，你才多大，就想搞娘们儿了，你搞也不看看年龄，她都快成你妈了！

那男孩本是没有多少反抗的能力了，他已经倒在地上了，但他还是努力让自己抬起头来，他的嘴角流着血，可是他却分明在笑，不止一次在笑，那男人越加重脚上的分量他越笑，就在成年男子猛地踹上最致命一脚想转身离去时，他游丝般颤动的嗓音才发出一句含糊不清的话，他说，那是我们团儿里的台词，总共五句呢，你才看到一句。

成年男子听后愣怔了一下，接着狠命地将唾沫吐向他，骂道，妈的，一群不知天高地厚的臭戏子！

博　斗

在江边，云水茫茫，江涛拍岸，鸥鸟低回，一个小个子男子站在这里有五个小时了。

五小时前，小个子男子回家取工程款，开开门那一刻，他看见了妻子和那个男人丑陋的一幕，他当时表现得很有风度，开开写字桌，拎出那还没来得及存的二十万，然后对目瞪口呆的他们俩说，接着做，别得马上风。

然后他就出来了，还把门轻轻地给他们关上。

他表面表现得平静，其实是把波澜留在了心底。一年前他和妻子离了一次婚，也是因为他捕风捉影看出点妻子的不专一，但那只是感觉，没有真凭实据，妻子死活不承认，他离婚后的寂寞又很难耐，就把他那点心思，像破绳劲儿一样一点点破捏了，可以说妻子是他请回来的。

而现在这一切都成为事实，他扭转不了别人，就只有了断自己。

他这么想时，没注意江边又走来一个人，那是个比他高大的男子。高大的男子也是有心事，由于有心事他也是在这里一站五个小时，五小时过后，江边就再也没有人来了，他们的选择都很独到，因为这里平时就路远人稀。

高大男子的遭遇应该说比小个子男子的遭遇严重一些，他的一个制钼的工厂，由于是从国外进口的废料中提取原料，被国家查封了，他的一千万一夜之间化为乌有，技术人员也都作鸟兽散。

现在的他什么都没有了，资金没有了，多年的劳苦没有了，就剩他自己了，所以他来到江边，他选择了和小个子男子一样的路径。

小个子男子这时开始慢慢地向江水中走去，他走得太专注了，没有看见他身后跟着一个人，等他走出 20 米远，江水就不那么老实了，它想着法子想把他弄翻，他趔趄的当儿，一只手扶住了他，他一惊，回头看，见是一个比自己高一头的大个子男子，他摆摆手，说，你别救我，救我也没用，我早晚还是要死。大个子男子苦着脸说，我不是救你，我想和你结伴去死。

他们一起向江心走去，两个人紧挽着手臂，江水驯服多了。

小个子问，你为什么也要去死？

大个子说，我的工厂倒闭了，我现在是个穷光蛋了，而且我可能还要伏法。

小个子男子这时脚下一滑，他是听了大个子的话，有些分神，大个子男子及时扶住了他，小个子感到大个子这会儿就像一座铁塔，他有了他就像有了依靠，惊喜之余，他控制不住地对大个子说，你很有力量，你扶我时，我感受到了，你死是不是可惜了？不等大个子回答，他又说，你不像我，我是非死不可。小个子的心情又沉落下来。

大个子看小个子这样，他也产生想知道一下他身世的愿望，他问小个子，你干吗也要死呢？你这么小的身躯，按说能占世界多少空间呢？老百姓没非分之想，好活。

小个子说，你不知道啊，我的妻子背叛了我，我就她一个亲人，亲人都不要我了，你说我活着还有什么意思？小个子望着水域，这个时候他们一刻也没停地往深水里走。

大个子说，你是为女人呀？那你就没必要跟我一起走下去了，你就是死，也不会瞑目的。

小个子吃了一惊，问，为什么？

大个子说，不瞒你说，我这一生结识了无数女人，女人就是我每早醒来第一眼看到的那盆花草，看到哪盆哪盆就是我这天的营生，后来我发现，花草凋谢了而我还活着，活着怎么办？就再换一盆，多么简单，你还为这事去死，那你就死糊涂了。

小个子停住了脚步，他将信将疑，江水已经齐到了他们的腰身，但他并没想返身。而且他也不想轻易就范大个子的说法，他想反败为胜，他问大个子，那你为什么死？你不在乎女人，为什么还要在乎你的工厂，没有工厂和女人，你不也一样还是老百姓吗？

大个子说，对呀，我没工厂和女人的时候，我就常爬我们村头的老榆树，那上面有老鸹窝，饿极了我就爬上树去掏老鸹的幼崽。

小个子说，对呀对呀，那时候那么难，你都活过来了，现在你成穷光蛋，不也一样去掏老鸹的幼崽，所以你也应该活呀。

大个子愣住了，他仿佛才发现，这个在他身边险些溜走的小问题，原来却是个大道理，他不好意思地摸摸自己的后脑，他说，我是不是让你给套进去了？

这时候江水不耐烦了，在大个子抽手摸后脑的当儿，它抢起一个浪花把他们掀翻了，他们明显感觉到他们骤然间被掰开了，之后江水迅速把他们抛向两米开外。

小个子有点慌，他张张嘴，像是要哭，他向大个子伸出了手，大个子也向他伸出了手，但是他们谁也没够着谁，大个子就喊，镇定点儿，十年前我是这个城市的游泳冠军，你就说，我们是否回去？

小个子被水呛了一下，他无力答话，他就猛力地向大个子点头，点了又点，他生怕大个子看不见，就把自己的红短衫脱下来，使足力气，狠命地向空中抛去。

血　缘

有一个叫秀古苍今的男孩得了一种病叫花痴病，就是见到女孩总是咻咻地笑，尾随而去一追就是一天，有时一个女孩在大街上走，他冷不防从后面搂住人家又亲又咬，大有不吃了她不罢休的架势。他的母亲为此伤透了脑筋，到处给他求医问药，年复一年却不见效，终在一个雨夜抗不住这漫长的折磨而远走他乡。

他的姑姑是一名医生，闻之给他请了无数著名医生，药没少吃人却吃得嘴角流口水一副傻呆呆的样儿。

他的奶奶见他这副样子，埋怨了他的姑姑，数落了他的妈妈，最后由她领着秀古苍今来到一个铺子，这个铺子叫棺材铺，秀古苍今的奶奶和铺主商量，让秀古苍今在他这里走走棺路，走一天十元钱，连续走一百天付一千元钱。

铺主是一个四十多岁的中年人，十分精明，见这现成的买卖为啥不做，就把十来口白茬棺材前后堵打开，让秀古苍今从这头儿走到那头儿。按秀古苍今奶奶的说法，秀古苍今是中了邪了，邪魔什么样的人都敢跟，唯独不敢跟的是正在走棺路的人，邪魔附体的人只有走一走棺路，才能把邪魔留在另一头。

秀古苍今由奶奶带着咻咻笑着从棺木的这一头钻进去，又从那一头钻出来，起初奶奶也跟着钻，钻着钻着秀古苍今觉得自己完全可以胜任，就让奶奶在一旁歇着由他自己钻。秀古苍今很喜欢这项营生，他把它进行得不慌不忙有始有终，连棺木上有一点刨花草屑他都要用笤帚把它清除掉。

可是这一天秀古苍今的奶奶得病了，陪伴秀古苍今的就换成了秀古苍今的姑姑，秀古苍今的姑姑很尽职尽责，每天风里雨里的，到底是把这一天紧挨一天的日程进行完了。不过这中间她把单纯的钻棺仪式掺进了治疗项目，就是每天让秀古苍今躺在白荏棺木里针灸，奇怪的是秀古苍今非常配合，如果换一个场所那是刀按脖子他也不会干的。

事情进展到第一百天，停在棺材铺里的三十几口棺木都要一一封堵了，铺主对仰躺在棺木里的秀古苍今做着动员工作，他说，出来吧，你若再这样继续下去，我的铺子就要黄摊儿了。

铺主说这话，主要是说给坐在一旁的秀古苍今的姑姑听的，却不想秀古苍今这会儿出其不意地搭讪了，他说，你还能黄摊儿啊，我要在你这里躺上一千天你就发财了，厚墩墩的一捆老人头啊。

秀古苍今说的话让铺主和秀古苍今的姑姑都吃了一惊，他思路的清晰让他们明白秀古苍今的病好了，他们既惊喜又不敢贸然让秀古苍今离开棺木，最后还是铺主果断地想出了一个主意，他对秀古苍今说，我们打个赌好不好，你回答我一个问题，你若回答正确了，我就替你在这个棺木里躺上一百天，你若回答得不令人满意，那你就快速离开这里，我这里冥界的人都排着队买屋子呢。

秀古苍今听到这翻身从棺木里坐起，他说，你说，我绝不反悔。

铺主说，你说这个世界上是妈妈亲还是姑姑亲？

秀古苍今思考了一会儿，说，当然是妈妈亲。

铺主说，那你再说，这个世界是妈妈近还是姑姑近？

秀古苍今又思考了一会儿，说，当然是姑姑近。

铺主说，这我就不明白了，最亲的不是最近的，最近的又不是最亲的，这是为什么呢？

这回秀古苍今没用思考，他说，妈妈不爱你的时候，就可以不要你了，不要你了就从心里把你撵出去了，她也就不再是你的妈妈了，也就不再亲了，姑姑就不一样了，姑姑若是不要你了，她也还是你的姑姑，也还是同你最近的人，不管什么时候姑姑都是逃不掉的。

秀古苍今的回答，让秀古苍今的姑姑掉下了眼泪，而铺主却从此开始了一百天的棺木生涯，好在他撵走了秀古苍今，坐在棺木里指挥，生意也挺红火的，不过这却是他经营棺木生意以来，第一次面对的尴尬。

蓝天下

钱市的云朵朵遇到一个人,是她工作的政府办二楼的一个矮个子男人。这个男人有一个特点,和熟人见面总是老远就把右手一挥,很利落很果断地说声你好。他四十八九岁,态度谦和,让人看了有亲切、厚道、乐观的感觉,形象却不能不和拿破仑联系起来。

拿破仑一向以他的矮小、果决、不畏同类著称,他也一样,他无论什么时候都把笑容挂在脸上,仿佛永远没有愁事一样。按说他的地位也不是很高,顶多就是个正科级,生活也不是很富裕,从他的穿着上看,一切便会一目了然。但是他就是那样乐观,从来没见他为什么事不快过。

云朵朵注意起他是平日在办公楼里,有时出出入入上班下班就会碰上他。最开始云朵朵对他没印象,政府大院来来往往的人比比皆是,哪能面面俱到。但是尽管云朵朵对他不注意,他却老远就对云朵朵先打招呼,有时云朵朵有事太忙根本看不到他,他也一如既往和云朵朵挥起他的右手,他不在乎云朵朵热情与否,也不在乎云朵朵忙闲,弄得云朵朵不管怎样没心境与时间,也得忙里偷闲迎合他的问候。慢慢地云朵朵发现一个问题,他不论和谁都是这副样子,这个院子里只要他熟悉的,他都是见面一挥他的右手,随即很快活地说一声你好。云朵朵就想,这人挺滑稽的,怎么对谁都一样,大家都很忙,又都很平民,不打招呼谁会在意什么?但是这些终归是云朵朵自己想,矮个子男人一点也不知道,他照旧墨守成规地和熟人打着招呼。

不过心情不好时他的亲切挥手和问候,则完全是另一番模样。

这一天云朵朵由于身体不舒服,打不起精神,早晨起来全身像有根筋被抽掉了,去上班时又逢落雪,雪下掩盖着不动声色的光滑滑的冰,就连人带包没好样儿地摔出老远，云朵朵坐在地上不起来，实际是摔得迷迷糊糊。有很久一个声音传过来，说声你好，扯着云朵朵的胳膊把她拎了起来，云朵朵定睛看去，不是别人，正是政府办那个见人就说你好的拿破仑。

拿破仑问云朵朵，怎么不起来？

云朵朵头晕眼花地回答，哪儿都疼。

拿破仑说，哪儿都疼也得起来，不起来就更疼，不起来就永远起不来了。

说完拿破仑和云朵朵一起向单位走，云朵朵心里不免有些温暖，冰冷的世界有一句问候，有一把搀扶，感觉就是特别。

走到岔路口，拿破仑要去一家复印社，他总是忙一些杂七杂八的公事，而云朵朵则进了政府大院。

云朵朵的单位在八号楼一楼，小个子拿破仑在二楼，二楼的右侧是市长办公室，他在左侧是市长的随从秘书之类的。但是从他的眼里，云朵朵从没看出他看市长的眼神和看百姓的眼神有什么两样，他总是把两者区分得不是很开，总是不管见到级别大小的熟人一挥手，乐观而果断地说声你好，完成着自己对外界的热情洋溢。

这一天云朵朵从办公楼出来，老远就看见他从大门外进来，云朵朵的前面走着一个人，云朵朵早就看出那是她们的女市长，云朵朵放慢了脚步，她不愿从市长的后面超过去，不说话不好，说话又没什么可说的，云朵朵就在市长的后面跟着，她们相隔有十五米，如果走出长长的院落，云朵朵完全可以加快自己的脚步。

就在这个时候，那个矮个子拿破仑不合时宜地和女市长相遇了，他和女市长碰个正着，云朵朵心里想，这回看你怎么办，你总不能还是很随便地说声你好吧。

云朵朵正怀着看热闹的心情揣测小个子拿破仑的举动，她甚至做了种种设想，可是完全出乎云朵朵的意料，小个子拿破仑真就一如既往地挥起他的右手，很轻快很友好地说声你好，脚步没停地和女市长擦肩而过，女市长也不失谦和地向他点了点头。

云朵朵吃惊了，云朵朵平生第一次看到这样表里如一我行我素不分职位的人。

接下来是小个子拿破仑和云朵朵不期而遇了，云朵朵由于想问题正在走神，小个子拿破仑却大声地对她说，你好，照样是右手一挥，将军一样。

就在他们互相要走过对方时，小个子拿破仑忽然站住了，他像想起什么叫住了云朵朵，他说，以后跌跤一定要想着自己站起来！

他很郑重，之后像完成一件大事头也不回地走了。云朵朵感动了，他都走出好远了，云朵朵忽然学起他的样子，轻轻地举起右手，说了声，你好！

这时，天空湛蓝湛蓝。

我想有个家

苑小美把孩子弄丢了。此前她正和丈夫闹离婚。昨天儿子扯着她的手哭，说他要是跟着爸爸就没妈妈了，要是跟着妈妈就没爸爸了。

这确实是个难题，苑小美听着眼泪哗哗就流下来了。不过她还是坚持不改变主意，如改变她就没有力气把以后的路走下去了。

但是现在孩子丢了。孩子丢对苑小美打击太大了，她没什么也不能没有孩子，甚至是没有自己也不能没有孩子。

苑小美的母亲见外孙子没了，她比谁都焦急，孩子一直是她带着，她拿孩子当眼珠，谁对孩子不好她就和谁拼命。她对苑小美说，你们离不离我不管，外孙子得归我，你们能摆平你们就离，你俩死一个少一个。

可现在孩子丢了。

孩子一丢苑小美和丈夫也暂时冰释前嫌，他们开始分头找孩子。他们找了他姥姥常带他去的几户人家，都没有，人家都说这孩子没来过；他们找了孩子去过的录像厅，苑小美的母亲有时忙了好把他送到录像厅，可是今天的录像厅坐着的几乎都是小孩儿，可就是没有苑小美的孩子。

忽然，苑小美想到城外，城外有一片松林，那里有一泓清水，有一次苑小美领孩子在那路过，孩子看到有人在钓鱼，当时就表示他也想在这里钓鱼，一连几天都和她念叨这个问题。

可是等苑小美打车来到这一泓清水旁，这里鸦雀无声，几个垂钓的老人向她证明，这里一天都没出现过孩子。

天很快就要黑了，苑小美无功而返回到母亲家，丈夫累得躺在沙发上，她的母亲正捧着水瓢咕嘟咕嘟往肚子里灌凉水，大家都累得不行。苑小美的母亲说，都是你们作的，好好的日子不过闹离婚，这回你们离呀，没有了孩子你们轻闲了，你们离呀！

苑小美听母亲这么一说，哇的一声张开大嘴哭了起来，她说，没有孩子，没有孩子我就死，我不死我也要离家出走，我让你们生不见人死不见尸！

她的丈夫在沙发上转动了一下身子，说，这不赖我，我没想离婚。

苑小美说，你没想离婚就有理了，这个家都是你闹的，你知道你喝完大酒有人样儿吗？反正我是不能和你过了，孩子没了我就更不能和你过了，明天我就上法院起诉去！

他们这样吵，苑小美的母亲的思路早就开了小差儿，她还在想着外孙子，一瓢凉水让她冷静了许多，她在脑海里查地图一样，终于查出一个外孙子可能去的地方，她说，孩子能不能回你们家了？

正吵得不可开交的苑小美听母亲这么一说，马上反驳说，他哪有家呀？哪是他的家呀？你没见那房子的大锁头比碗还大吗？他没有钥匙，他飞进去呀？

苑小美说得有道理，她带着孩子在母亲家里住着不下半个月了，半个月她没有回一次家，孩子固然也就不能回家。

苑小美的母亲可没听苑小美的，她起身就去实施自己的行动，她现在是宁可信其有，不可信其无，只要有一丁点儿希望她也不会放过。

来到小美居住的房子前，苑小美的母亲才感觉到，小美坚持离婚是有道理的，这哪像个家呀，房子不像房子，年久失修；院子不像院子，和院外比凹进一尺多深。这些年这两个人忙着干仗，谁都没有心思过家。

院门是锁着的，苑小美的母亲就从邻居家的木栅栏跳了进去，黑色大三环锁她老早就看到了，但是她还是来到窗玻璃前，手遮住眉眼向里面望，这一望，苑小美的母亲顿时哭了起来。她的外孙子蜷缩着身子躺在冰凉的土炕上睡着了，那炕有半个月没生火了。

苑小美的母亲这一哭，邻居的女人出来问她哭啥，苑小美的母亲就把孩子在里面的事说了，两个人都纳闷不知孩子是怎么进去的，推推窗子里面都挂着，最后是邻居女人帮她断定，是从他们家门上方，那块打破的玻璃窗进去的，可是这个窗子太小了，只有二十乘四十公分，又在高处，框

上还有玻璃茬儿，孩子怎么进去的呢？

　　苑小美的母亲在外面哭，孩子在里面睡，邻居女人陪着苑小美母亲心酸，一直到掌灯的时候，苑小美的母亲才把外孙子从打破的门窗里接出来，她像抱着心肝宝贝，紧紧地搂着孩子，再也不让他离开自己半步。

　　孩子则伏在姥姥的肩头，继续瞌睡着，苑小美的母亲就抱着外孙子往自己家走，她一边走一边哭一边想：男孩子，恋家呀……那泪水就如同涌动的河流，不断线地流淌着。

　　第二天这间房子生火了，有炊烟袅袅地从屋顶的烟囱旋出，过路人还隐隐听到小孩子的笑声和大人的窃窃私语声，几只麻雀不失时机地落入院中……

叛　逃

　　顿·理查德走在美国的大街上，他英俊的身影给纽约留下了美好的印象。可是他今天并不走运，他没有通过测谎仪，谍报人员不通过测谎是一大忌，所以他被美国中情局无情地解雇了。

　　顿·理查德性格很刚烈，他才二十七岁，平时挥金如土，不干谍报等于没有了油水，再去从事别的专业对他没有一点诱惑力。顿·理查德情急之下得病了，他得了肺病，高烧让他难以支撑，若不是他高大的骨架在那撑着，他或许会倒在床上任生命凋零。

　　他的妻子布莱克很爱他，布莱克也在中情局工作，是个出色的女特工，布莱克看理查德病情日益加重，就劝他到维也纳调养，理查德平时什么都不听妻子的，这一次他听了。

　　维也纳的风光确实很让理查德受用，多瑙河的波涛洗去了他心里藏匿的尘埃。理查德的肺病真就好了，这增添了他许多已经泯失的斗志。

　　谍报人员的骨子里有天生的不屈，理查德也一样，他们从来都不忘记从前，他们复仇的心理，让他们憎恨所有对不住他们的人，不分国界。

　　理查德在维也纳待了两年，这两年他将自己练就成一个更加出色的间谍，不过这一次不是给美国干事，他推翻自己的信仰担起了背叛，这不是他狠，而是美国太亏待了他。

　　理查德这次为之效力的是前苏联，不到两个月，美国潜伏在苏联的谍报网几乎丧失殆尽。而理查德去维也纳的旅行也日益繁多。若说还是理查德年岁小，巨大的功劳换回的巨大酬资让他喜不胜收，在回美国的日子，他不住地向朋友炫耀，这引起美国中情局的高度重视。

　　妻子布莱克对他也很不满，布莱克和他相反，是个从来不流露自己的

人，她面部平静，内里排山倒海，一副永远的处事不惊。

理查德一到关键时候便依赖妻子，他也认为自己很可能暴露了，于是他和布莱克达成共识，开始了他们周密的计划。

这天理查德和布莱克去参加朋友的宴会，他们穿戴华贵，兴致高昂，由布莱克开车，先在美国的大街兜了风，然后又去有名的商店转了转。车子起动后，理查德看到跟踪他们的人也起动了车子。

他们丝毫不紧张，他们有把握摆脱盯梢，优秀的理查德曾以优异的战果扭转了苏联的谍报乾坤，还在乎他以往的同类？

布莱克对此没有掉以轻心，她谨慎而内敛。果然在宴会上她巧妙应对，谈笑风生，弥补了理查德不少的漏洞。

宴会在欢快而幸福的气氛中结束。夫妻俩手挽手同好友告别，然后步履从容，有说有笑上了车。

还是由布莱克驾车，他们一路奔自己的别墅而去。

布莱克看了一眼理查德，说，看来中情局真要对你下手了。

理查德不以为然地，答道，那是自然，他们一向心狠手黑，不然当初也不会去走绝路，有时候背叛一个国家不在于自己，而在于掌控这个国家的人，你的同族。

布莱克眼里出现了淡淡的哀伤，她又说，这一走，不知什么时候才能回来？

理查德说，还回来什么，我出去安排妥当，设法把你接出去。

之后他们就什么也不说了，很快恢复了间谍的角色。

前方的道路是宽敞的通往乡村的大道，再有五分钟就可以路过那个唯一的拐弯，两个人顿时机警起来，他们不约而同，思想一致，心态一致，步调一致，动作标志了一切。

一片茂密的树林挡住了后面车的视线，车子只减速五十秒就继续向前。车子里还是两个人，还是布莱克驾车，理查德坐在后面，车速比原来快了二十迈。

一个提速，另一个也提速，一个兴奋异常，另一个穷追不舍。

直到布莱克把车停在了自家的停车场，又把车里的理查德按倒在座位上，布莱克仍旧兴趣不减，她快速跑到楼上，给刚才宴会做东的朋友打了个热情洋溢的电话。

电话里说，他们到家了，一切都好，让他们勿念，以后有机会由他们回请，一起再聚。

不过这个电话不是布莱克打的，是由理查德打的，中情局的人通过监听，听到理查德的声音和以往一样爽朗快活，他们想，真是个不知死的。

只有布莱克明白，这哪是理查德此时的声音，是聪慧的理查德提前准备好的电话录音，那个车上同她一起回来的理查德，也不过是个穿着理查德衣服，戴着理查德帽子的假人，此时还躺在空旷的车座上。一阵孤独向布莱克袭来，这个坚强的女特工，第一次落下担心与思念的眼泪。

补 痕

说好了去北戴河疗养，但横空一个电话她就知道他不会去了，他接这个电话时向她撇了一眼，仅就这一眼她就明白是什么人的电话了。

他是她的老公，在一起过了十多年的日子，她对他的习性再熟悉不过了，比如吃着饭，他们都沉默不语，她从他咀嚼的速度上就能判断出他有事无事；再比如一起看电影，她从他的坐姿上就能看出他是否在真心感受夫妻的幸福。那么现在这个电话，她不用问就懂了其中的含义：有一个比自己不知重要多少倍的人，要破坏这次有意义的旅行了。

几天前她接到一个匿名电话，告诉她她的老公在某某咖啡屋和一个女人约会，那女人是咖啡屋老板。类似这样的电话她总是接到，每次都强迫自己镇定不去理会，但是这一次这人说，如果有半句假话愿意以她半岁的女儿做代价，并说你在三点五十分时到对面楼顶观看就什么都明白了。

她果真就按约定去了对面的楼顶，楼顶的砖台上意外地放着一架望远镜，望远镜是远红外的，即便是黑夜也能把对面的情景看个清清楚楚，结果她看到了不该看到的场面。

但是尽管这样，她也还是没有办法控制局面，她离他们太远了，望远镜只给了她影像，不能解决捕获现形的距离，她当时唯一能做的就是给他打手机，告诉他她就在对面的楼顶，他们的行径她看得一清二楚。可是他并没有相信，他一边接电话还一边无耻地加大动作的力度。她气疯了，大声哭了起来，就差没打110报警了。

这以后她郁郁寡欢，甚至都不知提出离婚了。她每天只会向窗外看，没完没了地看，怀里抱着她的小熊，那小熊被她抱得很紧，一刻都不能离开，一旦离开她就恐惧地冒冷汗。他看到她这样，怀疑她早晚要疯掉。

为了使她从那个情境中自拔出来，他决定带她去海边散心，并信誓旦旦说她看错了，她那天看到的不是他，他说我怎么可能在那么低级的地方做事，你知道我多介意床单的洁净。听了他的话她气得浑身哆嗦，她不明白他怎么那么无耻。

乔给她带来了希望。

乔是她两个月以前认识的，那天乔来她家找她老公办事，乔拎着烟和酒，穿一身很单薄的毛衣毛裙站在门外，那天天有点冷，那天他不在家，她作为主人就请乔进屋。从那天起乔成了她最好的朋友。

关于去不去北戴河，她犹豫时打电话问了乔，乔告诉她：跟他去，去散心，然后调动他的财产，和他离婚。

她信了乔的话，现在她什么事都信乔的，乔成了她唯一的精神寄托。不想人算不如天算，一个电话又不能让他们成行。

他接到电话后，脸色很凝重，他说，公司出事了，我走不开了，你自己去吧，到那里你尽情地玩，钱我会打到你的卡上，多少都行。说完这些话，他甚至没等她答话，人已飞了出去。

她强忍着泪找乔，想把他的出尔反尔告诉乔，可是乔关机，乔的单位人说，乔带女儿去医院了。她只有等，等乔来电话，乔每天都给她打电话，乔对她就像她对乔一样，情感中带着深深的依恋。

一小时后，乔真的来电话了，她就泣不成声地把北戴河去不成和乔说了，乔沉吟了片刻，说，这样，你自己飞北戴河，到那里找一家公用电话打他的手机，打完后你就速速飞回来，趁天黑潜到你家中，如果半夜时他不携其他女人回家，你这一生就和他过吧，这说明他有改悔之心，至少他没乘你不在家之危，如果恰巧让你捉到，那你就果断些立马摆脱他，早一日分手早好，各奔前程是你最好的出路。

乔是有灵性的人，有点像女巫，乔说了许多事，都一说一个准。

凌晨两点，她打着哈欠站到了自家的别墅前，屋里楼灯都熄着，如果他把女人领回家，这会儿正是他们憨态可掬之时。她想着，掏出钥匙，一道一道开了门，一盏一盏开了灯，当她把卧室的灯也打开时，她惊呆了，除了床上熟睡的他，满床满地都是俄罗斯娃娃，大大小小五颜六色能有近

百个，这是她最喜爱的物件，去俄罗斯旅游时，她带回来的除了套娃就是套娃，连海关关长都瞅着她笑。

现在神态各异的套娃摆了一床一地，她不明白，他为什么，又从哪里给她弄回这么多她喜欢的东西，兴奋之余，她早把捉奸的事给忘了，怕把他弄醒，她跑到卫生间给乔打电话，她要告诉乔这一好消息，她要告诉乔以前可能真是她冤枉了他，她还要告诉乔，她今后一定不胡思乱想好好过日子，她更要告诉乔，以后不论怎样的匿名电话她都不会在意。

可是乔却始终也不肯接电话。

乔这会儿正得意呢，她庆幸自己退出了"马其诺防线"，和她的情人永远说拜拜了。临分手时乔送给他十套俄罗斯套娃，并告诉他一定把这些宠物搬回家，答案在最里面的套娃肚子里，找到它，就找到了她心中的愿望。

回到家，他把所有的套娃都一一打开，弄得满床满地都是也没看到什么答案，面对空空如也，他顿时明白了一切。

阳台里的绳子

巴比的姥姥叫同艾。同艾动辄往家里捡东西。她一捡东西巴比的妈妈就生气，把她捡回的碗筷、泥塑、化妆品从窗口扔出去。

同艾看着自己辛苦捡回的东西遭遇无情，有时就偷偷地掉泪。六岁的巴比看到姥姥哭，就劝姥姥，巴比说，同艾你别哭了，妈妈是怕你把屋子弄脏。同艾抱紧了外孙子，叹了口气，说，你妈小的时候，要是能有这些的东西，也不至于饥一顿饱一顿呀，你的小姨，也不至于饿死呀。姥姥说着就哭得更厉害了，眼泪落到巴比的嘴里，咸咸的。

这天巴比的妈妈又上班了，妈妈走后，同艾和巴比商量，她要出去一会儿，请他别告诉妈妈。巴比同意，姥姥就出去了。姥姥一出去就一个小时，回来时拿着一大团绳子，还有几棵干树枝。干树枝姥姥用它去支花盆里的花，那花不支一支就倒下了，支上后就像为它搭建了一间房子。

姥姥做这些，巴比在一旁看，等姥姥做完，巴比说，这样很好，妈妈也会认为很好。巴比的夸奖，让姥姥重重地亲了一口巴比。

可是余下的问题姥姥还是挺犯难，她弄回来的那团塑料绳，放在哪儿好呢？放哪儿不会让巴比的妈妈发现呢？巴比也在为姥姥想办法，巴比想了很多地方，鞋柜、碗橱、杂物箱，都不行，都在姥姥的摇头中一一被打消。

忽然巴比的眼睛一亮，他说，姥姥，我想到一个最好的办法。姥姥凑了过来，想听他的办法，巴比就伏在姥姥的耳边小声说了几句。姥姥点头，面露喜色。

巴比的办法是，他有一个小书包，是他上幼儿小班时用的，由于上面有五只卡通羊，巴比舍不得扔，就让妈妈放在了阳台上他的玩具箱里。

巴比告诉姥姥，那小书包刚好能装下她那团绳子。

巴比的姥姥采纳了巴比的建议，巴比别提多高兴了。至此他和姥姥有了一个共同的秘密。

妈妈下班回来果然什么也没发现，不过她发现儿子巴比总是偷偷地笑。但是笑总比哭好哇，总比吵得她不能做账好哇。巴比的妈妈在公司是会计，她有时就把做不完的账拿回家来做。

这天妈妈做完账要清理阳台。最首要的是清理阳台上巴比的玩具箱，妈妈说，巴比大了，有些玩具不需要了，不如送人。巴比听了妈妈的话，脸色大变，那不就发现姥姥的绳子了吗？

巴比想到这，径自跑向阳台，像小卫士一样把守起玩具箱，巴比说，不行，谁也不能动我的玩具，我的玩具要陪我一生。巴比别看才六岁，说起话来像小大人似的，词汇量十分丰富。

妈妈是溺爱巴比的，巴比的要求她没有达不到的。现在看巴比依旧爱自己的玩具，就说，好好好，听你的，你就玩吧，永远长不大的孩子。

巴比和妈妈短兵相接时，姥姥就站在房厅里看着他们，姥姥明白巴比的意图，也为自己的绳子捏把汗，因为巴比的妈妈和她下过令，不许她往家捡别人扔掉的东西，否则她就砸碎家里的好东西。

巴比妈妈脾气不好，她说到就能做到，巴比姥姥就最担心那些绳子。

现在看聪明的巴比帮了自己的忙，姥姥心里一块石头落地，她忙对女儿说，你有空儿不如把阳台上的旧报纸收拾一下，现在的报纸三毛多钱一斤。巴比的妈妈倒不图报纸卖多少钱，她只图清静，让阳台清爽是她的目的。

报纸很多，一天一份的《生活报》，看后往阳台一放，一年下来，摞起来有一人高。巴比妈妈决定把它打捆，送收购站也方便。

打捆时，问题出现了，由于没有准备，巴比的妈妈没有准备绳子，如果早有打算，她会在楼下的超市买上一些，而现在还要下楼一次，巴比妈妈嫌费事，还是决定不下去了，也不捆这些旧报纸了，改日买回绳子再弄。

巴比的姥姥看明白了这些，但她也不敢拿出她那些绳子，她怕弄出马脚，本来挺好的事，又节外生枝。

可是这些都瞒不过巴比，他什么都看在眼里，他明白妈妈的心思，也明白姥姥的心思。就在她们都举棋不定时，巴比对妈妈说，绳子早准备好了，你捆吧，收破烂的就在楼下呢。

巴比拿出了书包里的绳子。巴比的妈妈接过塑料绳，瞅了瞅，也没说什么，就捆。巴比的姥姥也帮她捆。刚捆完，楼下真的传来收废品的声音。巴比的妈妈就趴在窗子上招手。

这时候巴比已回到卧室，他用座机给她妈妈打手机。巴比的妈妈看到是家里的号码时，说了声，这孩子，又闹什么鬼？而那一头的巴比却很郑重其事地对妈妈说，邱云，谈个问题好吗？

巴比的妈妈叫邱云。

你好，丰田佳美

满克结婚，许多人都拿来礼品，满克自己也开着车来了。他们一起来到地久饭店的婚宴上。婚礼安排在晚上。

新娘小地打扮得花枝招展，白色的婚纱像一大朵云，小脸化得花团锦簇，鸟儿依人地和满克挨桌敬酒。

敬酒的方式也让人一看就暖，先是他们俩陪客人各喝一小杯，然后由满克一人一人地敬，敬到谁邪儿满克都要再陪一杯。宴会大厅一共十五桌，每桌十三人，敬到第五桌时，满克有些晕了，客人们说，行了，满克，意思到了，我们就领了。

可是满克不同意，他说，大家为我而来，我就得对大家有回报。这回报就是满客把自己喝成了烂泥。由小地陪着去了休息厅，但是小地也不太尽职尽责，中间一个电话接着一个电话，满克就像个不省人事的孩子一样，鼾声如雷。

到了夜晚十点钟，大家酒足饭饱，撤了。满克也由小地驾车回到家中。

满克一睡睡到后半夜，房事也忘记了，醒来叫口喝，也没人给他水，小地也睡着了，满克就只有自己起来去饮水机取水喝，一喝喝了三大杯，去卫生间撒泡尿，撒着撒着，猛然一激灵，说了句，车呢？那车是前三天买的丰田佳美，他爱惜得不得了。就去房间问小地。

小地好歹算是被他弄醒了，却说，在路旁。在路旁怎么行？满克急了，又追问车钥匙，小地又答道，在车里。天哪！满克大叫，冲了出去。

冲出去的结果也正是满克预料的那样，车没了，小区的楼前楼后都找遍了，大门外也找遍了，都没有。就心里像揣个活蹦乱跳的蚂蚱一样回去质问小地。但是，不管他怎么数落她，怎么让她想一想车子到底放在了哪里，小地就一句话，我喝多了，行你喝多不行我喝多呀？说着又睡了过去。

满克没办法了，在屋里直转圈，好在他前两天办了车险，被盗保险公司会赔，但是这也没解决满克的心疼和焦虑，他太心疼他的车了，他这一生太爱车了。满克睡不着，一支烟接一支烟地吸，他决定去地久饭店的停车场问问，没准儿是小地喝多了，把车忘在那里没取呢。

这是最后一线希望。最后一线满克也决定去看看。

地久酒店是个不夜酒店，彻夜人流不断，灯火辉煌的门楼永远站着不知寒暑冷暖的门童，满克上前打问。

满克说，我的丰田佳美，白色的，停在你们的停车场，你看到了吗？看到是谁开走的吗？

门童说：我刚接班，不过我可以给你问一下上一班。

门童进门旁的休息厅去打电话，满克的心却在打鼓，灯光下，他像一只蛾子，一次次扑向他的希望。他多么渴望会有一个转机呀，会有一线希望让他和他的车再见一见呀。哪怕仅仅再见一面，他有个心理准备再失去它呀。

两分钟过后，门童出来了，他对焦灼不堪的满克说，我的上班说，那辆漂亮的丰田佳美，让一个女的开走了，时间是晚十点十五分。

满克明白他说的那个女的就是小地了，可是这又有什么用呢？事情又回到了起点，又回到了小地提供的情境，难道是小地真的忘记锁车门，被人窃取了吗？难道还会有第二个人在第二个地点看到小地吗？难道小地醉酒就真的那么厉害吗？

这个夜晚满克无功而返，这是他这一生最沮丧的日子，它发生在婚礼过后，让他感到十分晦气，他太在意这一天的暗示了。他的同学，就是结婚那天风雨咆哮，结果两个人没一天顺过，灾难接踵而至，最后连孩子都没保住。

由此满克对自己的家庭前景，充满隐隐的担忧。

天亮前满克回来了，他没有惊动小地，小地还在睡着，她好像睡得很

香甜。而他却没了心思，他心里的希望破灭了，人就出现极度的消极，他甚至都忘记了自己还是新郎，就坐在房厅的沙发上吸烟。

过了一个小时，他的手机响了，他接到一个短信，短信只有几个字：已出手，谢谢你的老丰。起初满克没在意，认为是个发错的短信，可就在床上的小地翻了个身，发出喃喃细语的当儿，满克的头皮炸了起来。他的神情一振，老丰是谁？莫不是我的丰田佳美？

满克立即拿出手机又看。当他进一步肯定这条短信与自己有关时，就计上心来回了一条，老丰还有，你还什么时候要？短信很快回了：还是和你老公同床异梦吧，你以为那是撒尿啊？

与此同时，满克想起，自己的这个号，曾经是小地用过的，她有新号，就转给他了。满克的手抖了，心也抖了，一抬头，窗外的曙光，晃花了他的眼睛。

灾　年

　　孟利黎智障，却有一身的力气。他能把生产队的石碾子抱起来，在院子里走三圈。李承明是他的老师，学校就两名学生和一名老师。

　　老支书这天来到学校。他把李承明叫到外面，说，又有两个人饿死了，你带他去南山坡挖坑吧，别告诉他挖坑做什么。这话老支书不知重复多少遍了。

　　老支书走后，李承明就带着孟利黎出发了。

　　孟利黎这天的活儿很重，两个坑都要七尺长，宽和深一米，挖第一个时没费什么力气，只把孟利黎肚子里的两个糠窝头消化光了。挖第二个时，孟利黎不愿意干了，他把铁锹摔在土坑帮上，嚷着饿。李承明也饿，李承明虽没干活，但他什么也没吃，肚子里已两顿没进食了。

　　李承明抬头看了一眼不远处的老榆树，他哄孟利黎，你挖，我上树为你够榆树钱，树钱比糠窝头还好吃。

　　孟利黎挖了。孟利黎挖几锹，李承明给他一把榆树钱，再挖几锹再给一把。李承明不敢都给他，都给，树钱吃完了，坑挖不完，任务就完不成了。而他自己，坐着都出虚汗，一锹也挖不动。

　　孟利黎说，挖这么多坑干啥呀，每天挖呀挖的，都挖一大排了，你看！孟利黎指着不远处几十座新耸起的坟茔。

　　李承明想起老支书的话，不想把实情告诉他。告诉他，他就不快活了，不快活，就不会好好挖坑了。而智力健全的人，谁肯天天挖坑啊？

　　李承明说，种树呀，不然怎么能吃上榆树钱呢？孟利黎说，破榆树钱一点也不好吃，为什么要种它呀，不能种糠窝头吗？李承明说，能呀，你挖的这个坑就是种糠窝头的。到时呀，你吃都吃不完。

孟利高兴了，说，吃不完给我娘呀，我娘最爱吃糠窝头了。李承明咽了口唾沫，想，谁不爱吃糠窝头啊，哪里只有你娘呀。孟利黎的娘也是智障，家里就他和他娘，两个这样的人在一起是没法生活的，老支书才把村西的古庙收拾出来，做了临时的学校。偏巧孟利黎有一身的力气。

孟利黎一高兴，手里的铁锹就挥舞起来。他仿佛看到一树的糠窝头，正等着他吃呢。他越挖越兴奋，越挖越想吃糠窝头。李承明还在够榆树钱，他够下来一棵大树杈，搲了一兜子榆树钱，末了把榆树皮也扒了下来。这是他们未来几天的食物，他一点都不敢怠慢。

夕阳来临的时候，孟利黎的坑终于挖完了，李承明领着他回学校了。李承明知道，等他们走后，天将黑时，老支书会领一伙人来，把这两个坑填满。

孟利黎看到李承明拎那么多榆树钱，他还想吃，李承明没给他。学校自己起火，他要用它给他的两个学生做树钱汤呢。晚饭是树钱汤和菜团，汤里有少量的包谷粉。一人两个菜团，一碗汤。孟利黎吃了自己的菜团，又吃了李承明一个菜团，他还没吃饱，另一个学生把自己的一个也给了他。菜团是野地里的灰菜，一筐灰菜才能做六个菜团。

菜团不抗饿，孟利黎几乎刚吃完就吵着饿。李承明只有敦促他睡觉。学校里晚上没有灯，天没黑他们就入睡。李承明说这样省灯油，事实上他们一点灯油都没有了。

另一个学生挖了一天的菜，躺下就睡着了。李承明连累带饿没几分钟也睡着了。只有孟利黎睡不着。孟利黎一是没吃饱，二是挂念着糠窝头。李承明说坑里能种糠窝头，他就一心想吃那坑里的糠窝头。

孟利黎起身去寻找糠窝头了。他的目的地就是白天挖坑的地方。孟利黎来到坑前的时，天还没黑透，孟利黎一眼看到老支书一个人在种糠窝头。他就像个兔子一样嗖的一下奔了过去。

孟利黎的出现吓了老支书一跳。老支书辨明是孟利黎时，他哑然失笑，说，傻小子，看不出你还能送终呢。就把铁锹递给孟利黎，让他往坑中填土。孟利黎很听老支书的话，就填。填着填着他看到一节红发带，孟利黎拾起来说，我娘也有这样的红发带。老支书说，那你就跪下来磕个头吧。孟利黎就跪下来磕了个头。

老支书这会儿呕了起来，他吐出一大摊血来。他吐血的事有半年了，起初是小吐，现在是大吐，一吐就是半盆，现在他吐的血，在夜幕下比黑土还黑。吐过后，老支书从兜里掏出一个糠窝头，对孟利黎说，傻小子，只填一个坑不可吃糠窝头，得俩都填了，你才能吃。

孟利黎高兴得直点头，他接过窝头，揣在兜里，填得飞快，没注意老支书是怎么躺进去的。土堆高高隆起后，孟利黎吃起了窝头。他吃得很仔细，连掉在地上的渣儿都捡了起来。

赢你一生

阮小衡不是个听话的孩子，十七岁就停学了，他的父母管不了他，就把他送到他姑姑家。

姑夫是开歌厅的，对付孩子有一套办法。见到阮小衡没理阮小衡，吃过一顿饭后，把阮小衡叫到跟前，说，跟我去歌厅吧，维也纳音乐之都，够你开眼界的。

阮小衡哼了声，说，歌厅谁没见过，不就一群小姐为你吆来一群帅哥吗？你从中发财，发的是女人财。

阮小衡的姑夫听阮小衡这么一说，脸色稍稍有些变化，但他很快稳住阵脚，他耐着性子对阮小衡说，我发什么财你别管，现在是你管我叫姑夫，我派你的事你若能让我满意，我倒过来管你叫姑夫。

阮小衡的姑夫叫雷娃，有名的"雷大炮"，黑白两道全通，不然也开不了音乐之都。他在阮小衡面前算是最有耐性的，主要是他觉着阮小衡聪明，不严加管教肯定走自己的老路，所以阮小衡的姑夫决定先向阮小衡抛过一块砖头，目的是激怒阮小衡这潭死水，美其名曰叫激水生浪。

阮小衡听了姑夫的话后，也不甘示弱，他不服气地说，那我们就试试，不过你若输了我不让你叫我姑夫，你就把你的丰田佳美借我玩两天就行，然后我拍屁股走人。

阮小衡的姑夫一看阮小衡还挺横，就眼睛一翻楞，说，行，怎么着都行，叫姑夫和玩丰田佳美一个样儿。

这天阮小衡跟着姑夫来到维也纳音乐之都，在大厅里，雷娃指着一堆红纸绿纸黄纸的宣传单对阮小衡说，拿着它，到大街上，见人就发。

阮小衡一看齐刷刷的广告堆了一地，费了半天劲才冒出一句，劳民伤财。

雷娃脸一黑说，你敢抗旨？还没开始你就违约？

阮小衡说，我没违约，我是说你得不偿失，做广告还用费这么大操办，我说国家森林怎么断代了呢，原来都是让你们这些蛀虫嗑的。

雷娃急了，说，哎呀，小毛孩儿，吃辣椒吃多了吧，怎么这么冲啊，来教训我，我现在就可以炒你的鱿鱼。

阮小衡不理姑夫，他歪着头想了一会儿，然后还是很坚决地说，反正我不用你这些破烂，不用它我也一样做广告。

雷娃一看说不动阮小衡，就想这小兔崽子说不定真有高招呢，就狠狠心说，也罢，就依你，不用我这破烂你若做得好，我的丰田佳美就归你了。

说着叫来一名门童，说，从今天开始，不用你把门了，你就跟着他，全程监视，看他怎样保证每天有四百人知道维也纳音乐之都。

阮小衡没在乎姑夫的指手画脚，雷娃还没说完，他早夺门而出，门童屁颠屁颠跟在后面。

晚上天没黑透之前，门童自己回来了，却怎么也不见阮小衡。雷娃问，怎么是你自己？门童说，阮小衡在你的车上呢。雷娃一惊说，车钥匙在我手里，他怎么会在我车上，门童透过窗玻璃，指着窗外说，你看。

雷娃扭头一看，阮小衡哪是在车里，而是在高高的车顶，他躺在奶黄色的丰田佳美上，像躺在一片沙滩上一样自豪，阮小衡两手托着头，二郎腿优哉游哉地晃着，正扭头瞅着自己笑呢。

雷娃忙问门童，他是怎么做的广告？有四百人知道维也纳音乐之都吗？

门童说，别说四百人，四千人也有了。

雷娃一惊，说，莫非他用了大广播喇叭？

门童说，他倒没有用大广播喇叭，可是他见人就跟人打听：

请问您知道维也纳音乐之都吗？

您能告诉我维也纳音乐之都怎么走吗？

我想享受您城市最好的量贩式 KTV，维也纳是最好的吗？

维也纳音乐之都是兼洗浴餐饮于一体吗？

每天是有一千多人光顾维也纳音乐之都吗？

门童继续对雷娃说，你没看他那份儿虔诚呀，跟真的一样，经他这一问，人们都沿着他的思路挖空心思地想，想起来的都好心地给他指路，想不起来的就互相打问，然后折回来把详细地址告诉他，一传俩，俩传仨，仨传三十，三十传三百，不到两个小时，繁华一条街上的人，就都知道维也纳音乐之都是怎么回事了，在什么方向了，有没有高级镭射音响了。

门童喋喋不休总算把要说的话说完了，而雷娃却傻了眼，一滴口水蹿过雷娃的下巴，雷娃抹了一把，大咧咧地骂，小瘪三，没想到他还有这一招，我一年才能挣几个丰田佳美呀。

门童说，所以老板呀，你千万不能把丰田佳美给他，想在你这儿捞外快，你不能给他留这个门呀。

雷娃打了个愣，之后他眼睛一瞪质问门童，怎么着，你啥意思，你非让我叫他一生姑夫呀？

另类妈妈

这日到渡远市场买菜，碰到一个人，是从美国探亲刚回来的小五的妈妈。小五是我早年的同学，我是吃着她妈妈的菜包子长大的。那时候她们家在校门口的西北边缘，每日上学都路过她家，有时就故意在家不吃早饭，到她们家吃早饭。

小五的妈妈现在比那时苍老了好几倍，但是和她的同龄人比，她还是年轻的。她见我匆匆走过来在她后面排队，就让了让说，你们年轻人都忙，不如到我前面来排。我对她笑笑，这才发现是小五的妈妈。

小五现在已经去了美国，我就问了小五的情况，她说她现在很好，生了个孩子，是女孩，去年她过去帮她把孩子带到六个月。我问她为什么不在那里多呆些时日，也好帮小五多带带孩子。小五的妈妈说，她早晚要靠自己，不如让她早一天靠自己。我听着也觉得是那么回事，也就不再多问，专心致志地买菜。

我正选菜，身后小五的妈妈的话语让我回过头去。我以为她是和我说，回过头才知道她是对着身边的一位年轻人说，小五的妈妈一边说一边打掉那年轻人的手：掏什么掏，这里哪有钱，钱都在这儿，喏，这不是？她从裤腰里掏出一百元，塞给了那青年，那青年面红耳赤，把钱撇给了小五的妈妈，转身头也不回地跑掉了。

周围看到这场景的人都没明白小五妈妈和那个青年是什么关系，包括我也没太弄明白，别人不明白不能问，而我能问，我就说，大妈，您孙子长那么大了？小五的妈妈说，那哪是我孙子，那是龟孙子，偷钱的大户，我是羞辱他，我哪是给他钱，年轻轻就走下坡路，走到哪时呀。

小五妈妈的话让所有人都投过来惊诧的目光，有人问，那他要真要您

那钱，您不心疼呀？小五的妈妈说，有什么心疼的，他都暨摸我好几天了，我哪能躲得起他呀，不如早给他，他就静心了，我也省心了。在场的人都笑了，说，大妈，您这不是美国风度吧？是不是美国都纵容小偷？小五的妈妈说，美国不纵容小偷。是我纵容小偷，我每天看着他们在人群里钻来钻去，还要装成正人君子，我替他们累呀。

小五妈妈的说法有些另类，细想也不是没有道理，这个二十几岁的青年，不就是良心发现，有了知耻心，而没要他挖空心思想弄到手的钱吗？

事情就这样过去了，和小五妈妈匆匆告别我就回家做午饭了，但是我心里却把这事陈列了起来，有一天吃过晚饭，听到渡远花园的舞乐震天，就想出去看看，没准儿在那能遇到小五的妈妈，那天着急没问她的门牌号码，但也断定她一定住在渡远，不然不会到渡远买菜，也不会对渡远的小痞子那么熟悉。

我们单位前几天发了一套保暖内衣，非常适应老年人冬日里穿，就想带给小五的妈妈，感谢小时候我没心没肺吃了她老人家不少包子。

渡远每晚都举行舞会，我在人群里没用费劲就找到了她，她正在跳一曲西方的圆舞曲，不过她是自己跳，不像别人都有舞伴，就想这老太太也许是清高，自己跳还把舞曲跳得那么卖力。

就在我注意力有些分散时，小五妈妈身旁的一对老年舞伴突然出现点事情，一个拥着舞伴的六十几岁的男人一下子出人意料地倒了下去，他的倒下让他怀里的舞伴也跟着倒了下去，那是个五十多岁的女性，长得小巧玲珑，即便是现在也不难看出她年轻时的娇小宜人。这个小个子女人发现自己的舞伴倒地那会儿，她的一只手就迅速地托住了那老年男人的头，她的动作是那样准确，那样到位，那样不惜自己的一只肘臂磕在坚硬的水泥地上，也可以说她的跌倒是为了她钟情的男人而跌倒，稍稍有些常识的人都会看出蛛丝马迹。

人群开始乱了，不少人张罗叫救护车，有人提醒找家属。

小五的妈妈就是在这个时候走到那个泪水涟涟的小个子女人跟前，对她说了什么，那小个子女人点点头，之后小五的妈妈就把自己的运动装脱下来，放在了那老年男人的头下。一会儿家属来了，来的是儿子和妈妈，他们都没有看到刚才手托头颅流泪不止的那一幕，他们只把死者弄到救护车上，然后绝尘而去。

救护车走后，地上只剩下小五妈妈那件红色的上衣，谁都以为小五的妈妈再也不会要那件死人枕过的衣服了，但是出乎人们的想象，小五的妈妈从容地把它从地上捡起，抖抖上面的灰尘，然后像什么也没发生一样穿在了身上。

远处的树阴下，那个小个子女人在掩面哭泣，小五的妈妈走过去，和她做了个长长的拥抱，她宽厚的手掌在小个子女人的背上轻轻地拍着，像数着岁月难料的痕迹。

理想国

妙妙小的时候搞文学创作，觉得那是希望，一个人一门心思地写，写着写着就写出一些名气。有一天在大街上走，后面上来一个人，说，你是妙妙吧，听说你小说写得好。

我停下脚回头看来人，这才发现是个非常漂亮的男孩子，一米八的个头儿，一头浓密的黑发，微带卷曲，脸盘长得也好，就眨巴一下眼睛想，还没见过这么好看的男人呢。

好在我是一个碰上什么样异性都不动心的人，所以就答道，是呀，没错儿，你是谁？来人介绍了自己的名字，原来也是写小说的，叫绿。绿骑着辆自行车，女式的。那时候女式自行车非常流行，像绿这样的男孩子骑着这样的自行车，简直就是一道风景。

绿陪着我走一段路，中间隔着他的自行车。绿说，写小说先要做好人。我说，这我懂，但是做好人也未必就能写好小说。绿说，你说文不如其人？我说，人越阴暗写东西时越写美好，相反人越美好，写东西时越糅杂残酷。绿说，得，你这朋友我交定了，回头我给你送书去，清一色的外国名著，你肯定没有，我南方的朋友送我的。

和绿互换了地址，我接着去逛街，绿答应我过几天把书给我送到家里。

我没太拿绿的话当回事儿，这主要是因为绿太漂亮。也就是转身的工夫，我就把绿给忘了。可是有一天，我正抄稿子，有人站在大门外喊妙妙，抬头一看是绿，他果然拿着几本书，眼睛放光地看着我。

绿的到来左邻右舍都投来钦羡的目光，他们把绿看成了我的男朋友，而我自己知道，绿能做我男朋友的几率并不大，绿充其量不过是个普通朋友，或许连普通朋友都够不上。

这天绿到我们家呆到很晚才走，我母亲给绿泡了茶，就知趣地去了别人家。可是我和绿谈的只是文学，没别的。我们一谈起文学都很起劲儿，绿知道的很多，很让我刮目相看。灯下我仔细端详了绿，发现绿的脸庞眉眼哪儿都好，就是有一点不如人意，绿有一口不太洁净的烂牙，他的牙龈总好像血肉模糊，我甚至从空气中隐隐闻到一种特别的气味。

这以后绿常到我们家来，有一次还发生了一点事情。那天我们家来了一伙查电表的。那时候人们的日子过得很穷，几分钱一度的电也偷，如果不偷，别人家交费时没多少，而你家要交不少钱，就心里不平衡。

绿这天来我家，刚好赶上来查电，查电顾名思义就是看偷没偷电。绿当时坐在椅子上没动，等一伙人走了，绿说，我有一种办法，让查电的人看不出是偷电。母亲对这种事很热衷，绿就现身说法做了示范。绿的办法挺隐秘，就是在母亲挂锅铲挂勺子的地方安一个开关，开关又用一个二层帘挡着，谁查电也不会去掀这没用的二层帘。

那一年绿的发明为我们家省了不下一百元电费。那时候一百元可不是个小数目，母亲到年底很沉静地对我说，和绿结婚吧，不然你还找啥样的？我说，就为你节省的一百元钱？母亲摇摇头，说，不，绿是个不错的人。我也摇摇头，说，绝不。母亲说，你别到最终剩到家。我说，剩到家我也绝不嫁绿。母亲说，为什么？我说，烂牙。

绿到我们家坚持了不到两年，就不再来了，后来他和一个叫果果的女人结了婚。结婚后绿很痛苦，和果果常常把战争打到单位去，绿的妻子是个喜欢向单位领导告状的人，比如她可以把绿的隐私向领导半点不留地揭发出去，绿有点爱占小便宜，把单位的彩旗拿回家做密室窗帘，绿平时喜好在暗室里冲洗相片，这也一点没剩都成了绿的罪状。

有一天傍晚绿忽然来到我家，来了就喝茶，也不说什么。母亲还是知趣地去了邻居家。母亲走后，绿告诉我他要走了。我说，去哪儿？绿说，出国，去维多利亚。我说，那是好事，是你的全家都去吗？绿说，不，是我自己，我去继承姑夫的遗产。我说，那你最好把媳妇也带去呀，到那也有个照应。绿摇摇头，说，不了，我就自己去。

　　绿说完，眼睛盯了我一会儿，就起身走了。他还是骑着那很洋气的自行车。绿的长腿跨上自行车那一刻我叫住了他，我说，绿，到了维多利亚，别忘了一件事……

　　我想告诉绿，一定要消除那口烂牙，我很在意它。可是我不知怎么说。

　　绿停下了，绿很警觉，一条腿搭在车上，扭头看着我，脸色异常的苍白。绿长长地叹口气，说，生活真会开玩笑，你知道我姑夫是做什么的吗？我摇摇头，绿也苦笑着摇摇头，绿没有告诉我结果，但我知道，绿的姑夫肯定是一代牙医。

　　几天后的一个中午，我听广播，午间新闻报道，有一位年轻的男子，骑着自行车，从维多利亚港湾的楼顶一路向西……

　　我疑心是绿，要去看看，母亲坚决地拉住我，说什么也不让我去。

　　维多利亚港湾，是我居住的小城唯一一幢带有梦幻色彩的三层楼房，它的楼顶粗糙而窄小，不论你怎样丈量，它都不会超过 100 平方米，并且四周没有护栏。

不听你的故事我心烦

四十遇到一件棘手的事情，她很烦躁。她坐在五十的旁边对五十说：你看着办吧，总之你得帮我，你得让我心里平衡和平静，我就没见过这样的人，那么大的事不回报，反倒像陌路人，我都快要憋闷死了。

五十看着四十愁苦的脸，觉得像一团麻，就对这团麻说：我给你讲个故事吧，听完你就什么都明白了。

五十说：早年我在供销社是个卖白糖的，我卖了十几年的白糖，每卖完一袋，糖袋子往墙角一扔，就完事大吉了。有一天我正要扔，一个四十多岁长着络腮胡子的男人向我走来，他说：你能不能把你卖完的糖袋子给我抖一抖？他说着把一张八开的大白纸铺在柜台上。

我知道这个男人，但只局限知道而没有说过话，他是外地下放到我们这里来的，下放总要有些说道，不是成分不好，就是反革命狗崽子。在白糖供应的年代，这样的人是没有权力得到白糖票的。

男人铺开的白纸让我无法拒绝，我依着他给他抖了抖，抖过后白纸上就出现二三两白糖，男人包起它宝贝似的捧着走了，走时没说一句话。

第二袋糖卖完时，男人又准时来了，依旧抖出二三两，依旧一句话没说就走了。第三袋白糖卖完时，我以为男人还会来，结果他没来。我就把糖袋子叠好，干干净净放在柜台里给他留着。

糖袋攒到第五个的时候，男人终于来了，我们谁也没说一句话，依旧是一个铺纸一个抖，这些动作做完了，男人仍旧不声不响地小心翼翼离去了。

这样的情景一直持续了五年，五年中我们的话加起来，也还是男人开初时那一句话，除此之外我们没有多余的话，哪怕是，你来了？或下次再

来，或是一定给我留着之类的话。

这一天我的家乡光远发生了地震，地震里氏 7.8 级，光远遭受了前所未有的毁灭性灾害，全镇的房屋一刹那间夷为废墟，我也未幸免地被埋在房屋底下，到了第三天，外面的救援人员还没动静，我觉得自己快坚持不住了，三天未进食，体力严重虚脱，身边的几个同事已先后死去，我也绝望了，想到用不了多久我也会像他们一样，我的意志力近乎崩溃。

这个时候，我头枕着的墙有一块碎砖出现了响动，一只手向我摸来，一个喘息着的男人对我说，吃了它，你就能再挺一天。这只手摸索着把一块硬东西塞到我嘴中，并说，别嚼着吃，要呲着吃。

随着他的话音，我的嘴里立即有了一抹甘甜，我感觉到，那是一个糖球，一个不太规则又比正常糖球小一点的糖球。我说，那你呢，你有吃的吗？他说，不用，我不用吃，我比你能撑，男人总是比女人能撑。

他这么说，可是我觉得他快撑不住了。

我用了最大的劲把糖球咬成两半，一半塞到了他的嘴里。周围很黑，我们互相看不见，又隔着断墙，在往他口里塞糖时，我的手触碰到他脸上硬硬的胡茬，这个人有着浓浓的络腮胡子。

吃了半块糖后，我们的身体明显有了一点劲儿，我对他说，谢谢你救我。他说，别客气，若说还是你救了我，救了我的妻子。我一惊，莫非他真是总到我们店里抖糖的男子。

我说，为什么这样说？他说，我和我妻子都是上海人，离你们这有六千里，她总是低糖，时不时就晕倒，我们买不到糖，就只有上你那抖糖，抖来的糖我把它熬成糖稀，又凝结成块，就是糖块了，她发现头晕时就吃上一小块，比药还管用。

我的眼前立即出现她妻子的形象，虽然我们没见过面，但我想那肯定是有着一张俊俏的脸又小巧玲珑的江南女子。

我没说什么，不能说什么，我们还要节省体力熬到救援人员到来。可是我们又撑了一天，就再也撑不住了，我晕了过去，醒来时仿佛听到头上有声音，我对他说，是不是有人来救我们了。可是他没有回声。我惊慌起来，大声地叫他醒醒，却终是没有回声。

　　我的声音可能被救援人员听到了，一小时后我被救了出来。和我一起被救出的还有他，却是没有了呼吸。如果那半块糖他不给我，能撑到最后的肯定不是我而是他。

　　五十讲完这些话，四十已泣不成声。

　　五十又说，我付出时没想过索取，却得到了比索取还大的回报，他索取时也没想过回报，却回报了生命，一切都是自然的，没有目的的，没有交换的，岁月的不确定性让人性的光辉照耀得更远。

　　四十听了五十画龙点睛的话又哭了很久，最后她从手包里掏出一样东西来，递给五十后转身走了。

　　五十没有打开那包看，但她知道，那准是几块粗糙的、自制的、像凝血一样的黑褐色的糖。

生死之间

洪水到来的时候他和儿子女儿正孵鸡卵，儿子八岁女儿七岁，他们一同在帮他孵鸡卵，他孵的是尼古拉火鸡，鸡卵八元钱一个，再有二十分钟小鸡就破壳了，现在他都听到它们拱动蛋壳的声音了。

可是洪水的声音比小鸡破壳的声音还响，它们隆隆地在他们的脚下、在他们的头上轰响，儿子耐不住这响动跑到门外去看，不一会儿跑回来，他说，爸，洪水来了，全村人都跑光了。他不信，吼着儿子坐下，他要他守着他的鸡卵。

女儿看着爸爸的脸色，看着神色不安的哥哥，她坐不住了，她不想等那小鸡出壳了，她说，爸，我要撒尿。一边说一边往门外挪，他溺爱女儿，没有拦她，这要是儿子，他会一脚把他踢出门外。

女儿跑出去了，可是没一分钟她又跑回来，她对她爸喊，爸，洪水到小三家的门口了，就要进小三家的屋了。

小三家住在村边，村边是低洼地带，越往他家的方向越高，但水若快进小三家了，离他家也就不太远了。他拧着眉头，他还是不相信女儿的话，也可能是他相信了女儿的话，他舍不得他的鸡卵，那是两万元钱哪，是他向村里的刘老万高息借的钱。

这一回儿子女儿都不敢出云看了，他们在等着父亲的指令，只要父亲说声跑，他们拔腿就会跑，他们会跑到西面的高山上去，洪水是从东方来的。但是父亲终归是没有说跑，父亲依然坚定地守护着他的鸡卵。

比妹妹大一岁的哥哥毕竟是有过一些见识，他首先抖颤起来，他的手再也握不住敲鸡卵的铁棍儿，牙齿也跟着打起架来。妹妹最懂哥哥的心，哥哥是她的寒暑表，哥哥都这样，肯定是大事不好了，她哗的一泡尿尿湿了她的花裤子。

洪水轰轰地像火车越逼越近了，儿子对父亲说，爸，我们走吧，不然我们出不去了。儿子带着哭腔儿。

这回他没想打儿子，这回是他自己走出去想看看究竟，但是洪水没让他走得出去，洪水的气浪把他一巴掌扇了回来，他被呛得好半天没喘过气来，等他一口气倒上来，洪水就进了他的院子，就进了他的屋子，他本能地拉住儿子和女儿，一个胳膊窝夹一个，一纵身跃入院中，洪水立即把他们浮了起来，儿子说，爸，快上房呀，他呛了一口水终于和两个孩子上了房。

洪水来得真快呀，转眼一片汪洋，儿子站在房顶上说，爸，怎么办呀？我们能出得去吗？他没有回答，他在担心他们的老房子是否能承载住这洪水的巨口。儿子也感觉到脚下的房子在颤动，洪水却还没有知足，眼看着要把他们的房子吞没。

他看着远处的一棵树，那棵树是他的祖先留下的，据说跟了他们家族十五六代人，有两三丈高，现在离他的房子就有三十米，他对儿子说，看到了吗？那棵树，你，游过去！

儿子的眼里流露出怯色，他怒吼，游过去，你是男人！

儿子豁出命了，一头钻入水里，紧随着，他一手托着女儿也游了过去。

他的体力有点儿不支了，为了他的鸡卵他都两个昼夜没睡觉了，游着游着他明显游不动了，儿子本来已经到了树上，看到父亲的速度减慢他又游了过来，儿子游过来的时候洪水加劲了，洪水像一头发疯的猛虎，叼住儿子甩了几甩，终于把儿子甩得离开了大树也离开了他。

儿子被卷走的那一刻，他只要追上去拉儿子一把，儿子有可能就不会随流而去，可是他前方就是树呀，他若不紧紧地奔树而去，手中的女儿也许就会丧生呀，他顾不得儿子了，他用腾出的那只手紧紧地抓住树梢，把女儿安顿上去后，他回头再看儿子，儿子就像一个忽隐忽现的泳帽，同村庄一起被吞没……

人的心里不能有"结"呀，一旦有结它就让你痛不欲生，就让你生不

如死，即便活着也和死没什么两样。

十几年以后，也是在这棵树下，他见到一个向他讨水喝的年轻后生，后生虎背熊腰，结实英俊，神韵异常。这时候他已经是个佝偻着腰，满眼眼屎，整天靠着那树坐着的呆滞的人了。

他说，自己进屋喝吧，你想怎么喝就怎么喝。

后生说，您不怕我拿您的东西？

他说，无所谓了，我最宝贵的都没了——那是我的儿子，除了他，我还在乎啥呢？他的头发全白了，胡子也全白了，他没有了力气，说话有一搭没一搭的，像是活不了几天了。

他说，就差那一把呀，那一把我要拽住他，他如今就像你这么大了。

后生说，那我就做您的儿子吧。

他说，不用了，谁也代替不了我的儿子，我的儿子八岁就知道救我，我却只差那一把呀……他的手没缘由地在空中无方向地乱抓着，一次又一次。

年轻后生的眼睛湿润了，这时一个女人领着个孩子向树下走来，年轻后生断定，那一定是他的女儿，就向那女人走去……

变 脸

驽马局长在办公室看报纸，他的前妻推门来到他的近前。

前妻说，驽马你保个险吧，人寿保险你保一个对你有好处。驽马抬头看看她，觉得她比原来俊俏许多，当初跟人跑时她也没有现在漂亮。就说，我已经保了，你来晚了。

看前妻不信，驽马就从抽屉里拿出保险合同给前妻看，前妻看看说，你给王丹红了，她给你百分之三十五的回扣款了吗？驽马摇摇头，说，没有，她没跟我说有这项。前妻说，你天生就是个王八头的样儿，吃亏都不知上哪使钱去。说完人旋风一样刮走了。

前妻走后，驽马觉得自己是挺窝囊，就往窗外看，每天的这个时候，王丹红早在这个大院窜上了，听说她在这地委大院做保险做得最好了。王丹红是驽马的初中同学，平时来往也不错，驽马没拿她当外人，不然驽马不会保那个险，驽马对保险的事天生畏怯。

驽马正想着，王丹红不请自到。驽马一见她来了，就急切地把保险合同又一次拿出来说，王丹红，你不对劲呀，你挣谁也不该挣我呀，我帮你，你还吞我一份钱，那叫百分之三十五呀。王丹红反应快，她明白驽马是知道真相了，就挺直腰杆说，我不挣你挣谁呀，挣的就是你，你是大局长，我挣你点怎么了？

驽马是耿直人，她一听王丹红在耍赖，就生气说，你挣你也得让我知道呀，你不能稀里糊涂地拿我傻呀，别的我不跟你说，你给我退了，我不保了。说着把合同推到王丹红面前。王丹红一看驽马真的动气了，这才给自己找退路，说，早说晚说不都一样，我现在就来跟你说这事来了，我们是同学，我没钱向你要点你不也得给吗？驽马低头看报纸，他气哄哄，不再理王丹红，王丹红没趣，就嘻嘻哈哈退出了驽马的办公室。

王丹红走后没十分钟，就把电话打过来了，这一回她一改刚才的态度，她变脸了，口气也硬了起来，她说，驽马，我刚才是找你有事，让你那么一整我就没好意思说，你借我俩钱儿花花。驽马很吃惊，驽马说，我哪有钱借你，你那么大一个款儿，做保险做出两处洋房，向我借钱，你不开玩笑吗？

王丹红说，驽马你别和我扯这个，我说向你借就向你借，你借我五千，我两月就还你，你不借别说我不客气。驽马说，你讹我，你怎么变成这个样子？王丹红说，我就这个样子，实话跟你说，我都放倒好几个了，你放聪明点，咱们好说好商量。驽马说，我没有。放了电话。

几乎没有停顿，电话又打了过来，王丹红说，明天一上班我就去你那里取钱，五千少一分也不行，不然我们没完。这回是王丹红撂的电话。

第二天驽马还是早早就来上班了，这时间明明是驽马去医院看望老妈的时间，但是他没敢去，还是老早就来恭候王丹红。他不敢小视王丹红，王丹红在学校时就很厉害，男同学都惧怕她，没想到这事轮到自己的头上。

驽马依旧看报纸，实则是在想对策，果然王丹红如期而至。

王丹红坐在驽马的对面，她穿着紫色小花丝衫，胸口露得很低，她脸不红心不跳地说，我来取钱，准备好了吗？驽马头都没抬，他说，我不都和你说了吗，我没钱，就是有钱我凭什么借给你？王丹红说，我也告诉你，这钱你非借不可。驽马说，我若不借呢？王丹红说，那我就告你，告你和我有关系，让你名声扫地，让你丢官，绝不含糊。

驽马放下报纸，他从转椅上站起身，他说，王丹红你太恶毒，你也不看看你的年龄，你都五十岁了，不是小姑娘了，出去找小姐，各个都比你年轻，一夜不过才一百元钱，你那么说，谁信呀？

驽马说完一甩袖子走了，剩王丹红一个人尴尬地留在驽马的办公室。

三天以后，纪检委找驽马，说有人告他作风不轨，并说人证物证，让他快速去核实。驽马到了纪检委，听到这样一段录音，王丹红，你也不看看你的年龄，你都五十岁了，不是小姑娘了，出去找小姐，各个都比你年轻，一夜才不过一百元钱。

接下来是一个女人的声音，那声音驽马熟悉，夹杂着哭声，那声音说，不行，我不能依你，给五千我就依你了？五万我也不依！

哭声越来越大，驽马痛苦地闭上了眼睛。

尺　度

　　伍盼盼和吴壮壮在海边走，他们是来 A 城参加一年一度的服装设计研讨会。

　　伍盼盼说，我不是不想来参加这次会议，实在是不愿见我大学那些同学，我不想勾心斗角，我想安安静静过日子。

　　吴壮壮说，你来参加也不能说就过不成安安静静的日子，只要你心静，天下无事。

　　伍盼盼说，你别跟我唱高调，你没见那些美女呢，若见到，让你干什么你干什么，恐怕你就找不着北了，到时市长还不把你这秘书撸了。

　　吴壮壮说，我这辈子除了你，还没见过美女呢，你说说看，这美女是不是都是你这样？

　　伍盼盼说，我不是美女，她们是，如果米冬梅能来，还不把你吓死。

　　吴壮壮故意说，她长得丑？

　　伍盼盼说，不，她长得漂亮。想想又说，她例外，她是我最想念的同学。

　　第二天，会议召开了。

　　会议是在宾馆的会议大厅举行，二百多人从全国各地云集而来，以酒会的形式让新老设计师登场亮相，大家共同展望未来，庆贺成功，并颁发了各种奖项。

　　这些都进行完就开始自由活动了，大家各自找熟人会面，伍盼盼不适合，就和吴壮壮一起坐在了大厅的沙发上，刚一落座，伍盼盼就叫了起来，她手指着一个方向，说，你看呀，米冬梅！

　　吴壮壮抬头望去，看见不远处的一块空地上站着两个人，她们穿着一身绿，通体亮丽地站在那里说话，吴壮壮见伍盼盼这么高兴，就故作不在乎说，是两棵大葱呀。伍盼盼说，什么大葱，那是橄榄绿。之后就抑制不住兴奋对吴壮壮说，我们过去看看。

伍盼盼老远就喊起米冬梅，她说，米冬梅，你也来参加会议了？被叫作米冬梅的人，也很得体地回应道，伍盼盼你好。她和伍盼盼握了握手，伍盼盼又忙把吴壮壮拉上前介绍，说，这是我们市委秘书吴壮壮，我的陪同。米冬梅就又和吴壮壮拉了拉手。这一拉手，吴壮壮就感到，米冬梅是个城府很深的女人，和单纯而稳重的伍盼盼不能相提并论。同时他也发现，她并没有像伍盼盼说得那么漂亮。

米冬梅和吴壮壮握过手后，就又去和原来的女伴说话，女伴很知事，看到米冬梅来客人就想走，可是米冬梅没让她走，她又起了一个新话题留住了她，女伴得到暗示，话语比从前还热乎。

吴壮壮是什么人呵，跟了领导那么多年，他一眼就看出米冬梅的用意，一眼就看透米冬梅的骨髓。只是伍盼盼没有像吴壮壮那么洞若观火，她很天真，她满以为米冬梅会草草结束眼前的谈话而和自己叙旧，可是等来等去却看人家越谈越火，若不是吴壮壮拉她一把，她还傻呆呆在那里站着。

吴壮壮本以为他们这一走，米冬梅会在面子上挽留他们一下，可是直到他们走到楼梯口，米冬梅也没一点反悔之意，弄得吴壮壮这个五尺高的汉子，都觉得万分尴尬。

令吴壮壮意想不到的是，一向如蚊子似的小声小气的伍盼盼，到了寝室大发雷霆，她向着吴壮壮喊，她有什么理由这么对我，她再当服装大师不也得在人堆儿里活着吗？吴壮壮暗自点头，他承认伍盼盼说得对，同时他也明白了，统帅这个橄榄绿女人的心态的，原来是她有个不同寻常的身份。

但是为了不影响伍盼盼下午研讨会的情绪，吴壮壮就装傻，他说，我没看出什么，我没觉得她把我们晾了。

吴壮壮弄巧成拙，把事情的谜底一下说穿了，伍盼盼就哭了起来，她说，真是白瞎了我们那么多年的情谊，大学里经常睡一条被子，到头来她

否认了一切。

伍盼盼越哭越起劲，吴壮壮坐在一旁思考，等伍盼盼哭得差不多了，他才隔着茶几把头探过去，他很真诚地询问伍盼盼的意见，我来告诉你结果怎么样？不等伍盼盼回答，吴壮壮就说，你要成名了，她在意你了，她是你不折不扣的尺度。

他的话把伍盼盼吓了一跳，伍盼盼立即不哭了，她吃惊地睁大了眼睛，她不相信吴壮壮的话是真的。

但是下午的论文演说证明了一切，伍盼盼一时间成为令人瞩目的人物，她的令人刮目的新观点，也将以迅雷不及掩耳之势，一夜间传遍世界。

第三者

她和丈夫从二十二岁结婚开始，就一直吵，吵到四十二岁也没有结束。

因为什么吵？原因很简单，他们没有相同的语言交流。

她就在外面找了一个情人。也巧，情人除了是她大学的同学之外，还是现在她读大学的女儿的导员。

一天傍晚，她和他在灯火迷离的酒吧约会时，被踏着缠绵音乐走进酒吧的女儿发现了。

那一刻，她很尴尬。女儿什么都没说，就走出了酒吧。

从此，女儿开始煞费苦心地注意他们的动向。

中秋节女儿本来是不该回家的，要等国庆节一起回来，但她还是逃了课提前两天回来了，原因是她看到母亲爱着的导员和另一名女教师关系也挺暧昧。

回来后，她找了一个适当的氛围和母亲开玩笑，她说，有爱情和没爱情是不一样，现在最突出的表现是家里停止了战争。

母亲有点不好意思，但她不回避女儿，她说，我们那是心与心的对接。

女儿说，但是有一点你也要有所准备，婚外恋大多都不会保持太久。

她听了很吃惊，从她脸色的变化上，女儿明白母亲已经陷进去了。

她很快恢复了平静，问女儿，怎么样才能保持长久呢？

女儿说，定位，要把自己和他的关系定在最好的朋友上，最无话不谈的红颜知己上，那样你们的友情就会长久。

她是个聪明人，她一下子就明白了女儿要说什么，她马上回答了女

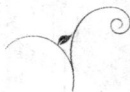

儿，她说，我们没有过杠儿，没有达到那种极致。

女儿说，那就好，一旦把该做的都做了，就没有什么可做的了。

这以后她就十分地痛苦了，她想念他却不能常去见他，她想和他深谈内心的东西，却不能把话一步说到位。

有一次，她控制不住自己的思念，在一个华灯初上的晚上来到校园，她没别的企图，就想站在他的窗前看他一眼。

但她看到的却是一个比自己年轻的女人的形象，看到他们亲热的情形，她一下子就明白了他们是怎样一种关系，这时她更明白了女儿中秋节时的特别劝告。

以后的日子她陷入了更大的痛苦之中，她再没和他主动联系，只接受他隔三差五的简单的电话问候。

这一天她闲得寂寞，思念和他在一起的时光。为分散自己的精力，她就上网，有个叫"第三者"的网友给她讲了一个故事，大意是有一只美丽的小鸟，它看到树下有几粒粮食，它俯冲着下来想吃，可是还没等它吃成，一头老牛把一泡牛粪盖在了它身上，小鸟拼命嘶叫，有一只猫见状走了过来，一爪就把小鸟钩了出来，小鸟以为它要救它，非常感激，却没想到猫很快就把它吃了。

"第三者"讲到这里，和别的网友不同，给她出了几个问题，"第三者"问，你能说出小鸟是谁吗？你能说出老牛是谁吗？你能说出那只迅速而准确的猫是谁吗？她想了想，终于狠了狠心正中下怀地答道，小鸟是我，老牛是我丈夫，猫是我的情人。

第三者对她的回答很满意，在电脑上打上一连串"精彩"的字样。

第三者又问，那你能说说遇到那种情况，小鸟怎么办？老牛怎么办吗？她想了想诚恳地答道，小鸟应该别忘记自己有一双会飞的翅膀，它应该最先最本能地想到逃生；老牛活该它倒霉，谁让它只懂得愚笨地覆盖。

第三者说，这就对了，你成熟了，也顿悟了，因此你也就什么都可以拎得起放得下了。

她情绪有些激动地对"第三者"说，我放不下，好女儿，我知道是你，我只能告诉你，咱们家今后不会再有战争发生了。

更 正

迈迈的儿子天生很木讷，是个极其听话的孩子，不像迈迈说起话来疾风骤雨，说完拉倒，心里丝毫不留芥蒂。迈迈的儿子轻易不发表自己的观点，他把他的想法全部藏在他眼睛的背后。

迈迈儿子五岁那年迈迈领他上街，由于迈迈要到一个戒备森严的单位取材料，就让儿子在对面百货商店的北门等她。可迈迈的这次出行非常不顺利，她要到另一个地点找另一个人才能把材料拿到，迈迈心里着急就顾不得儿子，出了门直奔另一个单位。

等办完事已经是下午四点多了，天也快黑了，那个地点离家又近，迈迈想这么晚了可能儿子早等得不耐烦了，说不定这会儿已经到家了，就没多想也径自回家。可是等迈迈到了家门口，看到门上的暗锁一点没动，才预感儿子的的确确还没有回来，无奈只有返回百货商店。

这时的商店早已下班，路上人烟稀少，迈迈老远就看见儿子孤零零站在商店门外，天空飘着雪花，想儿子一个人站在雪中伴着天黑等妈妈，迈迈心里一阵心痛，心痛之余不禁怒火中烧，觉得儿子真是太死心眼了，这样的孩子你不叫他，他能在这里等一夜，到近前什么也没说扯起儿子一路疾走。

迈迈由于心里有气，一路和儿子一句话没说，迈迈不说是因为怒其不争，儿子不说是因为无话可说，他们就那么无声地对峙着，谁也不让着谁。到了晚上，还是迈迈沉不住气了，迈迈首先开了口，迈迈问儿子，为什么不自己回家？儿子说，是你让我在那里等。迈迈想说，我让你死你也死呀？想想这话很晦气，不宜对孩子说，就咽了回去。再说迈迈也觉得这件事责任不全在儿子。

看完晚间新闻，该到辅导儿子功课的时候了，迈迈拿出早就准备好的文章让儿子朗读，儿子很听话，接过就念：城东有个公园，公园里有老虎狮子大象，还有小鸟，老虎和狮子是兄弟，可是它不愿同狮子玩，它总是想去找小鸟，它羡慕小鸟能飞翔，有一天小鸟终于来了，它就对小鸟说，你能教我也飞翔吗？

儿子念到这，迈迈立马对他叫停，迈迈说，错了，重念！

迈迈的儿子听了母亲的话眨眨眼只有重念，迈迈知道儿子在想什么，因为儿子根本就没有念错。

迈迈的儿子又念：城东有个公园，公园里有老虎狮子大象，还有小鸟，老虎和狮子是兄弟，可是它不愿同狮子玩，它总是想去找小鸟，它羡慕小鸟能飞翔，有一天小鸟终于来了，它就对小鸟说，你能教我也飞翔吗？

儿子念到这，迈迈立即又对儿子喊，停，重念！

儿子一连念了五遍，迈迈都是在同一地方让他停，理由都是他念错了。等念到第六遍，迈迈的儿子不耐烦了，他的表情告诉迈迈，他在酝酿着怎样发怒。

但是迈迈是威严的，依旧坚持让他重念，迈迈的儿子这回有了反应，他突然冒出一句：君让臣死，臣不得不死，母让子亡子不得不亡。儿子在反抗，迈迈把脸扭向一边，远远偷偷在笑。

事情很快峰回路转，主动权很快不在迈迈手中，它像瞬间转变的风向，让迈迈所有的努力转瞬即逝，就在迈迈儿子吐出这句话不久，迈迈儿子已舒舒服服躺在床上，他不再像刚开始时那样循规蹈矩，他把一只腿放在另一只腿上，不住晃动着小脚丫，根本无视迈迈的存在，他像出入无人之境，开始旁若无人地大声朗读起来：城东有个公园，公园里有老虎狮子大象，还有小鸟……

这回迈迈的儿子全然不顾迈迈的阻拦，迈迈一连喊了好几次停，他都丝毫不去在意，他一味地滔滔不绝地念下去，迈迈忍不住拽了他几次衣襟，都无济于事，他酷似一点没有感觉，大声朗读，声音越来越洪亮，抑扬顿挫，而且把一篇文章毫不停歇地一气呵成，还适当地增添了感情色彩。

文章念完，迈迈的儿子把手中的书往床上重重一放，他郑重地向母亲宣布，他说，我根本就没有错，不能你说我错我就错，不能你让我停我就停，我要听我自己的，只有我自己才知道我在做什么！

迈迈惊呆了，她装作去厨房，离开了儿子，刷碗的时候，迈迈落下了欣慰的眼泪。

迈迈心里想，儿子，好样的，这才是妈妈希望的。

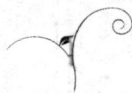

诀　别

　　苑玲玲和王萧萧是一对好朋友，主要是工作把她们牵到一起。苑玲玲主抓市志，王萧萧临时借到那里给她编稿。王萧萧是把好手，什么样的稿子到她手里，一把板斧东砍西砍就成形了，一点都不用苑玲玲操心，苑玲玲明白这一点，就越发走近王萧萧，时不时给王萧萧一点好处。

　　什么事都是自然成习惯，渐渐地王萧萧就什么都不背着苑玲玲了，苑玲玲也常领王萧萧到她家里去。苑玲玲的丈夫常年在外，空旷的房子就苑玲玲一个人，苑玲玲寂寞了，就给王萧萧打电话，让她过到她那里，吃点喝点是常事。

　　有一天王萧萧刚到苑玲玲的家，气还没喘匀呢，苑玲玲的手机就响了，苑玲玲看了看来显，走到另一间屋子，声音放低了许多，也撒娇了许多，她说，你不能来，王萧萧在呢。对方说，撵她走。苑玲玲说，就你能。

　　王萧萧当时正大口大口地吃西瓜，她没在意苑玲玲说了什么。苑玲玲出来后就说，真不巧，我得出去一趟，我弟弟让我和他办点事去。王萧萧说，那我不能白来，我得带本书回去。说着从书架上拽了一本，夹在胳肢窝等苑玲玲一起走。苑玲玲说，我要化妆。王萧萧这才知道自己多余了，她说，公主您忙，朕就不碍你事了。

　　说着往外走，但换鞋时，她把书放在鞋架上，穿好鞋没拿书就出门了，苑玲玲在屋里忙着。

　　王萧萧出门并没有走远，苑玲玲家对面有一家咖啡屋，王萧萧就进去了，一杯咖啡还没喝完，王萧萧就见一个平时和苑玲玲很好的男人进了苑玲玲的院子，心里不由得什么都明白了。其实王萧萧在这里小坐，纯粹是想证明一下苑玲玲是否出去，现在清楚了，苑玲玲大约今晚一整夜都不会出来了。

但是王萧萧还是有些不死心，她忽而又觉得苑玲玲对自己不会说谎，要离开咖啡屋时，她决定试一下苑玲玲，犹豫再三，她还是给苑玲玲打了手机，声音传过去两声，苑玲玲接了，王萧萧说，喂，你走没走呢？我的书忘记拿了，我想回去取，我今晚还要看呢。苑玲玲马上说，我早就走了，你走我就走了，一本书吗，明天我给你带去。王萧萧说，那一定啊。

王萧萧收了手机，抬头看看苑玲玲家的灯光，心里一时不好受起来，情绪也一时郁郁寡欢起来。但是王萧萧也不是那种有什么事永久挂在脸上的人，第二天上班，她一如既往地给苑玲玲编稿子。到了中午，苑玲玲说，我们一起出去吃饭吧，我请客。王萧萧本想不去，但是王萧萧的丈夫这天下乡，中饭就王萧萧自己，王萧萧犹豫了一下就同意和苑玲玲一起出去了。

新加坡酒店总是很出名，她们要了两个菜，半斤水饺，两瓶啤酒，就喝了起来，喝酒时王萧萧总觉得她们之间开始隔东西了，一时话少了许多，于是王萧萧就一个劲儿给苑玲玲倒酒。

苑玲玲没有喝多少酒，满满一杯刚下去一个边儿，苑玲玲就说，你先喝，我到隔壁看一个朋友，敬杯酒就回来。王萧萧信以为真，说，那我先上趟洗手间，我回来你再去。

苑玲玲见王萧萧从洗手间出来，还没有到她们的桌子跟前，她就起座了，她左手端着一杯啤酒，右手拎着自己的包，包都是随身带的，这个王萧萧没想什么，可是她一个人都喝了一瓶啤酒了，早该回来的苑玲玲还没回来，她就又耐着性子把苑玲玲的一瓶也喝了，喝过两瓶王萧萧可就有点儿醉了，她本来就不胜酒力，现在一个人喝闷酒，心情受了冷落，就越发地不快慰。她叫服务员，哎，你过来！服务员过来了。她睁着迷迷蒙蒙的眼睛问服务员，你们这有后门吧？服务员不知她什么意思，没回答她。

王萧萧说，没有后门人进去了怎么出不来了？她看看表，又抬起头说，都一个多小时了，我是不是得报警了？王萧萧此时已经稀里糊涂了。

服务员看王萧萧提的问题挺尖锐，就转身去找经理，经理本来是想派

个保安，一想还是由自己出头好些。

经理来到王萧萧跟前，他愣住了，这不是他的万年交、铁哥们付晓西的妻子吗？就说，嫂子，是你呀，看你醉的，来，我背你回去吧。就一使劲真把王萧萧背了起来。王萧萧也认出他是丈夫的好朋友程坤，就语无伦次地说，你哥没在家，你去干什么？程坤说，没在家我也去。

程坤把王萧萧送到家，电话就给付晓西打过去了，程坤说，嫂子也太单纯了，你倒是好好教教她呀，这种事还不明白？

王萧萧的丈夫回来后，把程坤的话和王萧萧说了，并且施教于心，丈夫说，出去就是有事，有事就是大事，大事就是男女之事，男女之事就是挣钱的事，这回你懂了吧？

王萧萧听了丈夫的话后，半晌没说话，她很沉静，坐在那里想，大约想了半个小时，之后她轻轻地下了床，把平日苑玲玲给她的新衣服、旧衣服一股脑儿都找了出来，她说，你把这些都给你农村的亲戚吧，扔了怪可惜的。

美丽良宵

夜晚的星空很灿烂，肖长从地久饭店出来。她很快乐，刚刚做了一单生意，一小时一万元，这是她做小姐以来从没有过的好价钱。

肖长的快乐还不仅于此，十天前她见到了她的前夫胡节。见胡节不是她有意的，是她到一家叫七号的水果店买桂圆，看到女店主守着半屋子烂水果垂泪，她的男人醉倚在水果筐前睡觉，她便看到那睡觉的人就是她的前夫胡节。

当初和胡节离婚，是觉得他没有朝气，整天喝酒赌博，好吃懒做。她和他在一起如同生活在地狱里，再过下去就要停泊窒息，远离就成了她逃遁的最好途径。

但是肖长见到胡节那刻，心底还是涌现出怜悯，她以要买那些廉价的水果为名，扔给女店主一万元钱，说可着钱买，又谎称出去叫车，怀着愉快回了家。肖长不能想象，胡节和他的现任妻子，面对迟迟不归的她，面对一个月都挣不来的一万元钱，会是一种什么想法和举动。

肖长的家居住富人区，是个景色秀美，别墅林立，风水极佳的好地方。园里有跑马场，外汇商店，洗浴中心等。肖长自从住在这里，物质生活就像步入天堂，但是她不明白，凭胡节微薄的经济实力，怎么会把水果店开在这里？

肖长坐在出租车上，让司机弯一下路程，她要去一家叫"绿发"的美容店洗洗头发。其实洗头是假，挂念七号是真，绿发就在七号的对面。

肖长从后门进入绿发，她没敢走正门，她怕走正门被胡节认出来，那样她有一百条理由，也摆脱不了干系。从心说，她不想和他旧梦重圆，也不想让他知道是她挽救了那批烂水果，她只想在他有难处的时候出一下

手，仅一下，今后她同他还依然形同陌路。

这是做小姐的习性，是游戏规则，是城市为人规定的不可违抗的法度。

但是当肖长坐在美容店的躺椅上，她吃惊的程度不亚于知道刚刚和她有过性交往的人得了艾滋病。肖长看到对面的七号水果店不见了，门脸上的牌匾魔术一般变成了"中天旅行社"。

肖长两眼发直，意识有些模糊。胡节给了她出其不意的一击，让她美好的初衷一时没有了栖息之地。美容小姐让她躺好，要给她洗发，她全然没有听见，自顾自地叨咕，七号呢？七号怎么不见了？不应该呀。

美容小姐见她迷迷瞪瞪，顺着她的视线望去，待明白她是在找七号时，就说，你说那家水果店呀，早搬走了，半夜里搬的，你没看呢，跟赶死似的。

肖长听了，似乎明白了什么，但她还是愣怔地坐着，半晌她问，为什么那么急呢？也没人跟他要钱呀？她这话不知是对美容小姐说，还是对自己说。

美容小姐回答了她，说，现在的人，你没法明白他是怎么想的，个个跟偷似的，都是心里揣大事的人。

肖长没了心思，她说不洗了，拎起手包，离开了美容店。

肖长走在回家的路上，华灯朦胧，树影斑驳，她走得无精打采，心仿佛被掏空了。令她伤心的是，胡节到底还是原来的胡节，没有长进，精明诡诈，凡事算到骨头。这很要命，这让肖长对人有一种整体的失望，也削弱了她心底刚刚泛起的那点人性的光辉。

夜色开始疲软，不像刚出地久饭店时那样使人兴奋，华灯也黯然失色，只有草棵里的矮蘑菇灯挣扎般地眨着眼睛。

肖长来到自家的别墅前，老板的别墅早已在她的名下。借着微弱的光亮，她开始找钥匙。楼房的暗影妨碍了她的视线，她在暗黑中开始摸索。就在肖长拉开手包的当儿，她感到一阵风猛然向她扑来，没等她反应过来，手包已被人抢走，之后那个人就跑进一片房影之中。

肖长站在那里发傻，她没有喊叫，不知道喊叫，忘记了喊叫。等那个人跑出暗影来到灯光处，肖长定睛望去，这才认出抢包的人不是别人，正是那个瘦瘦的、腰身弯得像虾米似的、她不久前给了他一万元钱的胡节。

肖长的包里有三万元现金，那是她今天卖力气的全部钱款，还有一张牡丹卡，还有手机。肖长不心疼现金，却心疼卡和手机等。手机上存着她的三百个客户，它没有了，那些她平日里的摇钱树，她一个也想不起来。卡也会耽误她不少事，仅声明挂失就会让她闹很长时间的心。

肖长认定是她的前夫，就敞开嗓子对着他喊：胡节，钱你拿去，把包留下，我要那里面的证件和手机！肖长的声音里带着哭腔。

那个人听到喊他的名字，下意识停了停，之后他越跑越快，跑了一段路，肖长看到从他手中脱落出一条弧线，弧线向着她的方向迅速滑行，肖长就明白，她的请求有救了。

肖长拾起自己的包，无力地坐在地上，包里的卡还在，手机却四分五裂。肖长拼凑着手机，顿时泪流满面，绝望中，她没忘记哽咽着对胡节喊：那是三万元钱，回去买几亩地吧，还是种地把握！

哭声已将她的话语，捣毁得支离破碎。

1933 年的绑架

老珠宝商约瑟夫·卡斯普这天起得非常早，他照样经营他在远东的马迭尔宾馆。昨晚他的小儿子小卡斯普没回来，他一点都没担心，因为他早就把他加入了法国国籍。

法国国籍在当时的哈尔滨很受重视，它是防匪防患的重要武器。只要在马迭尔大楼上飘扬着法兰西的三色旗，这就是告诉横行的日本特务机关，这里受外交保护。

老卡斯普是犹太人，靠勤劳发家。在中国的国土上做买卖，他小心翼翼。他最初开的是小型的钟表修理店，后来才又变成珠宝店，却在没几年的功夫成为远东地区最著名的珠宝商。

老卡斯普这天早起之后，和往常一样检查着马迭尔宾馆的每一个环节。他很关注他平时像眼珠一样爱护的马迭尔大楼。当老卡斯普检查到小卡斯普房间时，床上的被褥丝毫未动，他忽然有一种感觉，不知这个二十四岁小儿子将来的前途，会不会像这个空空的被筒。

小卡斯普刚从巴黎音乐大学回来，想在哈尔滨举办钢琴演奏会。老卡斯普起初不同意，他不想让儿子在异国太张扬，因为白俄法西斯党办的报纸已经放出攻击他的谣言，他必须谨慎从事。

但是小卡斯普的女朋友莉迪娅非常同意，莉迪娅一出面老卡斯普就不好说什么了。昨晚在马迭尔吃消夜时，他们双双把决定说给了父亲，之后小卡斯普就和司机一起去送莉迪娅回家，两个人一夜未归。

早餐老卡斯普都是单独享用，多年来他养成独自饮食的习惯。他刚坐定，司机和莉迪娅就出现在他面前，莉迪娅乱发扑面，牙齿格格作响，司机也嘴唇哆嗦，脸色苍白。

老卡斯普断定事情不好，就挥挥手，让莉迪娅先下去，他要向司机问明情况。老卡斯普破例给司机倒一杯红葡萄酒，然后他坐在摇椅上镇定自若地听司机讲述。

司机喘口气说，我们去送莉迪娅，到了莉迪娅的家门口，车刚停下，有三个人突然从隐蔽处钻出，他们蒙着面，把手枪对准我们，并强迫我把汽车开往南岗，过了尼古拉教堂广场，拐进比利时街，他们就放了我和莉迪娅，并让我俩告诉你，赎金三十万，不然小卡斯普就没命了。

老卡斯普听了司机的话，把摇椅摇得像钟摆，半晌才慢条斯理地说，绑架？他神态自若，稳似泰山，镇定异常。

司机惊得目瞪口呆，司机本以为老卡斯普会像他和莉迪娅一样，对此事惊若慌鸿，不想他看到了相反的场面。

司机走后，老卡斯普换了一个人，他从摇椅上站起身，来回地踱步有十分钟之久，他以一个商人的眼光，衡量了眼前突如其来的事。终了他停住脚步，毫不犹豫地绰起了电话。

他的第一个电话是打给侦探范斯白，让他不惜一切代价弄清楚，是谁绑架了小卡斯普。第二个电话是打给警察局，老卡斯普向警方申明，他绝不会为此事付出分文，没人敢伤害他的儿子。

这天晚上，夜幕降临，哈尔滨的中央大街华灯初上。小卡斯普给父亲的信由仆人送了上来，信上儿子请求父亲拿出赎金，以保住他年轻的生命。老卡斯普手捧着儿子的信，泪水长流，他哭了整整一个晚上。

可是第二天，所有的人都看到，老卡斯普仍旧经营他的马迭尔，仍旧检查他的马迭尔客房、冷饮厅、舞厅等豪华设施，仿佛什么也没发生。直到小卡斯普的第二十八封来信后，他对儿子赎金的事依旧只字未提，丝毫没有让步。

司机这天看老卡斯普独自一个人黯然神伤，小心地上前告诉他，如果这样下去，小卡斯普实际是死在父亲手里。老卡斯普略作沉思，之后说，休想从我手里弄走一分钱，我倒要看看他们能怎么样？

老卡斯普要看到的怎么样，在这一年的十二月的隆冬他看到了。在郊外的一个浅坑中，四野荒凉，乌鸦嘶鸣，小卡斯普死了。他的死相极其凄

惨，尸体上覆一层薄薄的泥土，九十五天的禁锢与严酷的私刑，使这个高大的青年只剩下一副骨架，严寒冻裂了他的面颊，鼻子和双手，皮肉大块大块地崩落，肌肉内部腐烂，双耳被割去……

整个哈尔滨愤怒了，不单是犹太人，中国人，俄国人，朝鲜人，甚至有些日本人都在诅咒这暴行。

后来据密探范斯白透露，这次绑架是三方操纵，日本宪兵队，白俄法西斯党，还有警厅督察，在他们的指挥下，总共十五人参与了这场罪行。人们这才如梦方醒，理解了老卡斯普为什么舍不出救命的钱，这是桩和钱没有关系的交易。

1933 年，犹太钢琴家殒命马迭尔。马迭尔的上空，法兰西国旗还在飘荡。

竞　选

　　陈晨没事的时候好冥想，在春光中冥想，在秋光中冥想，在冬光中冥想，总之陈晨冥想的程度，让他的媳妇一看就烦。

　　媳妇说，你干什么？成天闭着眼睛打盹儿，像个活不起的老猫。陈晨一听媳妇这么说，扑棱一下从冥想中醒来，真像老猫抖毛一样抖抖自己，然后陈晨说，说什么呢？说你赖狗扶不上墙你不服气，你不知我是在构思小说吗？媳妇不吭声，用嘴撇他，撇着撇着觉得不解恨，一口唾沫呸了出去。陈晨说，不知我那是欧典地板啊，一百八十元一平米呢，别老把这当作你们高家庄。媳妇就又撇了撇他。

　　见媳妇总是瞧不起自己，陈晨不去理她，他还想闭起眼睛冥想，但媳妇这一道具摆在跟前，他总觉得不踏实。于是就想利用利用她。陈晨说，说给你三个人，你看哪个能给你当情夫，我把你悠出去，我就省心了。媳妇丢在嘴里一块奶糖，迅速嚼着，说，你不用说，哪个都比你强，哪个出现我都会一脚把你踹了。陈晨说，那不一定，我说出，你听后再选，不定你选来选去还是跳不出我的掌心儿。

　　媳妇不吱声了，眨着眼睛望着他。

　　陈晨说，我缺一本书，这本书非同小可，上面发我一篇文章，可是编辑给我寄的样书我没收到，就反复给编辑打电话，编辑就反复给我寄。编辑给我寄了三次我还没收到时，我就再不好意思打电话了。刚巧我一个好朋友 D，他订了一套，我就给 D 打电话，我说你把你那本给我吧，反正那上面也没有你的文章。我满以为这不算一件什么事，平时净在一起喝酒猜拳了，哪件不比这大，可是你说 D 怎么说？

　　媳妇听陈晨问自己，灵机一动，手一挥，说，不给！自己留着用呢！

陈晨听了咧咧嘴，闭闭眼，说，怎么都像一个模子拓的呢，看来这个朋友我是不能交了，这还没到两肋插刀的时候呢。

媳妇见自己说中了，得意地坐在沙发上跷起二郎腿，一副没有我猜不中的架势。

陈晨又开始说第二件事，陈晨说，我的另一个朋友 F，他是个开书店的，他听说我没样书，就大模大样儿和我承诺，这事交给我，我那儿刚好有人订一套，我让他给你一本，不行我就说丢了，给他返钱，你看怎么样？明天我就给你寄去，挂号！可是我一等二等一连等了半个月，也没收到这本书，我这才明白，原来挂号也不保险呵。

媳妇把二郎腿啪啦掉下来，她又手一挥，说，他根本就没给你寄，或者他根本就没你这本书。

陈晨听了媳妇的话愣住了，愣过后陈晨说，看来这一个也没难倒你。

媳妇来了精神，陈晨也来了精神。

陈晨又说，第三个人也是朋友，他叫 W，他也订了一套这家的期刊，这人绝对豪爽，他一听我需要书，就一口答应下来，他说，你来我这里取吧，简单，你比我需要它。我听了不太信，因为我知道他也需要这书，W是搞理论研究的，而且爱书如命，我不相信这事是真的，就去 W 那里。

W 在社科院上班，上了楼我找到他的科室，他没在，我就坐在办公室等。桌上摆着许多书，我随便抽出一本看，却在里面发现一张汇款收据，钱数不多，附言上的内容我一看就明白了，是邮购有我文章的那本杂志，我的心一下就热了。不一会儿，W 回来了，他见我二话没说，从书柜里拿出我要的那本书，他很热情，中午请我喝了酒，对购书一事却只字未提。

陈晨说完这段故事，他问媳妇，你说这三个人，哪个可做你的情夫？我可有言在先，我绝对没有醋意，我就是想知道这三个人哪个更有价值。媳妇没有反感，她歪着脑袋想了一会儿，说，还是最后一个，最后一个仗义，果断，豪爽，会办事儿，知道人需要什么，有牺牲精神。又说，这样的男人天下难找，那样，明个你把他介绍给我，我去体验一下，你看如何？媳妇把头向陈晨的方向凑了凑。

陈晨说，这好办，这简直举手之劳，我现在就把他的地址写给你，你过来。陈晨向媳妇招手。

　　媳妇以为陈晨要对她动武，不敢过来。陈晨说，我要对你动一个指头，我就不是我妈的儿子。媳妇就过来了，陈晨在纸上工工整整地写道，这个人就是我。

　　过了二年，陈晨和媳妇还是夫妻，一日他们去逛街，在一个卖旧书的书摊前，他们站住了。媳妇好奇地抽出一本杂志给陈晨看，这本杂志正是有陈晨文章的那本，陈晨打开扉页，蓦地在上面看到书的主人的签名，这签名正是他的好朋友 D。

　　媳妇很惊讶地对陈晨说，真没想到，你说的那事是真事儿呀？

鱼鱼和儿子最近

鱼鱼的儿子上高中时和他的同桌是好朋友，现在鱼鱼的儿子上大三了，儿子的好朋友还在辛苦地考大学，说他辛苦是因为他的家在农村，生活十分拮据，已无力支撑儿子朋友的摇摇欲坠。

有一天儿子朋友给鱼鱼打电话，说，阿姨，我有点事想求你。鱼鱼正刷牙，就含着满嘴的牙膏沫说，你说，你说，别客气。儿子的朋友说，阿姨，我想向你借八百元钱，我要交学费。鱼鱼这才问，你补习呢？儿子的朋友回答，是的。

一下要借八百元着实让鱼鱼有点为难，这个月靠近春节，鱼鱼身体不好又连连光顾医院，加之每月鱼鱼还要支付儿子六百元生活费，实在有点力不从心。但是鱼鱼是个心善的人，见不得别人的难处，儿子的朋友一说鱼鱼心里一下就柔软起来，鱼鱼说，那你过来吧。

儿子的朋友一听鱼鱼答应了，进一步和鱼鱼谈条件，他说，阿姨，这钱最快我也要明年秋天给你，只有秋天我们家卖粮食了，才能还上这笔钱。鱼鱼听了儿子朋友的话，心里动了一下，她感到了遥远，但是鱼鱼从来都是说一不二的人，她想救助孩子，就不能在时间上打折扣，怎么着也要尽力而为，于是鱼鱼说，我可以给你少拿点，拿多少是我的心意，你什么时候给都没关系，有就给，没有就不要了。儿子的朋友听了非常感动，声音都有点颤了。

第二天儿子的朋友来了，鱼鱼二话没说给他拿了四百元钱。看似少了点，但是鱼鱼心安理得，因为鱼鱼确实尽力了。

儿子的朋友刚走，丈夫从另一间屋子里出来，他突然说，今年的有线收视费该交了，你去交。鱼鱼听了打了个愣儿，这件事说好是由丈夫去交，怎么一下子又改为她交了？鱼鱼就很不悦地就冲丈夫喊，你什么意思？不就是借出点钱吗？不理丈夫，一摔门上班去了。

一路鱼鱼心里很不是滋味，她不承认自己有什么错，到了单位，就忍不住把此事和几个要好的同事说了，目的是想听听他们的观点，也证实一下丈夫的态度是否有道理。结果大大出乎鱼鱼的意料，四个人中有三个人和丈夫的态度相同，说这种情况多半是骗人，现在的小孩你不知他背着大人在外面干什么，他完全可以上网吧，玩赌博机，干一些出格的事。

鱼鱼听了愣住了，同事的意思是说，除了鱼鱼轻信外，鱼鱼还有纵容青少年犯罪的嫌疑。只有一位女伴儿说，你这样处理挺好，借出去的钱休想要回来，宁愿少给他点儿，也不能损失太多。

这话乍听上去不错，但多少有点冤枉了鱼鱼，鱼鱼借给那孩子钱时根本没那么想，鱼鱼就想怎么着也得帮那孩子一把，因为他毕竟和儿子要好过。所以女伴的节外生枝，不由得让鱼鱼更加垂头丧气，鱼鱼就不明白，这世界怎么了？怎么从前那种真纯、古朴、透明都不见了？

同事见鱼鱼不语，以为鱼鱼开始反省自己了，就进一步开导鱼鱼，说，你没见大街上的乞丐越来越多了吗？你没见给他们钱的人越来越少了吗？你若想做英雄，你就会让自己赔个精光，你就是这个世界上最大的傻瓜。

问题又成了鱼鱼是英雄，还是傻瓜。

鱼鱼的心情就说不上多么沮丧了，那几天鱼鱼真有些寝食不安了，不是心疼已付出的钱，是鱼鱼把握不准自己的价值取向了。鱼鱼十分迫切地想知道自己做的是对还是错，今后再处事时应该奉行什么样的办法最为合理。

好不容易等到儿子放寒假回来了，鱼鱼像见到了救星一样，把这事一点不剩地全对儿子说了，包括同事的看法，包括丈夫的抗议，包括自己的迟疑不能肯定。

儿子细心地把鱼鱼的叙述听完，然后他不慌不忙和母亲一一道来。儿子说，我们不妨这样来看，这个世界是个庞大的载体，它生生不息，负载过重，它没有能力梳理自己，只能喘息着兼容并蓄，这样世界免不了污浊

一些。但是生活在这个世界上的人，不能因为污浊而跟着污浊，不能因为污浊就否认和拒绝洁白，清纯永远是人的向往，而向往永远会净化这个世界，做一做美好就多了起来，不做怎么去证明美好，美好一多，世界自然就五彩缤纷起来。

儿子说完，站起身和鱼鱼拥抱了一下，他拍了拍鱼鱼瘦瘦的肩胛，然后说，妈妈，你没有错，你懂得人在什么时候比别人更需要别人。

崇　拜

　　他是车王，车王亲自驾车出游是少有的事。主要是他很忙，他把一个濒临倒闭的飞机制造厂，改变成汽车制造工业，救活了他所在城市的三分之一下岗工人。

　　孙小逗就买了一辆他的松花江微型，价格三万。

　　孙小逗高中刚毕业，偷了他母亲三千元钱，获得了司机驾驶证，又偷了他母亲五万元打算买出租车。那天孙小逗来到车王的汽车制造厂，刚交完款，他母亲就一阵风似的追了来，鼻涕一把泪一把指责孙小逗是个败家子。

　　车王当时正和一家企业谈项目，窗外的吵嚷声叫他不宁，于是他走到窗前看到了这样一幕，孙小逗的母亲披头散发扯着售货员不放，要求退货，而售货员说，那要我们厂长签字才行。孙小逗的母亲一听就干脆耍起蛮横，躺在地上不起来，声称不退货就死在这里。

　　车王站在窗前把这一切看在眼里，就听他高喊一声，王巧琴，你耍什么无赖？孩子自己谋生有什么错？留在家里你养着啊？不养成爹才怪呢！又对一旁一直发蒙不知如何是好的售货员说，卖给他，三万，鼓励一下这个有志气的孩子！

　　孙小逗的母亲眼花，看不清里面的人是谁，无法确认这个熟悉自己名字的人和自己有过什么交情。和孙小逗买完车回去以后，她足足想了一天也没想起来，后来她就把这个任务交给了孙小逗。

　　王巧琴说，儿子，这个人是我们的恩人，我们受了人家的恩惠，就要滴水之恩还涌泉之报，至少我们应该知道人家是谁。

　　孙小逗其实是个懂事的孩子。他父亲去世得早，是母亲一手把他拉扯

大，他想自谋生路，也是想给母亲减轻负担。但他心里明白，母亲同意他干什么，也不会同意他买车，母亲对车极其惧怕，因为父亲就出事于车上。

但是孙小逗毕竟是个孩子，他哪有本事去查清一个企业头目的来龙去脉，他只有在开车的闲暇问问开出租的同伴，有一位老司机和孙小逗透露这么个消息，他说，那个人是赫赫有名的车王，拯救了一个飞机厂，制飞机不挣钱，养工人都养不活，他就用制汽车挣来的钱养飞机。

孙小逗把这话和母亲说了。王巧琴说，那我知道他是谁了，小学四年级时我和他是同学，那时候他天天玩纸汽车和纸飞机，放学从来不好好跟队伍走，有一回我看不过眼，就把他按在壕沟里揍了。

孙小逗一听母亲这么说，他很吃惊，他说，你怎么可以打人啊？他若知道你打过他，肯定不会低价卖给我们汽车了。

孙小逗都要哭了。

王巧琴抚摸着儿子的头，说，傻儿子，如果是他，他早就知道我是那个打他的人了。看儿子不悦，王巧琴又说，他是没有在意呀，或者早把这事给忘了，你想啊，那天是他叫了妈的名字后，才卖给我们汽车的。王巧琴叹口气又补充道，大人不记小人过，他现在已经超越了记琐事的阶段了。

母亲的话，让孙小逗更加崇拜这个曾救自己于水火的人了，他甚至想，这样的人就是为他付出性命也值啊。

从这日起，孙小逗开车更起劲儿了，早晨一睁眼，他第一信息就是想起车王，想他威风凛凛，说一不二的样子。他认为那是王者之风，气质中潜藏着征服世界的斗志，他甚至为自己规定了目标，做人就要做车王那样的人。

这日孙小逗接到一个任务，到三百里外的旅游区接他们出租车行的经理，经理的车抛锚了，经理点名要孙小逗，说孙小逗的车技超过了他的实际年龄。

孙小逗不负重望，载着经理回来的路上平稳而逍遥。一向不愿开口的经理给他讲了许多故事，包括他的奋斗史，这让孙小逗大开眼界。

就在这时，迎面驶来一辆桑塔纳，一看就知司机是个新手，他的车身不稳，路线崎岖。经理说，躲着它，咬人的汉子。经理愿意把车比作汉子。

可就在孙小逗想躲它时，一辆奥迪3.2从他的后方冲了过来，把孙小逗挤得差点和桑塔纳亲吻，然后又一打舵，像破坏一对恋人一样和桑塔纳撞了个满怀。

三辆车撞在了一起，桑塔纳司机当即死亡。奥迪司机看到此场景直拍脑门儿。

百米之外是交警的巡逻车，交警闻讯赶来。

奥迪司机面对事实，十分后悔刚才不该把思路投到车子的改进上。尽管如此，他还是打算主动向交警承认错误。欠钱还钱，欠命还命，他不想逃脱罪责。

可就在奥迪司机奔交警而去时，一个声音出乎意料地先于他响起，声音说，是我，是我挡住了奥迪的路，是我违章！

去交警队的路上，奥迪司机问孙小逗为什么这么做，孙小逗说，你进去就完了，汽车厂也完了，我进去也就少开几年出租，这样合算。

奥迪司机的眼睛湿润了，他已经认不出这孩子是谁了，可这孩子却早已认出了他，大名鼎鼎的车王。

击　毙

他和她好得不能再好时，说话就不分你我了，他是她生命的帆，她是他精神的墙，他们彼此好似一个人，任什么都无法拆得开了。

有一天她和他开玩笑，她说，我会看命，你是哪一时辰生的，从实招来，我看我们的八字合不合。她会看八字，这一点也不假，她常常不自觉中去看中国神秘文化的书。

当然这会儿她是出于好奇，也是想试一试命理的真实性。她太熟悉他了，几乎就像熟悉自己，将自己与他与各自四柱一对照，就知道金木水火土相生相克到底有多大准确性了。

通过一番复杂推算，终于得出，原来他和她的命壬癸比肩，水水相合，但是却都缺火。他的命比她的好，天德月德庇护，命中有这两项的人都福气倍增，凡事能逢凶化吉遇难呈祥。此外他的命中还有一个令她十分吃惊的内容，那就是红艳，红艳在卦书里比桃花还厉害，桃花不过是红杏出墙，红艳却解释为极其地贪酒好色。

她把这一点连说带笑告诉了他，他听后说，别瞎扯，多少女人找过我，我都不予理睬，不知为什么她们总是认为我很实在，很靠得住。

她很聪慧，什么事都看得入木三分，沉吟片刻，她说，我想帮你分析一下这个问题，不知你怎么想？他说，我能怎么想，我们都到了这种程度，我怎么想我的事不还是你的事，你的眼光不还是我的眼光。

他的话让她很高兴，她一高兴就把自己的想法和盘托出。她说，这一切都来自你的主动，你主动帮别人做事，别人肯定会认为你很实在，可以依靠，其实你主动和别人求你完全两样，前者人家会认为你有求人家，讨好人家，或干脆争取人家；而人家求你你再尽力，那是你为人的稳实与真诚，但是你过于主动，别人也自然对你产生错觉。

他听了她的话十分吃惊，不过他还是看出了她的小心，她怕他接受不了，特意把"女人"的字眼换成了"别人"。他理解她的温情，反问道，会是这样吗？

她说，我看是这样，你如果像我主张的那样，"别人"就不认为你实在了，就没有那么多不知深浅的女人，扯着你的衣角不放了。

他说，可是我是由衷的呀，"别人"一旦有事，我就会产生帮她做一做的愿望。

她说，不是愿望，是欲望，是心理痼疾，是埋藏你心底的一种感恩和唯恐失去，你为了维护它把自己牺牲了。

她的话让他开始紧张，心都微微抖动了。自相处以来，她还是头一次和他把问题谈得这么透彻。他就问，你说的感恩是她们对我的感恩，还是我在感恩她们？

她回答，都不是，是你童年时心里种下的对别人的一种求救方式。

他莫名其妙了，自嘲地说，看不出你倒成为哲学家了。

她没理会他的话茬，继续说道，童年时你家里的日子太苦，对人们的一点帮助都奉若神明，对已经到手的东西总是害怕失去，对没有到手的更是十分盼望，你那时就想如果自己长大有本事了，一定首先报答那些救助过自己的人。

他的脸红了，开始不自在了，他说，那有什么错吗？报答不是好事吗？

她说，好事固然好事，但你报答的背后有一种天然的反抗，那就是让一些人永远围绕着你，你的身边不能没有崇拜，因为那是你成功的标志，一旦没有，你会感到轮回到从前的日子，你惧怕苦难，就极力挽留辉煌，这一直左右着你，你做得越好，越丧失自己，越向你童年的委屈深深地屈服。

他的脸更红了，隐隐出了一头冷汗，他承认她说对了，可是他还是不甘心，他要做最后的辩白，他说，就算这么回事，可这和女人有什么关系呢？是她们愿意和我，是她们死乞白赖拉着我不放。

　　她说，这就是你不厚道了，女人是你最好的棋子，是你为了维护内心的屏障，使尽路数引逗了她们，既而笼络、占有、抛弃了她们，对于你，女人犹如战场，战场宏大，生命才宏大，你不承认吗？

　　这一回他的心彻底颤抖了，他感到她说得对极了。

　　对于女人，他确实把她们看成了路标，出现的和消失的共同筑起他生命的通道，在这条暗黑的通道里，他倾听她们的喘息，抚摸她们的胴体，感受她们的爱恋，只有这时，他才意识到自己活着，他才有无以言表的满足与快乐，否则他就是行尸走肉。

　　他承认了这些，从心底佩服她的洞察力，可是她也太狠了点，她刺破了他的痛处，对于一枪就能把自己撂倒的人，他从来不迁就，恨不能置于死地，可是眼前的人是他的情人，是他一生接触的女人中最优秀的一个，最舍不得的一个，他能拿她怎么办呢？

　　窗外是黑沉沉的夜，他吃不准自己应该如何对她时，就起身融入了黑夜。

　　出门时他有点眼泪汪汪，他知道，他再也不会回来了。

朋　友

　　张倩倩来这个城市是她的主意，可是张倩倩没呆几天就走了。

　　张倩倩是去美国。走的那天她伏在张倩倩的肩头哭了，她说，你去美国还能和我好了吗？张倩倩说，傻丫头，我去哪儿都会和你好的。她说，可是美国太远了，去美国的人不久就会把家乡忘了。张倩倩说，别担心，我不会，我走到月球也不会把家乡忘了。

　　张倩倩就走了。

　　张倩倩的走对她来说，就像天空中没有了太阳。好在没有太阳还有月亮，董懂在这个时候出现了。董懂也是她的好朋友，她的一生中就两个好朋友，只是张倩倩是女的，董懂是男的，但是她和他们各自的友情不分上下。

　　董懂的出现就像上天有意安排似的。那天她送张倩倩从火车站出来，手机响了起来，本来她以为张倩倩一走，就没人给她打手机了，接起来一听是董懂，她的第一反应就是张嘴哭，她说，倩倩走了。

　　董懂比她大五岁，知道她最大的本事就是真诚和依恋。董懂就笑了，董懂说，别哭了，很简单点事儿，你就把我当成倩倩就行了，你赶紧到火车站来接我。

　　董懂的来临无疑是救援了，不然离开倩倩的日子会是黑暗的日子。她把董懂接出来，接到了一个档次比较高的大酒店，董懂站在酒店的外面死活不进去，董懂说，我不过是顺路看看你，你搞得太隆重我会吃不消。

　　她就又有点泪眼汪汪了，她说，我就你们两个朋友，倩倩在时我总是糊涂，现在她走了，我不能再对你糊涂了，我必须拿出最高礼遇。

　　董懂没办法，只好依了她。

他们就一起进了这家"比远方更远"的大酒店。可是不巧的是比远方更远今日爆满，她就十分后悔不在董懂下车时就预订一下。董懂知道她什么事都想尽善尽美，不能在这家酒店驻足肯定很伤心，就说，不如我们出去吃饺子，下车饺子上车面，你有好吃的留在下一顿，我又不走。

在董懂的怂恿下他们进了一家饺子馆。

坐在饺子馆里她才想起来，是上车饺子下车面，她就责备董懂利用了她对他的绝对信任。董懂笑而不语，董懂从来都把她当做妹妹哄着。和张倩倩一样，对她的呵护好像是与生俱来的，只要一见到她，他哥哥的情分就自然而然地出来了。

饺子馆能有什么上档次的菜，尽管他们没少要，也都是她看不上眼的。和董懂没有尽心愿，她心里很难受，眼里不住地汪起泪水，董懂最明白她心里想什么了，就小声对她说，这不挺好吗？饭得一口一口吃，路得一步一步走，这不是，上天怕你失落，派我来护花来了。

好不容易算是把她的眼泪哄了回去，却事有凑巧，董懂的单位这会儿来电话了，让他提前赶回去，结果她想请董懂去高级酒店的愿望，没出饺子馆就破灭了。

军令如山倒，董懂是军人，董懂几乎饭都没吃就急着赶路了。

她哭得像个泪人儿，一天中送走了两个朋友。

如同孤寂的荒岛上的三只鸟，两只飞走了，剩下最幼小的，那份无望和紧张，想念和慌乱，没人能知道，她一时承受不了，病倒了。

这一病她病得很厉害，张倩倩在美国几乎把最好的药都给她寄来了，董懂也给她寄来了补品，可是她的病就是不见好，足足三个月卧床不起，没有医生能治好她的痼疾，她消瘦的程度让所有的熟人看后都大吃一惊。

她的妈妈很担心她，有一天来看她。她妈妈是一个年过六旬，慢条斯理又白发苍苍的老太太，有着深厚的惊人的文化底蕴。

她们谈得很投机，好的气氛让她道出了自己的心病，她问母亲，为什么对最好的朋友总是不能尽力？总是和心愿差得太远？是为了永生的折磨与遗憾吗？

她妈妈就很慈祥地一下一下抚摸她的头，隔了有一会儿，才沉静地对她说，不是为了折磨，也不是为了遗憾，你都没说对，是你太在意他们了。对于最好的朋友，你总想把你的最爱给他们，但是什么都不是你的最爱，你的最爱是你的生命，在你没有把生命给他们之前，你为他们做什么你都觉得不到位，当然这一切都是因为他们对你太好的缘故。

　　她哭了，把头深深地埋在她母亲的怀里。第二天她上班了。

差　距

　　黄少华在单位里有个死对头，那就是有着和他一样才华的吴攀。黄少华憎恨吴攀是从嫉妒开始，原因是别人给他介绍个对象，对象没看好他却偏偏看好了吴攀。结果吴攀的老婆哪哪都比黄少华的老婆强，而黄少华的老婆就一天比一天不如人意。

　　黄少华和吴攀在大学里是同学，都是学法律的。毕业后两个人都无缘律师，都被一家外企公司看中，就双双来到启凡公司做见习顾问。启凡是个大公司，光下面的子公司就有好几个，吴攀到启凡头一担业务就被老总看中，留在了总公司里做老总助理，而黄少华只有去和总公司一个城市的另一个子公司，做了法律总监。

　　大家都认为吴攀留在总公司自在情理中，而黄少华则认为吴攀是借了他老婆光，黄少华亲眼看到吴攀的老婆到启凡来过，启凡的老板亲自送她到门外。

　　按说这些随着时间的白驹过隙早就成为已然，但是偏偏事有凑巧，黄少华在浦江公寓买了套房子，家都搬进去了才发现和吴攀家住对面儿，黄少华顿时像吃了个苍蝇吐都吐不出来。

　　但是这还不算完，这天黄少华回总公司找老总汇报，刚到公司门口就看到一群人前呼后拥地送吴攀上车，就问门旁的警卫是怎么回事，警卫回说，吴攀升广州子公司的老总了，这会儿就去上任。

　　黄少华一听人都僵在了那里，转念一想自己也没必要这样想不开，死对头走了，没准儿自己还可以往总公司挪挪，这么一想黄少华就觉得浑身有力量了，回家上电梯时他还哼了几句歌，老婆问他为什么这么高兴，他说有乐就高兴，就换了拖鞋直奔自己的书房，头一次志得意满地站在了朝北的窗前。

老婆跟了进来，问，你的高兴与吴攀有关？黄少华头也不回地翻了翻眼睛。老婆又说，那你盯着吴攀家看什么？黄少华这才坐在凳子上，没好气地说，怪了，你是我肚里的蛔虫怎么的？怎么我干啥你干啥？老婆见事不好，转身去厨房做饭。

老婆走后，黄少华把转椅挪到窗子跟前，他将两个肘部搭在窗台上想，吴攀走了，他的老婆怎么办呢？是不是会由别人接管呢？那个人会是谁呢？吴攀的绿帽子什么时候戴上呢？这么一想黄少华兴奋了，他觉得生活顿时增添了不少色彩。

过了几天，黄少华有一派对喝多了酒，他就借机去了吴攀的家，巧的是吴攀家的门牌号码和他们家是一个号，就是有 A 幢和 B 幢的差别，所以当他按门铃时，吴攀的老婆就瞅着他笑，并主动把他挽回了家。

有了这一次，黄少华就像耗子认了路，常常让自己喝多，以便给自己找借口，但是长此以往，吴攀的老婆就明白了黄少华的用意，如再有人按门铃，一律不开。这些黄少华都心明如镜，发觉人家对自己不感冒，心里说不清有多失落多悲哀。

有一天黄少华回来得早些，看见吴攀的老婆把车停在了车库里，就雇用一个小孩将她的车划了，没想到那小孩两头买好，这头他得了钱，那头又告诉了另一方，也得了钱。吴攀的老婆很快就知道自己车子的划痕是怎么回事了。这天上班黄少华刚落座，电话铃就响了，黄少华一听就知是吴攀老婆，吴攀的老婆说，我警告你，若再有此事发生，我首先告诉吴攀，然后就报警。

黄少华没说什么放了电话，但是他还是没有放弃，他不过是改变了策略，他的高明招数就是跟踪吴攀的老婆，发现她有可疑的蛛丝马迹，有不轨的行为，马上告诉吴攀。为此他特意买了一个神州行卡，他想等有了目标，他好一步到位。

可能是任何女人都有孔雀开屏的愿望吧，吴攀的老婆也不例外，不久她就袅袅娜娜地开始往家领人了，黄少华这天发现这个秘密简直心花怒放，他的手颤抖着，立即换卡给吴攀发短信，短信的大意是，你老婆行为

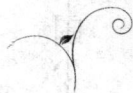

越轨，现在那男人就在你家。

短信发过去好半天都没有声息，黄少华就想，能不能是吴攀没有看短信的习惯。既而又断定，短信这东西没有多少可信度。

就在黄少华心里七上八下觉得自己要没戏时，黄少华的手机终于争气地来了短信。黄少华忙打开来看，上面写着：那个人是我派去取我的 DVD 光盘的，以后他还陆续会去。

黄少华看后，气得半晌没有喘上气来，左胸口一阵撕心裂肺地疼痛。不过最终他还是不得不承认，他和吴攀之间确实有一段不可小视的距离。

完美童年

妹妹的孩子叫毛豆，毛豆很聪明，去幼儿园一声没哭。

别的孩子去幼儿园都要上火，哭闹，重者有病，打吊针。

毛豆没有，毛豆一去就赢得了青睐，阿姨让干啥干啥，让他吃饭他就吃饭，让他同小朋友玩他就同小朋友玩。

毛豆平时好给我打电话，三岁的童音听起来稚嫩又令人喜爱。

毛豆从不管我叫姨妈，从来都是叫我阿娇。他电话的内容都是向我汇报情况，说他爸爸出去挣钱去了，说他妈妈在洗衣服。有时毛豆还让我过去看他，目的是想向我要大汽车，说他的汽车都是小的，他需要很大很大的汽车。我知道毛豆理想中的汽车是那种能拉着他到处跑的，绝不局限玩具的汽车。不便挑破，就只给他买了一个一尺长的，只会自己跑不能拉人的汽车。

看到车毛豆也没说什么，就让他爸爸上好电池，每天和那红色汽车赛跑。

关于毛豆去幼儿园，我们都不太同意，包括我的母亲，还有毛豆的舅舅，只有妹妹自己同意，我们是想让他在家再待半年，至少到秋天，人不发火时再去，可是妹妹不听邪，赶在春天就把他送去了。

妹妹的创举没有让她丢脸，反倒扬扬得意地向我们显摆，其实我们都明白，是她的儿子毛豆帮了她的忙。由于没有体会到送孩子的艰难，妹妹兴奋得每天都要把毛豆去幼儿园的情况告诉我们，说他的儿子一次比一次乖，一次比一次听话，我们听了都觉得是个奇迹。

当初我的孩子上幼儿园时，哭得简直死去活来，哭得他自己有病，我也跟着满嘴大泡，一直到半个月以后，情形才略有好转，而现在毛豆为所有孩子做下了榜样，也让他的懒妈妈更加有话可说，更加把时间用在把自己打扮成一朵花上。

毛豆上幼儿园的第三天给我打来电话，是晚上，他从幼儿园刚回来。

毛豆说，阿娇，别的小朋友妈妈都给阿姨带纸、带花衣服。

毛豆的话让我沉吟了半天，带花衣服我明白一点，带纸我就有点莫名其妙了，是信？还是字条？

我问毛豆，那你也想让姨妈给阿姨带纸和花衣服吗？

毛豆回答，是的。

我说，为什么呢？

毛豆说，阿姨有了纸和花衣服，阿姨就高兴，就不许别的小朋友在饭碗里撒尿。

我问，谁往谁的饭碗里撒尿了？

毛豆说，13号往15号的饭碗里撒尿了。

毛豆的话让我不能一时全部明白，但也还是多少瞄到一点头绪。毛豆放下电话，我就给妹妹打电话，我诱导她让她给阿姨做一点表示，多少是个心意，就算沟通感情吧。妹妹是个大咧咧的人，没心没肺的一天只顾自己，听我这么一说，回道，还有这说道呀？我说，你别以为幼儿园就是净土，现在天上地上殊途同归。说这话时我有点生气，气妹妹整个儿一什么都不懂。

妹妹最终听没听我的话我不得而知，倒是和毛豆的联系让我知道了一些蛛丝马迹。这天我忙着写东西，电话铃又响了，我接得晚了些，电话响了四五声我才拿了起来，不想来电话的是毛豆，毛豆一张嘴就哭，他说他妈打他了，我问为什么呀？毛豆无法说得清，看来事情比毛豆的叙述能力稍复杂一些，我说，那你让你妈妈接电话。

毛豆挺有个性，不愿意和他妈说话，啪地把电话撂了，他的意思是让我给他妈打过去。我想想也对，从小就不能服输，从小啥样，长大啥样，一点都不走样儿。

我遵照毛豆的旨意找到了妹妹，我问妹妹为什么打毛豆，妹妹愤怒地说，你知道我那条丝巾多少钱吗？整整一千二百块呀，美国进口的，他可倒好，偷偷拿去给他的阿姨了，阿姨给我时，我能怎么说，我只有顺水推舟说是我让带给她的。

妹妹喘口气，又说，可心疼死我了，你知道我自己都一直没舍得戴。

又说，给你我都没舍得。

看来妹妹是真气坏了，声音里带着沮丧和哭腔，我拿着话筒却笑得差点岔了气，我觉得这事太有专利权了，只有聪明的毛豆能做出来。我甚至想，妹妹让你抠门儿，一物降一物，看有没有能治你的。妹妹见我大笑不止，越发生气，说，你笑什么？你说说你笑什么？

我无法回答，就胡乱地说了一串成语，什么"聪明伶俐"，"孔融让梨"，什么"从心所欲"，最后没有成语可说了，用了一句"与时俱进"。

妹妹听着听着不耐烦了，说，行了，我可不听你东扯西扯了，这孩子说是你生的最恰当不过了，都是你给惯的！

妹妹愤怒地挂了电话，剩我一个人不知怎么去衡定我这个可爱的小外甥——毛豆。

底　牌

　　辛领一和丈夫闹矛盾，就禁不住要对一个人说。

　　这个人就是辛领的好朋友沈会。沈会今年四十岁，比辛领小三岁，可是辛领就像长不大的孩子，总是莫名其妙地给沈会长岁数，她总觉得沈会比自己大，心胸也宽，智商也高，霸道劲儿也强于自己多少倍。

　　这天丈夫拎着半兜子钱，要回老家给他妈买房子。这些钱都是丈夫临时借的，他老妈的房子被雨水冲塌了，来信说让他回去修一修。丈夫说，修还不如买个新的。就在朋友那里凑了一些钱，回老家实施计划。

　　辛领对丈夫的做法很不认同，但是她做不了丈夫的主，待丈夫走后，沈会便责无旁贷成了她官司的主判人。

　　沈会说，以后有钱自己攒着，买吃的，买穿的，何必穿得那么寒酸，到哪儿都抬不起头来。

　　沈会的话让辛领茅塞顿开，她忽然明白，家里是不能有钱的，有多少，丈夫给出多少，没有了，他就是借也要看看自己的实力。

　　辛领顿悟以后，就开始攒钱了，按着沈会的说法，她果然不到半年就攒下五千元钱，照这样下去三年就能攒三万块钱。有了这个可观的目标，辛领马上给沈会打电话，说了自己攒钱的数目与速度，说了自己的好心情，说了生活也一下子变得五彩缤纷起来。

　　时间过得快极了，一眨眼就到一年了，辛领攒钱的数目虽没增至一万，却也到了八千。

　　这天沈会来电话，说有件事可把她愁坏了，单位为了促销，匹配给职工任务，一个人五台电脑，任务下达就必须完成，否则考虑离岗。

　　沈会的意思辛领明白，是让她搭一把，可是辛领平时不爱交际，不然她也不会什么事都依赖沈会，而沈会也真是什么事也没和她张过口。

但是谁能买电脑呢？

辛领问了单位的几个人，人家不是说买了，就说没相中沈会电脑的牌子。辛领没办法，就只得如实和沈会说。不想沈会说，不如你买一台吧，没事时上上网，也省得你拽住我不放。辛领说，这是大事，我得回家和我老公商量。

商量的结果很令沈会不满意，辛领的老公不同意买电脑，他说，用钱的地方多着呢，买什么电脑。沈会一听就在那边大叫起来，她说，能买房子不能买电脑，就知道顾他妈，农民！

这件事就这样搁下了，辛领和沈会的关系依旧，仍然有事没事闲聊。

这是个气温变化大的季节，天说冷就冷了。

沈会说，我又得买衣服了，你给我那件太土了，让我给农村了。

沈会突然的一句话，像一根大棒猛然打在辛领的头上，那可是辛领在商店看中一件四百元的衣服，没舍得买，一分两半，给沈会和自己各买了一件。现在沈会这么说，这让辛领的心被针扎了一下。

辛领是个直性子人，事情说过去就过去了。这天她在单位上班，接到沈会的电话，沈会说，你不是有八千元钱吗？你先把电脑买了吧，等我找到主顾，我再把它买回来。

辛领一下子卡壳了，话说到如此地步，她就不能不买了，如不买，她们的友情从此就烟消云散了。而沈会说的再买回去，那只是一句空话，傻瓜都知道那是不可能的了。

辛领买回电脑那天，反手就开始张罗卖电脑，因为电脑还没来得及安装，儿子就来电话了，说是要念双学位，双学位的学费刚好等于电脑的钱。

买回来的东西，要想往出卖就不值钱了，辛领只有低价拍卖了。

同时辛领也明白了一个由头，那就是那件她买给沈会的衣服，绝不是沈会由衷地给了农村了，那是一气之下的所为，或是让她这死脑瓜筋开窍的钥匙。只是生性直白的她理解不出而已，如果当时她能洞若观火，就不会让沈会指着鼻子说明事情的实质了。

现在看来不管怎么说，那都是以前的事了，以后的日子辛领明白，凡事都要保守秘密，包括对任何人都要保守秘密。就像打牌，到什么时候你都不能轻易亮开你那最后的六张。

随风飘去

发现生殖器有病那一刻，他正在整理文件。他是单位里的文书，大小文件都要通过他进，通过他出，报纸也是由他经管，再由他发放到各个科室。越是这样的地方越体面，他有病就越不敢对人说。

但是人是装不住病的，这天他对他的妻子付晓莹说，我的那个地方疼，撒尿撒不净。付晓莹那几天单位忙，没拿这事当回事，就随口一句，你去找二姨看看。付晓莹的二姨是市医院泌尿科主任，付晓莹觉得没有什么病是二姨不能治的。

但是这话付晓莹说这么说行，他则不行，在他眼里二姨是女的，怎么会给男的看病，他瞪了一眼付晓莹就不吭声起来。

他平时就不太爱说话，话语金贵，付晓莹没在意就去上班了。她以为这么个小事，一个大男人去对付，又是已婚的，不会出什么问题。谁知他还真在这件事上犯难了，他的病日渐严重，时不时发着低烧，尿道里也常常有黄色的浓液流出来。

这天下午他实在耐不住了，同室的小袁问他走路为什么并不上腿，他一惊，回答洗澡烫了一下。小袁没在意，他在意了，他就提前出来一会儿，到了一家医院。这家医院是他考虑很久的，他认为只有这样地址偏僻的医院才会不被更多人所知，他想看病，想看好病，还想不被人所知，因为这毕竟不是能摆得上大摊儿的病。

给他取分泌物的医生是位男医生，那个塑料小管插进他的尿道他并没感到疼痛，医生的手很轻，这让他心里很踏实。

做细菌培养是第二天出结果，第二天分发完报纸他打车就过来了，可是医生说他得的是性病，医生的道理由浅入深，果决而肯定，他都惊呆了，吓出了一身冷汗，他对医生说，这不可能呀，我从来都没有到那地方去过，我是一个守本分的人啊，我可以用人格来担保。医生说，我也挺相信你这个人的，可是我不能相信你的另一方，得这种病的人都是身不由己，她也许是不小心得上又传染给你的。他说，那也不可能呀，她现在好好的，没见她有什么反应呀。医生说，人的体质不同，抵抗力也不同，也许是你先于她发病，而她还要晚一些，但并不排除她没有细菌。

他无话可说了，就只有按医生的处理意见开始治疗了，但是他心里非常没底，他不知付晓莹是否像医生说的那样不本分，若真是那样，他可真是万念俱灰了。他身边没有亲人，父母远在乡下，他把付晓莹既当妻子又当爹娘了，他所有的感情都像瀑布一样倾注给付晓莹了，到末了闹了一个对他不忠。

他给付晓莹打电话，他说，我要死了，都是你给我染上的病。付晓莹说，你没发烧吧，我好好的怎么会给你染上病，我这里这几天还不好呢，我跟谁说去，我没怀疑你，你到怀疑起我，真是恶人先告状。

他气蒙了，付晓莹的态度证实了医生的分析，他就又给付晓莹打电话，他说，你到底坦白不坦白，你是怎么染上的，我的治疗也好对症下药。付晓莹说，好好好，我不跟你一样的，我现在马上要出差，等我回来我们把这问题搞清楚，到底是尔还是我，然后我们一刀两断。

付晓莹说的是气话，她也知道他们两断不了，可是他整天愁眉苦脸，人像掉进了苦海里，话都不说一句，她就觉得特压抑，所以单位在广州有业务，她就主动请缨，她想她出去躲个十天半个月，等回来他的病就好了，没准儿一切就风平浪静了。付晓莹心里清楚得很，她既对得起天也对得起地，她谁都对得起，追她的男人不下一个连，可她不想成为"明星"，也不想这么轻易就失掉自己。

也是由于付晓莹心里无愧，她的走才极其地果断，她和她们单位的一位男士一走就是十多天，这期间那位男士的妻子催他回去，说孩子病了，她还劝那位男士，有病你回去能代他有病呀？

可是付晓莹没想到的是她这一走，带来了她一辈子的不安宁，事情的结果说小也小，说大也大，反正是她一生都挽救不回来的。有一天晚上她和客户正在白天鹅大酒店喝咖啡，接到她二姨的电话，她二姨说，你快回来吧，回来看看你们家那口子，整个儿疯掉了，有人看见他站在百货大楼的门口，摆弄自己的那东西呢，说是标枪。付晓莹一听天都塌了。

一周以后，付晓莹领着她二姨到精神病医院给他的丈夫做了细菌分析，结果是一般的霉菌性尿路感染，原因是付晓莹和丈夫长了一脚的脚气，脚气菌过滤给澡盆，澡盆又把病菌进行了传导，又遇到一位千方百计挣钱的大夫，拖着不给治好，就赔上了付晓莹两口子一生的幸福。

第二年春天花开的时候，付晓莹和丈夫一起失踪了，谁都不知他们去了哪里，只有付晓莹的二姨长叹一声，把一个付晓莹用过的枕套扔向窗外。

聪明的斡旋

班级选五好家庭，选了三对，庞小亮家都没选上。庞小亮很愧疚。

问题出在庞小亮妈妈那儿。庞小亮的妈妈性格乖戾，脾气暴躁，不合群，没有亲和力。有一次班级的水桶坏了，同学去庞小亮家借，庞小亮的妈妈给拒绝了，不但拒绝，态度也不友好，庞小亮妈妈说，怎么不回你们家借，跑到我们家借，我们家又不是福利院。

同学回班级一学，庞小亮的脸"刷"一下就红了，他当时正出黑板报，一根粉笔掉地上摔了好几节。至此谁也不敢去庞小亮家。不但同学不敢去，庞小亮的叔叔姑姑也从不去。如去，庞小亮的妈妈和爸爸准会发生战争，有时是客人没走，有时是刚刚出门，前腿没迈出呢，后面玻璃瓶子抛了出来。

这样的日子对庞小亮有影响，但是他一点办法也没有。

一晃庞小亮初中毕业了，等高中录取通知书时，庞小亮管起了家事。这可不是好管的事。

这一天庞小亮的表哥到他家来，听说庞小亮考高中有望，就从兜里掏出 500 元钱，对庞小亮的妈妈说，给小亮买点好吃的，庆贺庆贺。

庞小亮本以为妈妈会感谢也，没想到却听到了令他诧异的话。庞小亮的妈妈拿着钱，忽然脑筋急转弯一般，问庞小亮的表哥，这钱是你的？还是你早在你叔那拿的？你是来还钱的吧？表哥愣了，庞小亮也愣了，还是表哥老成，摆摆手，说，用吧用吧。谁和谁呀。说完站起身走了。

妈妈没有出去送表哥，庞小亮也没有送，他觉得他没法独自面对表哥。

表哥走后，庞小亮问妈妈，你怎么说话呢？人家好心好意的。妈妈回答，你懂啥，有钱他不会自己留着花，给你？庞小亮气坏了，他高声嚷，谁能交下你，凭钱都交不下你！妈妈说，黄鼠狼给鸡拜年，能有什么好心！庞小亮说，狗咬吕洞宾，不识好人心！妈妈说，你骂我。绰起身旁的水杯抛向庞小亮。庞小亮一边躲一边说，你压根儿就知道是他的钱，不是爸爸的钱，你故意把话拧着说，伤人家的心。妈妈说，知道怎么样，不知道怎么样，还不是羊毛出在羊身上！

庞小亮气哭了，他觉得妈妈太不讲道理了，太不尽人情了。而妈妈却像没事似的和别人煲起了电话粥。

这是一个不愉快的夜晚，这个夜晚庞小亮到凌晨两点才迷迷糊糊睡着。再醒来，庞小亮就病了，全身发烧，还不住地咳嗽。庞小亮的妈妈对别人苛刻，对自己的儿子还是蛮在意的，如不是庞小亮和她顶撞，她轻易是不打庞小亮的。

这会儿看庞小亮气喘得不行，就领他去医院。

在医院里，庞小亮打了退烧针，开了消炎药，止咳药。但是这些药对庞小亮都不管用。烧虽退了，他还是不住地咳嗽。而且越咳越厉害。夜里常常咳醒，后来发展到每半小时咳一次，咳起来时庞小亮流着眼泪不住地呕，胃里的东西全呕出来了。庞小亮的妈妈哭了，他说，儿呀，你这是怎么了？

庞小亮也不知自己怎么了。这病怪怪的，他自己心里也没底。但是他还是回答了妈妈。他说他想姑姑了。庞小亮已有两年没见姑姑了，前年见时，姑姑在街上卖土豆。见他，说，想吃去家里取吧，多取些。庞小亮没去取，取了妈妈也不会吃她们的东西，再说妈妈也不会让他去取。

现在庞小亮说想见姑姑，若是往常妈妈肯定不会同意，妈妈不知什么原因和爸爸的家族不共戴天。仿佛见一见他们，都能把自己烧得满身是泡。而现在不一样了，现在庞小亮病了，妈妈就这一个心肝呀。

妈妈就给庞小亮的姑姑打了电话。姑姑来了，给庞小亮带来了他最爱吃的火龙果。庞小亮边咳边把火龙果吃了一小牙。姑姑早年是医生，她诊断庞小亮的病不是炎症，是风咳，是过敏而来的。这让庞小亮的妈妈很吃惊。

一问庞小亮果真在和妈妈生了气后，去过郊外，他想让大自然平定他的心绪，不然他会瞬时爆炸。姑姑给庞小亮开了四味药，庞小亮的妈妈去药店买回后，把药熬了，庞小亮喝了，喝了庞小亮这一夜的咳嗽就轻多了。

　　为了观察病情姑姑没走，住在了庞小亮家。一住就是一个星期，这是以往绝无仅有的。以往妈妈死活都不会这么做的。这期间庞小亮的叔叔们也来了几次，妈妈也没表现出反感，他们甚至还说了许多笑话。

　　庞小亮的病好了，姑姑也回家了。屋子里一下子又静了起来，妈妈独自面对庞小亮时，有些尴尬，庞小亮却很自如，他对妈妈说了两句话，说得妈妈站在那里思量很久。

　　庞小亮说：世上没有什么不能的，能的都是原来不能的。感谢姑姑。

两棵树

端丰电脑学校，这日招募了两名学生。一名是小男孩缩衣，一名是小女孩平跳，他们都二十多岁，平时谁也不和谁说话，却是谁也忘记不了谁。

缩衣在一家歌吧上班，平跳也在一家歌吧上班，所不同的是，缩衣是雇用的，而平跳是帮母亲照看生意。两个歌吧，肩并肩，像两个挨着坐的小学生，一会儿你挤挤他，一会儿他挤挤你。

缩衣和平跳，当然挨挤的是缩衣。

在缩衣眼里，平跳是酷酷歌吧那个霸道的小丫头；而在平跳眼里，缩衣可不是简单的尤物，说出来会吓人一跳，他是浅浅歌吧老板娘米夏的鸭。这就严重了，就勾起了他们之间无名的战火。

其实即使如此，也没平跳什么事，你开你的歌吧，他服务他的，互不相扰，两来无事。但是事情就是不这么简单，总像做好的菜里，忘记不了用粉芡勾一勾。这样看上去才顺理成章。

事情的起因是平跳有一天和同学去郊外摄像，其间在张罗道具时，平跳想起米夏雨天用的斗笠。米夏四十岁，独身，有许多别人没有的新鲜东西。就去借，当时刚好是饭口，米夏和缩衣在吃饭，他们坐在一起，挨得很近，米夏刚好喂了缩衣一口菜，仅这一个动作，平跳就断定他们是那么回事。

自那以后，平跳再看缩衣时，缩衣降格了；而缩衣再看平跳时，心里禁不住一阵阵哆嗦。好像自己是一只风筝，线头儿交给了平跳。

现在他们坐在电脑学校的教室里，缩衣在前排，平跳在他后面，缩衣就觉得自己的脊背上到处都是蚂蚁，前呼后拥的，一浪高过一浪，弄得他一刻都不想再呆下去。刚一放学，缩衣就逃了出去。

缩衣一走，平跳也结束了使命。她的使命是什么，她也说不清，反正她就是跟踪他，戏谑他，迫使他转弯儿。转了弯儿做什么，她也不知道，她只知道，他不该做那事，他应该是他自己。

平步巷街头早晨有卖鲜牛奶的，都是用一个不锈钢大桶装着，卖奶人常年固定在街头的一个点，大约卖到七点钟，满满一桶鲜奶就卖完了。

鲜奶很便宜，一元钱一斤，一斤够一个人喝上一天。缩衣天天早上买牛奶，是给米夏。平跳也买，是给自己。

这天平跳比缩衣去得早，不去早她怕堵不住缩衣，她知道缩衣像躲瘟神一样躲着她。由此更乐此不疲。

目标一会儿就出现了，就在卖奶人的奶还剩下一斤的时候，男孩缩衣来买奶了。平跳来了许久不买，他就想卖给缩衣。缩衣也是老用户。

可是就在缩衣刚要接卖奶人递过来的牛奶时，他印象中一步踩不死个蚂蚁的平跳，突然也递过钱，说，这斤我买了，我都排了老半天了。

这一下卖奶人不知接谁的钱了，他想接缩衣的，平跳他也惹不起，鲜奶卖不出去的季节，他还指望平跳能搭他一把呢。他只有说，不然你们一人一半吧。平跳不依不饶。说，不行，半斤不够我喝。而缩衣今天也一反常态，他说，不是我喝，是米夏喝，她病了。

卖奶人明白了，他们今天争的不是奶，较的是劲。既然是较劲，他就知道该帮谁了。他对缩衣说，给平跳吧，她在你来前就在这等着了。

缩衣抬头四望，他想再找一家，可是他最终也没有搜索到。

正当他把目光无望地收回时，平跳已把那最后一斤鲜奶买到手中，然后她抿嘴笑笑，当着缩衣的面儿，哗哗哗，把牛奶倒在路旁的下水道里。

缩衣看到流入下水道的白花花的鲜牛奶，不寒而栗，他在考虑是否还能在浅浅歌吧做下去了。有了这个念头，缩衣就打算用米夏给他交电脑学校的学费，买一张去往老家的车票，他知道，他必须结束自己这一拨浪漫旅程了。

可是在走之前，缩衣还是挂念米夏，他想去市场给米夏购置些补品，米夏病了，需要补一补，他这一走，就不知谁来关心米夏了。他想做完这一桩事，就立马去火车站。

在菜市场，缩衣看到了米夏爱吃的乌鸡。米夏常用乌鸡、桂圆、枸杞、红糖煲汤喝，为的是养颜，养气，养血，养精蓄锐。米夏对这个比对什么都看中。

缩衣看好了一只乌鸡，就蹲下身，问卖鸡人乌鸡怎么卖，油黑的乌鸡眼睛，像黑豆侧脸看着他，很凝神，很专注，谛听他心脏跳动一般。缩衣也想摸摸它，可卖鸡人的一句话，吓得他把手缩了回来。卖鸡人说，是买乌鸡？还是买乌鸡婆？缩衣看到草帽下，突然闪出一张熟悉的稚嫩的脸，这哪是他想象中的乡下卖鸡人啊，这张脸简直要了他的命，缩衣像被烫了一样跳了起来，顿时魂飞魄散。

妈妈你害了我

桐楠阁有个丫仆，丫仆有个小号，小号有个不三，事情还得从不三开始。

不三这天回娘家，在楼下就看到母亲在阳台上晒豆角。母亲退休以后，没什么可做的，就和太阳搞上了，夏日里晒豆角、土豆、萝卜片，冬日里利用太阳能洗浴，这就有了桐楠阁洗衣店。

不三这天回家是情绪不好，昨夜和小号吵架了，吵架的原因是因为不三不生孩子。不三说，还不知是谁没用呢，你保证你没问题？就这样，小号一脚把她踹下床，灰土一样落在地上。

母亲看不三脸色不悦，心里明白几分，她说，像小号这种人，你得给他颜色看看，不然他不知你的厉害。

不三瞭了母亲一眼，问，你有办法？母亲说，为他生个孩子不就完了。不三不高兴了，她白了母亲一眼，说，你明知道我生不出孩子。母亲却说，小号也是傻瓜，他姑姑不生孩子，他能生孩子？一辈传一辈。

母亲的话让不三随之一振，她自语道，还真是呀。母亲趁机说，你不如去丫仆那里，让她帮你物色个男人，先把孩子种下，来年一丰收，不愁你过不上好日子。

不三听了母亲这话，真想伸手给她一拳，但终归是母亲，她的拳头只是化作一口唾沫，用力咽回去，回屋去了。

丫仆这会儿出来了，她一直在后屋洗衣服。丫仆是不三母亲的表妹，不三母亲帮她挣了个大瓦房，让她做什么，她做什么。不三母亲就把这事对丫仆说了，丫仆说，这好办，我知道的就有好几个，我会选个最好的。不三母亲又加一句，不只是最好的，还要这事做完一刀两断的，别让他知道不三是哪里人。丫仆说，没问题，包在我身上。

不三再出来时，脸色就没有了先前的难看，她是个快速反应的人，她没用两分钟，就把母亲的话想明白了。她觉得母亲说得对，小号的家财，是她一辈子也挣不来的。

不三一出来，母亲就觉得有戏了，她了解自己的女儿，如果她不同意，她会在屋子里一待一小天，绝食都说不定。现在是云开雾散，大局已定。

和丫仆同行，没费什么周折，找到可心的男人也没费什么周折，接种育苗更没费什么周折。现在的年轻人都开放，身上像安个自来水笼头，随时可泛滥，别说一次育苗，必要时可像池塘里撒鱼苗一样。

不三回来后脸色红润了起来，情绪也好了起来，最大的进步是和小号不拗着来了。小号说什么是什么，想吃什么她做什么，她甚至可以每晚为小号洗脚，这可是从来没有的事。

不三一对小号好，小号就觉得有点对不起不三了。当初是他追不三，现在又嫌人家不生孩子，到底是不是她的毛病，小号就想弄弄清楚了。

这日小号去了医院，去医院他谁都没告诉，这种事是难为情的，说出去有损颜面。为此他开车去了省城。省城的不孕不育医院有他一个同学。

小号这样的大款请同学吃饭，同学乐得跟看大片似的。席间一说这事，同学说，你也真是的，这算什么事呀，太习以为常了，早和我说早解决问题了。

小号是爽快人，当时就扔给同学三千元钱，说，犒劳你那些同事，只要准。同学当时直拍胸脯。

但是检查的结果却不容乐观，毛病真出在小号身上，小号的精子全部是死精，成活率只有百分之零点几，同学很遗憾，又不能不告诉小号，当时胸脯都拍了，怎么也是男人，男人没有打退堂鼓的习惯，未必这点事都做不来。

出乎意料的是，小号听了同学的表述，没有表现出怎么在意，他大大咧咧地说，嗨，你就直说吧，有救没？同学看着小号的表情，又看看他像弥勒佛一样的大肚子，觉得说了没啥，也有个心理准备。就摇摇头，说，

没有，现代医学攻破这个还得二十年。小号说，二十年我都成白胡子老头儿了，我自己怕都侍候不了自己了，还要孩子干什么？说着眼底透出淡淡的忧伤。

送小号到楼下，同学觉得很歉疚，说，其实领养一个也挺好，你如有这方面的意思，我可帮忙。小号已经坐在了驾驶座里，那忧伤像块破手帕一样被他揣了起来，宝马在催他上路，就笑笑拍拍方向盘说，养个孩子，不得这个数？他伸出一个指头。又说，还是别人的，算了。就挥挥手，和同学告别。

不三这晚一直在等小号回来，她准备了一桌酒菜，很丰盛，都是小号平时最爱吃的，这么隆重，她是有用意的，她想向小号宣布一个特大喜讯，她怀孕了。

菜香的浓雾中，不三仿佛看到，她以后的幸福生活，像浩渺的水面一样，波光潋滟。

小元元红

小元元红是男性，原名魏联升，唱河北梆子，坐科时曾叫小一千红，唱红后就取名小元元红。小元元红来哈尔滨是被逼无奈，他的才艺曾名动津沽，若在天津发展，效果要比哈尔滨强上十倍。只是他的好时运没有持续多久，天津鼓楼东的盐商姚序东就把他送进监狱。

姚序东有八房太太，海银桂是最小的，但是姚序东又有新欢，海银桂失宠，海银桂就天天去看小元元红的戏，长此以往，两个人产生爱慕之情，姚序东一怒之下勾结官匪，把小元元红送进监狱，坐了十年大牢。

十年后的小元元红，含悲饮泪，远走他乡来到哈尔滨。

小元元红走穴哈尔滨，这在当时的演艺界震动很大。他的嗓音特别，圆润高亢，真假声浑然一体，唱腔加花也多，这让他在哈尔滨一炮走红。

新舞台在哈尔滨是鼎盛的大剧院，这里集聚着无数文人墨客，还有戏迷，其中姚锡九是这里的常客。

姚锡九背景复杂，他是哈尔滨一方地头蛇，后来人们定论说他是恶霸，那都是以后的事，当时他的地位不是一两句话能涵盖的，只说三件事，他是怎样的人便一见所知。

当时苏俄修建松花江铁桥，他混上了把头，当大桥竣工时，他命令爪牙把闭水管抽出，将水下作业的工人全部淹死，他从每个死难者的身上剥削600元抚恤金；修老巴夺烟厂的梯子时，活埋了7名拉黄土的工人；更有甚的，他让两名工人代表到他那里领工资，两名代表领完钱刚出门，他就派人尾随将他们刺死，并抢回工资。

这样的人也爱看戏，这对小元元红来说不能不构成威胁。

姚锡九和当年的姚序东一样，也是阅尽女人无数，名妓三荷花就是其中一个。三荷花妓女出身，琴棋书画颇为精通，一眼就看出小元元红戏艺的高妙，其喜欢程度比姚锡九有过之无不及，几乎逢场必到。

姚锡九哪能容这些。

三荷花痴迷看戏时，姚锡九正在筹建赌馆和大烟馆，手下的爪牙来报，新舞台今天上演《蝴蝶杯》和《辕门斩子》。这两出戏是小元元红拿手好戏，在哈尔滨，这两出戏一直是他的顶门杠子。

姚锡九见三荷花又看戏，他想起海银桂的传闻，他不想做姚序东，他认为盐商姚序东不够狠，以至留虎为患，他要做就做彻底的，让这世界没有小元元红及他的声音。

这时的姚锡九已和黑社会融为一体，收拾个小元元红就像老鹞吃小鸡，易如反掌。

而小元元红对此事一元所知，他也不知道他的戏迷中，还有个姚锡九和三荷花，他们像定时炸弹一样时刻要将他炸毁，也不知道三荷花对自己的戏极为痴迷。他就一门心思演戏，一门心思研究他用生命足迹立碑的元派。

小元元红这时在后台候场，京戏《路遥知马力》演完就是他的《蝴蝶杯》，这是小元元红精心准备的一场戏，他从来都不对自己演过的戏掉以轻心，他每一次出演都会在其中加上新的创意和新的花点，他以这些让观众百看不厌。

这一次也一样，小元元红王琢磨着自己的戏路，用人通报，有两名贵客前来拜见。平日里来后台看望小元元红的人很多，这没引起他什么注意，小元元红谦卑地微笑着，提步把两个人迎入他的化妆间。

化妆间在戏台的一角，只能容下三个人。这时小元元红看到来人一高一矮，直直挺立，不肯落座，他们都戴着遮阳帽，这让他看不清他们的眉眼，想问他们有何见教时，才发现他们的来头不对。但是一切为时已晚，来人眨眼的功夫，掏出匕首向小元元红的两肋捅去，鲜血梅花一样四处怒放，然后他们持着凶器越过小元元红的身体夺门而去。

可怜小元元红还没明白事由，就倒在化妆间门旁的一片血泊中。他的心脏跳动的最后一下时，他着实问了一句自己，为什么？是为今天还是为过去？没有人回答他的提问，他自己更无回天之力。

小元元红的死让许多戏迷失去了主心骨，一时间多少人都神不守舍。

第二天，有足蹬马靴的人前来拍照，那是姚锡九派来查看小元元红是否真死的。小元元红死后，姚锡九看到，三荷花披了整整一百天青纱，不论是出行，还是游玩，不论是参加婚礼，还是去道观拜谒，她的头顶的帽子上，总是有一团青雾，袅然升腾。

河北梆子史上清晰记载着：小元元红——元派创始人。

两栖女人

我在中央商城北门，看见了欧阳小苹。

小苹是稻谷的媳妇，稻谷找她七七四十九天，没找到，却让我在这人流稠密的地方逮个正着。小苹此时正挽着一位男士的手臂闲逛。

小苹今年三十五岁，正是女人风骚不好养的年龄。和稻谷结婚十年，有一个女儿，七岁，由稻谷的母亲带着。稻谷的母亲长年有病，但她也得带孙女，因为小苹什么家务也不会，还动不动就跑。跑一气，回来一气，再跑一气。

这次她就是跑了两个月才在这里出现。

我盯着小苹的背影，想，要不要把这一消息告诉稻谷。稻谷在开酒吧，这也是小苹逼的。稻谷说，没地方释放哪行？她常年"跑外"，我就得常年找小姐，找一年得多少钱？不如养。于是稻谷一下子招募了七个。

我拿出手机的当儿，衣角被一只手拽了拽，回头一看，天哪，是稻谷的妈妈。老妈妈白发苍苍，佝偻着腰，个子早弯下半截，老眼昏花地望着我，说，建强，你帮我看看，那妖精是不是小苹？

我顺着稻谷妈妈手指的方向看，原来小苹没走，正与那男人吃瓜呢。我不敢对稻谷的妈妈说实情，怕她承受不了，老妈妈太可怜了，她每早送完孙女，都站在校门口不走，手拿木梳，等那些上早学没梳头的女孩，梳一个头五毛钱，然后用这钱贴补孙女。

我说，那哪是小苹，那是人家小两口子，你看多甜蜜呀。

稻谷妈妈将信将疑，她自语道，要真是她，我就告诉稻谷不要她。我安慰老妈妈，说，哪会，我总不能连小苹都认不出吧，不然我去把她给你叫过来？老人家到底是败下阵来，她又开始在商场转悠，捡纸盒和矿泉水瓶了。

我决定不告诉稻谷我看见小苹了，我还决定动员稻谷和小苹离婚，为女儿正正经经找一个妈，还孩子一份温馨。但是这话我还没来得及说，稻谷开的酒吧就被公安局端了。稻谷和他招募的七个小姐，一个不少都进了拘留所。

我和稻谷是哥们儿，以往稻谷有事都是我出头，这回也没说的，我又得为捞稻谷而东奔西跑了。

除了罚款，还需要做的就是，给刑侦大队的李头儿一点礼品。这礼品可不比其他，很贵重的。稻谷没进去之前，就和我说过，李头儿喜欢收藏，现在就缺个手压杯了，做梦都想把那东西弄到手。

现在这手压杯就成为当务之急。

我来到古玩市场，进了一家叫"青花居"的古玩店。一个穿大花裤头，光大膀子，手里拿着羽毛扇的中年男子接待了我。这人搭眼一看像见过，可细究又想不起来。他对古玩很熟，认真为我介绍手压杯的出产年代。他说手压杯是永乐宣统年间的青花，那时就以小巧玲珑著名。

接着他递给我的一个形状像小酒杯那般大小的手压杯，我吃了一惊，就这么个小玩意值得李头动心吗？我怀疑。好在大花裤头进一步做着煽动，介绍道，这种杯以杯心画双狮滚球为最名贵，其次是画鸳鸯的。而我拿到手这个正是画鸳鸯的，上面还刻着篆体的"永乐年制"。

我问大花裤头，多少钱？

大花裤头伸出一个指头，又伸出两个指头，说，一万二。又说，我是遇到行家了，否则对一般的顾客我从不报实价。

我乜了一眼大花裤头，知道他在和我套近乎，就说，写着永乐年，未必就是永乐年，这年头赝品太多。

大花裤头说，买东西要区分真假，假的真不了，真的假不了，我这铺子，靠的是回头客。若有假，我假一赔二。大花裤头信誓旦旦。

我多少还是信了大花裤头的。再一点我想这是民族博物院，在这地方行骗多少有点冒险。我还价，照着一半带拐弯去砍，五千八。大花裤头一听，把头摇成了快节奏，说，不行不行，这是我看你懂行，若是别人我会

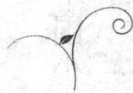

要他两万四，你还是去别人家看看吧。

　　大花裤头要撵人，而我又没时间去别的人家，再说我急着捞稻谷，哪还有心思讨价还价。我说，我最后给你一次价，你若不应，我立马走人。我的态度让大花裤头打了个愣，趁机我报出六千八。

　　大花裤头大约看出我的坚决，就冲着后屋喊，老婆，你出来一下，有买主了，你看这价位行吗？随着应答声，从后屋九曲回廊的地方，袅袅娜娜的晃出一个身影，这人刚刚洗浴完，穿着睡衣，头顶缩着个粉色大毛巾。我一看，差点晕过去，心里暗叫，碰见鬼了。连忙放下手压杯，说，不买了，不买了。掉头就走……

　　身后大花裤头的声音传了出来，兄弟，三千八你要不要？

　　我前所未有的晦气，替稻谷深深地难受。

方 向

付小言被杀，何冰暴跳如雷。

何冰是检察院公诉科长，付小言是他的结拜兄弟。当初付小言母亲大出血死后，付小言和何冰就食一个母乳长大。现在付小言被杀，永远地没有了生命，何冰怎能控制火气，他的第一个想法就是，血债要用血来还。

关押罪犯的地方，是公安局的看守所。

何冰来到看守所时，漆黑的大门外早已候着一个人。她见到何冰，一下子拦住他，声泪俱下，泣不成声。她说，何长官，救救我儿子吧，他不是有意的，他是错杀了人啊。

何冰最讨厌这事，杀人还有错杀的，杀杀你，试试。正当何冰目不斜视想绕过女人进入看守所时，却不料从女人口中迸出一句话，让何冰不得不停住脚步。女人说，何长官，你不能没良心哪，你还吃过我做的饭呢。这句话喊回了何冰的魂，他才从悲痛中把自己提了出来。

何冰定睛看去，认出这是两年前他去冯村调查案子时，遇到的那位房东大嫂。大嫂对何冰好，净把好吃的给何冰留着，何冰在她家一住就是两个月。

何冰搀扶起已经跪在地上的女人，他说，怎么会是你？你是说小旺杀了人？

女人唯一的儿子叫小旺，当初何冰在时，他才是个十三四岁的孩子，现在竟杀人了。

女人见何冰认出自己，就越发泪如雨下，她说，是小旺杀了人，小旺想去当兵，验兵员说他户口是假的，他就想杀验兵员，结果却把武装部长杀了。

何冰彻底愣了，他没想到怪事都让自己摊上了，武装部长就是付小言呵。而这个小旺他也了解，他回城后不久，大嫂来找过他，让他给小旺改户口，她想提前送小旺当兵，何冰没答应。现在算算小旺也有十七岁了。

何冰明白这些后，脑门儿立即渗出汗珠，良久他才问女人，户口上小旺多大年龄？女人说，户口是十八，实际是十七，不知哪个灭良心的，把这事给捅了出去，不然小旺是不会杀人的。

女人再说什么，何冰都听不清了，作为公诉科长，他比谁都明白，小旺只有按户口立案才能判死刑，不然是判不了死刑的。如果小旺不去偿命，那付小言的死就更冤了。何冰掏出烟吸烟，他想缓解一下紧绷的神经。

女人不容何冰思考，女人说，何长官，看在我给你做过饭的份儿上，你托人让我见一见小旺吧，就见一面，是死是活，我这当妈的也对得起他了。

一想到自己的儿子得死，女人哭得更厉害了。

何冰看着女人，内心翻江到海，他不由地掏出一百元钱，说，在没立案之前，是不允许家长与罪犯见面的，你可以给小旺买点吃的，我让律师为你带进去。

女人应允，接钱啜泣离去。

女人走后，何冰一连吸了三支烟，他在想，判不判小旺死刑，全看自己怎么起诉了，小旺可以按户口的年龄量刑，也可以追究假户口按实际年龄量刑，可到底怎么办？何冰犯难了。

何冰在看守所的门前徘徊很久，见女人快回来了，就扔掉手中的烟蒂，掏出手机，给律师小吴打电话，他让小吴出来接待一下冯小旺的母亲，并代她给她的儿子带点东西。

吴律师答应后，何冰改变了方向，他不再去看守所了，他要去见他的同胞兄弟付小言。他平时有什么难事都好和付小言商量，现在他也要和他商量一下，听听他的意见，看此事到底应该怎么办。

连何冰自己也没想到，在他大踏步地去往医院的途中，一件事又让他改变了方向。结果是付小言也不用见了，他知道自己该怎么办了。

何冰在去往医院的途中看到的情景是这样的，一群付小言生前的战友，他们提着各种各样的水果，泪流满面，去吊唁他们的精神崇拜者付小言，他们说，不能让他在那个冰冷的世界缺少吃的。

可是令何冰奇怪的是，不论他们拎的香蕉，还是苹果，还是橙子，都是一些有外伤的，而且是个个有外伤。何冰问为什么，他们说，付小言从来都是把批发来的好水果挑出来，送给他帮扶的贫困山区，而他自己则吃那些有外伤的。

何冰听到这，眼里一下含满了泪水，他明白了母亲的乳汁喂养的生命——另一半的真正意义。何冰调头就往公诉科走，他要为冯小旺起诉，保住他年轻的十七岁的生命。

亲爱的羊

大雪封山了，山上的麂子就剩下十几只了，可是上边又有人打猎来了。

村长苗里吸着烟，坐在炕沿上愁眉苦脸，他吸的是劲头很大的蛤蟆烟，烟雾呛得媳妇直皱鼻子。苗里说，你倒是帮我出出主意呀，到底咋办呀？再这么打下去麂子可就绝种了。

媳妇在扒豆荚，这是她秋日里从地里捡来的，现在闲下来她想把它们变成黄豆。媳妇不满地说，早打完早利索，省得太多人惦记，一边下红头文件禁止打猎，一边带头搞破坏，到头来不还是老百姓受苦？

苗里说，你看你这人，又不是所有当官的都来打猎，就那么星崩儿几个，应酬一下得了，你还磨叨起没完了。

媳妇说，我就知道你向着他们，还星崩儿几个，几个把咱闹得鸡飞狗跳，多了还不把天翻了。媳妇有点儿摔脸子了，苗里有事求她，所以没敢像往日一样和她一拼高低。苗里又掏出一支烟，他说，反正我是不主张他们再继续打了，我也跟他们说了，那座山是国家二级保护区，可他们说是来视察，视察还带着猎枪，你说不是打猎是什么？

媳妇仍然在扒豆荚，扒出的豆子撒在筐里有着响动，苗里知道她还在生气。过了一会儿媳妇说，你现在知道保护麂子了，当初你不是也打死过麂子给当官的送礼吗？那会儿你要少打两只，现在不定成了几只了。

苗里的脸腾的一下红了，他说，你这臭娘们儿，咋哪壶不开提哪壶？让你出出主意，你还拿把，这要是早先……

往下的话苗里不敢说了，那句话是，要是早先，我早就绰鞋底子了。媳妇乜了他一眼，一副不在乎的样儿，媳妇现在是妇女代表了，常去城里开会，对女人半边天熟知了，苗里轻易不敢动手了。

苗里想起这，禁不住心里发笑，但他力争不让媳妇看出来，他站起身，绷着脸说，反正这任务交给你了，一个宗旨，不能伤害麂子，也不能得罪上边的人，你琢磨办吧。说完就往外走，他坚信凭媳妇的聪明，她准能弄出个好办法。

果然在他走到栅栏门口的当儿，媳妇追出来问，那他们几点来呀？

他回答，上午到，吃过晌饭就进山。

苗里走了，忙着接待去了。媳妇站在门口儿出了老半天的神。

吃晌饭的时候，天下雪了，茫茫大雪棉花一样铺天盖地，苗里这个乐呀，他想这老天可真长眼睛呀，大雪天谁还打猎呀，喝吧，喝多了把他们送回去。可是苗里想错了，上边的人是越喝越想打猎，话语都不清晰了，还惦记着打猎呢。

苗里说，这大雪天第一保护区咱是进不去了，咱就到第二保护区转转得了，领导辛苦，总挂念人民，人民得感谢你们呀。苗里给上边的人倒酒。

上边的人说，哪里，我们做梦都想着老百姓呀，他们过不好，我们也休想过安宁，老百姓的家就是我们的家，老百姓的麂子就是……上边的人想了想说，老百姓的麂子就是老百姓的麂子，我来一回，得去看看，再怎么说，咱得爱咱老百姓啊。

苗里没辙了，一行三人进山了，他尽量指挥司机走不好的路，可是司机的驾驶技术却出奇地高，硬是冲破重重难关。眼看就要进第二保护区了，苗里说，这就是了，我们就在这里等麂子吧。

上边的人这时好像分外清醒，他说，苗村长，你可能不知道吧，我年轻的时候可在这蹲过点儿呀，那时你恐怕还没上小学吧。

苗里硬充着说，没上小学我也记事呀，您的光辉足迹到哪儿，哪不记得呀。上边的人就高兴得直点头，说，倒是老村长的儿子。

大雪下得更大了，第二保护区的招牌出现了，离招牌不远，有一头猎物出现了，它披着厚厚的积雪，站在迷漫的风雪中，东瞅瞅西望望。上边的人一下来了精神，他慌忙喊停车，车还没停稳，他的猎枪就举起来了，

一声枪响，那猎物应声倒下，苗里这个心疼呀，他心疼得忘记了下车，司机只得下去深一脚浅一脚去取猎物。

猎物取回来了，几个人全愣了，这哪是麂子呀，这是一只家养的长着两只角的山羊。山羊的眼睛睁着，还死不瞑目呢。

就在他们还没弄明白这是怎么回事时，从远处传来一阵哭声，一个女人一边跌跤一边向他们跑来，她边跑边喊，你们还我的山羊，还我的山羊啊……

女人的哭声越来越响，越来越清晰，苗里首先慌了，他第一个撤退到车里，他刚上车，上边的人紧跟着也上了车，司机慌忙发动引擎，奥迪 A6 弃风雪而去。

晚上苗里带着满身疲惫回家，媳妇正用热水烫脚，一点没理苗里的回来，苗里知趣，讨好地拍拍媳妇的肩膀，说，辛苦了，今晚好好慰劳你。媳妇厌烦地推开他的手，懊恼地说，白瞎咱家那只山羊了，我用我的奶水把它奶大。

苗里无奈地叹口气，颓丧地躺在床上，他知道，今晚的床事是没戏了。

劳顿的夜晚

开宝马去水木，别提多棒了。

水木是歌厅，我到那里接朋友。可是都夜里十二点了，还不见他出来，可能在和小姐套瓷。正着急，就见一辆夏利，荷叶一样飘过来。这个城市的出租车清一色都是绿色，车轮上方均带一抹土黄，真像茫茫人海中浮动的荷叶飘来荡去。

但是这辆车很奇怪，没有招牌，也不揽客，有酒气醺醺的男人从水木出来，他总是拒载。

我把宝马停在暗处，把一切看得很清，由于他车内不开灯，我无法判断荷叶里坐着什么人，就只有等他哪一时拉小姐回去，一切便一目了然。

不出我所料，一位袅袅娜娜的小姐出来后，他的车子立即滑了过去，车内的灯亮了，我看见了驾驶司机，竟差点叫出声来，是六六的姐夫，也是我的老板，也就是我开的这辆宝马的主人。

我惊出了一身冷汗。

也引起了我的好奇心，朋友不来，我打算弄个究竟。

荷叶起动了，开得很快。没一会儿就驶出郊外。夜里车辆很少，所以它很肆意，开始就疯跑，我想象车里的小姐可能都快被他颠碎了，他的样子很迫不及待。

我放开胆量去追，却不想车子快到高速时，他拐向一条小路，这小路一直通向城里，中间没有停靠的村舍和房屋。我不解，盘算是否被他发现了，可看情形又不像，因为我前面还有一辆和他一样奔命的帕萨特。

我继续跟踪。车子已经进城。荷叶停在一片豪华小区前，这时我看到一个场面，我看到六六姐夫在付给小姐钱，付的像百元大钞，而小姐接过

钱头也不回扬长而去。

荷叶又启动了，我再一次跟上去，一边跟一边想，最后过一把宝马瘾吧，明天说不定就被解雇了。

荷叶的飘流地是他们的家，在我们公司左端的一幢高层里，我看见六六的姐夫进了自己的家。他家在十五楼，一会儿十五楼的灯亮了，不一会儿又熄了，我仰望着楼上的灯火，打了六六的手机。

六六听完我的汇报，说，今天太晚了，明早七点我请你在皇家粥铺吃早餐。

一听皇家粥铺我来了精神，那可是高档次的早餐店，二十四小时营业，一盆粥十八元，一屉小笼包六十元，六六在这地方请我，肯定是我看到的事对他特别重要。我答应下来。并说明早宝马侍候。

我接六六时，六六刚起床，在车里听一会儿音乐，六六就来了。六六不说话，直打哈欠，到了皇家粥铺，他才一个激灵醒来。可是自始至终也没提一句他姐夫的事，好像他把这事忘了。

倒是我沉不住气，问，是不是所有的老总外面都有女人？

六六想了想说，不是，金铜就没有。金铜就是六六的姐夫。我说，可是我分明看见他去接一位小姐。他是不是固定的没有，而和小姐打游击。六六说，你知道钟无盐吧？我说，不就古代那丑女吗？是齐宣王的妃子。六六说，对头，齐宣王离不开钟无盐，金铜也离不开我姐。我问六六，你姐也很丑吗？六六说，不丑，我姐很漂亮，曾经是校花。可是她和金铜在一起上山下乡时救了金铜一命，从此就坐轮椅了。

我很震惊，却纳闷，更不解金铜那晚的行径。就问六六，那他岂不很苦？他们有性生活吗？六六说，你忘记琼琼了，没有性生活，琼琼哪来的？我恍然大悟。六六见我茶都不知道喝了，就说，我姐是奇才，你别看她整天坐轮椅，姐夫的公司可全是她撑着。去年挣的三百万，就是姐姐的一个策划搞定的，金铜在这个上佩服得五体投地。

我简直惊呆了，想不到六六姐姐还是个传奇人物。我盯着六六不吭声，我在想昨晚金铜接小姐的事，那又该是个什么样的答案？

六六看透了我的心思。说，姐姐是女人，姐姐最明白自己的丈夫需要什么，她就故意让姐夫不到半夜别回家，她在给姐夫机会；而金铜是男人，金铜最知道该怎样对待自己的爱人，他依着姐姐，又不想背叛姐姐，就不得不变相消耗自己，这才出现你看到的场面。

我不太相信，太天方夜谭了。世上哪有这么纯的爱情。

六六见说服不了我，就从兜里掏出一支笔，在结算的账单后面写下一串地址，说，你去问她吧。我伸头看了一下，六六写的地址正是金铜送那小姐的豪华小区。六六说，那小姐是我给他雇来的，每晚一百元，路程十公里，这回你总该信了吧？

女间谍

当初看好她的是美国中情局的托马斯，托马斯在中情局会议上陈述的理由是，她懂七国外语。当时就有人反对，说懂七国外语也不一定就能胜任特工。但是托马斯执政，就留下了她。

最了解她的是她的母亲，她母亲说，你生性活泼，缺少心计，只适合谈恋爱，不适合当女特务。但是她没有听母亲的，她假借去别国旅游，奔赴了德国。

尽管在去德国之前她进行了短暂的培训，可在第一次执行任务时，她还是出了笑话。

那天派她的任务是去送一份图纸，图纸里藏有极其重要的军事情报。本来这该倍加小心，但她一点也没放在心上，她的精神头儿全部放在德国服装上，等她打扮完毕去接头地点时，这才想起忘记了接头暗号。

这不是件小事，如果图纸落入敌人手中，那要军法处治。

她明白这一点，急出了冷汗，没办法就把图纸展开，在人群中穿梭，见到可疑的人就问，你需要图纸吗？也是她运气好，碰上了要找的人，但是对方总不能承认自己需要，于是就装成疯子，抢了她的图纸，疯子一边跑，她一边死命地追，若不是对面盖世太保的巡逻兵拦住了她，她说什么也不能眼巴巴瞅着抢图纸的人溜掉。

后来托马斯问她，为什么不追了，她回答，落在疯子手里，也比落在盖世太保手里强。

她的回答，一时间成为美谈。

有了这次教训她才警醒，有好长时间她都闭门思过，但思归思，过归过，她就是很难改变自己的本性，不久后的又一件事还是让她犯了错误。

谍报工作是要不断移换住址的，本来负责领导她的人已经给她安排了住处，可她执意不去，而是自作主张找了街中心的一幢住房，更令人啼笑皆非的是，她认为越是危险的地方越安全，她的住处和盖世太保总部就一街之隔，巡逻兵晚间巡夜的时候都能听到她嘀嘀的发报声，果然她就出事了。

盖世太保包围她的住处时，是对门的一位老太太替换了她，老太太是中情局派去暗中保护她的，年轻时是个不错的特工，退役后一直忠于自己的职业，当她得知她搬到这幢楼房时，也跟着搬了进来。老太太在盖世太保冲进屋来的时候，咬舌自尽。

也许是上天不想让她的特工生涯就此画上句号，回国后的第一件事使她偶露峥嵘。

那天她刚下飞机就接到上级指示，让她和李泊金特乔装打扮掩护一名特工去开锁，把德国大使馆有关谍报的机密盗出来。

李泊金特在德国大使馆担任要职，是美国中情局安排进去的间谍，但是李泊金特自己很难完成这样的任务。因为既要完成任务，又要完成任务后摆脱干系，这才让她扮成李泊金特的女朋友协助李泊金特。

第一次到大使馆时，是她送李泊金特回去，李泊金特装作喝多了，由她搀着出现在岗楼前，她把李泊金特送到大门口，然后很知趣地停下，让李泊金特自己进去，她不住地向摇摇晃晃的李泊金特打着飞吻，脸上的表情是眼泪汪汪恋恋不舍，这一切警卫看得十分清楚。

有了这一次表演，警卫人员认识了她，默认她是李泊金特的新交，在大使馆，外交官们生活太寂寞了，警卫更寂寞。

李泊金特在这一点上十分佩服她，觉得她确实不是个好特工，天生一个浪荡坯子。

又是接连几次这样的送往迎来，他们已经完全得到警卫人员的信任，就在这天夜晚，李泊金特又喝多了，还是由她搀着，来到大使馆门前，更要命的是，她也现出喝多的样子，她甚至口齿不清地要求警卫把李泊金特送回办公室。警卫把腰板挺得溜直，对她的话全然没听到，而李泊金特又是一松手立马软在地上，自己很难独行，最后警卫甚至都不理他俩了，他

们就趔趔趄趄互相搀扶着进了院门。

密码柜在李泊金特休息室的里间，早已在隔壁等待的特工忙进去开锁，外间她和李泊金特在担心地等待，可是开锁并不顺利，过了事先估算的时间，他们紧张的心也跟着一起提提落落。

下面的警卫三等两等不见她出来，觉得事情有些不对劲儿，就急忙上楼查看，他们听到一阵急促的脚步声，由走廊那头向他们这个方向奔来，李泊金特顿时慌了，脸色煞白，额头细汗一层。倒是她快速作出反应，拉下李泊金特的腰带递给李泊金特，李泊金特会意，立即向她身上抽去，顿时整幢楼房都听到皮带抽打声和人的惨叫声。

警卫从门缝看到她在地上翻来滚去，不忍心再看扭头离去。

后来托马斯看着她被打残再也伸不直的小手指，心生无限的惋惜，目光里撒下不尽的安抚后，没头没脑地说了句：像问号，不像七国外语。

包 装

　　杜保老板的乳名叫杜三横，早年靠卖猪肉发家，后来卖猪肉卖够了，就改做了餐饮，餐饮又挣了，就不想再叫杜三横了，觉得有碍观瞻，不体面，不如改一改，以便和过去彻底绝缘。

　　杜保老板请了三位姓名大师，最后敲定叫杜保国，可是杜保老板总觉得这个名字不好，和"国"联系了起来，倒不是不可以和它联系，只是他的脑袋里着实对这个字印象不深，他做买卖时，是觉得不能没钱，做成买卖时，是觉得应该用这个钱把自己过好，所以杜保老板没有相信姓名大师的，他擅自把国字给取消了。

　　没有国字的杜保老板，没有因为自己的名字中缺少了最高境界而耽搁了买卖，相反他的金钱指数一路飙升，那钱就像长了眼睛，雪片一样向他飞来，没到五年，他就成为了具有三千万资产的餐饮业首富，这个时候的杜保老板就不再是早年的杜三横了，他真真正正成为名副其实的保护自己财产的杜保老板了。

　　这天杜保老板的门下来了位记者，以为其貌不扬的杜保老板是普通员工，就大大咧咧问了一句，这地方是哪一位承包的？这大大损伤了杜保老板的自尊心，他说，你连这是我杜保的产业都不知道，你还当什么记者呀？记者也不甘示弱，抢白说，我不能仅因为这是你的产业就一定得知道你是杜保呀。

　　杜保老板这才没话可说了，他迅速明白了一个致命的问题，那就是自己的宣传力度不够，不怪这位记者。

　　杜保老板是聪明之人，不然怎么能一下子发到几千万资产呢？他立即以资深的经历联系了政协与人大，以企业家的名义把以前政协人大的邀请

重新找回来，不久他真的成为了胸前戴有大红花的政协委员。

成为政协委员的杜保老板，他还记得那位记者，他找到他，说，我想请你为我做宣传，你有这个实力吧？

记者宣传人是天经地义的，况且他已是政协委员，他们的成交没用五分钟就拍板定案了。

记者问，你开始挣钱时是什么想法驱动的？有没有使你思想受启迪的原因？

杜保老板说，没原因，要说原因是咱看人家挣钱眼热，一样的人，人家吃香的喝辣的，咱凭啥不也吃香的喝辣的呢？

于是记者在本子上写道，某一个早晨，小小的杜保上学，看到别的孩子背着书包，而自己没有书包，他咬着嘴唇看着同学远去，眼里汪起了泪，从那一刻起，小小的杜保就注定成为今日赫赫有名的杜保老板了，也就是说，从那时起一个企业家的模型就在那个贫困的乡村降生了。

记者又问，你挣了钱后，没想过做一些慈善的事业吗？你活得好了，还有一些人活得不好，你没想过为他们做点什么吗？

杜保老板的眼睛一翻，他说，凭什么？凭什么我遭罪他们享福？我付出了，他们白捡，世上哪有这等好事？

于是记者写道，杜保老板常想，这个世界的人为什么受苦，他们的思想深处有一种顽疾，使他们贪图享受，不思进取，不穷则思变，这种想法一直是支撑杜保老板最有力的中流砥柱。

记者又问，你做政协委员是出于想出名，还是真想为国家参政议政，用自己的智慧为国家富强献计献策？

记者的话让杜保老板很不好意思，他摸摸自己的头说，咱哪有那境界，咱不过是想让老百姓知道咱，做广告也是做，还要花大头钱，当政协委员是既省钱好处又多，一年就那么几天会，怎么熬还熬不下来，不瞒你说，还能减税呢。

这回轮到记者张大嘴巴了，他不明白，杜保老板怎么靠这么简单的思维就能挣那么多钱呢？

于是记者写道，杜保老板靠小学文化打拼出这么浩大的企业，足见他的思想远远超出了他的思维定势，他的思路是民族的，眼光是世界的，相信他的事业会越做越大，贡献会越来越多，想法会越来越广阔。

文章发表后，杜保老板一夜之间红遍全城，老百姓这才知道，原来小城还深藏着这么一位了不起的企业家呢，看来我们的民族大有希望啊。

这天记者又去找杜保老板，想进一步加大宣传，还想动员他建一所希望小学，记者把如何写这篇报道的腹稿都打好了，把如何提升高度的语言装点得响彻云霄，可他却怎么也找不到杜保老板，打他的手机也不接。

而杜保老板这会儿在另一间屋子里已经看到了他，就对手下说，以后他再来一律说我不在。一旁的财务总监、会计、出纳，所有的人都明白杜保老板的用意了。他们是老板心里的定盘星，老板的每一个眼神，都理解得分毫不差。

纽　带

　　马点都五岁的时候爸爸就死了，就剩马点都和妈妈一起过日子。

　　马点都的妈妈叫李安，理应安安稳稳地过生活，可是李安的境遇一点也不安逸，这一切都是因为马点都。

　　石界的出现让李安的心稍稍透明一些，因为石界常常给李安带去希望。李安和石界对门，他们都是医生，石界的神经科只要一开门，就看见李安为女患者忙上忙下。李安的科室叫乳腺科，专门为女患者做理疗，做时石界会看到，马点都在诊室里穿来走去。

　　马点都按说是该去幼儿园的，但是自从爸爸死后，他哪也不愿去了，他就和他的妈妈李安呆在李安的诊室。

　　医院是家小医院，没有太多严格规定。就是有，对于李安的现状大家也是睁一只眼闭一只眼。这看上去成全了李安，李安干脆就和马点都搬到诊室来住。科主任有一天倒是想制止李安的行动，但一站在李安的面前，看见李安哀伤空洞的眼睛，就把话咽了回去。

　　石界这时走进李安的诊室，李安不知石界进来，她在费力地往理疗桌里放电饭煲。理疗桌太小，电饭煲也不大，但是李安就是放不进去。石界明白，这是因为李安的思想和动作早分了家。

　　石界就在这时接过了李安手中的电饭煲。

　　从此以后，李安有了说话的人，马点都也有了说话的人。在李安的诊室呆够了，五岁的马点都就会去石界的诊室，看石界给病人诊病。有时他还会向石界提出要求，要求石界把他看的书借给他的妈妈看看。

　　石界听了马点都的话，心里有些感动，感动他这么小就知道体谅妈妈。但石界知道他的书就是借给李安看，李安也不会喜欢，因为那是一本哲学书，他正看到萨特的"他人即地狱"。

马点都不知石界怎么想，他在认真地等石界的回答，他的两只小手放在背后不安地绞着，抬头揣测着石界，吃不准石界会不会慷慨答应他的请求。

平心说，如果不是马点都的诚恳，石界不会有此义举。石界有一口气读完一本书的习惯，但是面对马点都，他改变了习惯。他把他做有标记的书，决然地递给了马点都。

这天是南丁格尔诞辰纪念日，白衣天使大型演出，石界和李安都去了，马点都也去了，但马点都没坚持住，节目没演完他就睡在了妈妈怀里。散场的时候石界看到李安吃力地抱着马点都，就紧撵几步，当着同事的面儿接过了马点都。就在这时，石界听到李安的口里嘟哝一句，他人就是地狱。

到医院有一段距离，石界一直想着李安这句话。石界是未婚之人，李安不想给石界添乱，她明白她不可能自己不幸再把石界扯上。

到了乳腺科，石界把马点都放在李安的床上。李安送石界到门口，石界说，你喜欢那本书？李安本是喜欢的，但她还是回答，不喜欢。

谁也没想到睡在床上的马点都，此时像鲤鱼打挺一样坐了起来，他说，喜欢，我妈说她喜欢"地狱"。

李安和石界都愣了，还是李安先反应过来，她垂下眼帘嗫嚅道，不，不是地狱，是萨特，是萨特的他人就是地狱。

李安到底拨动了石界的心弦，石界开始爱上李安。李安做好吃的时也会多带出一点，由马点都给石界送去。

这天李安煮燕麦粥，是石界最爱吃的燕麦粥，可是粥没有熟电就断了，停电的原因是李安超负荷用电。遇到这种情况，李安当然去找石界，只有石界肯帮她这个忙。石界过来时，马点都看到，他先是把墙上的总匣关了，总匣镶嵌在靠墙角的桌子上方，线路没毛病时如果把匣关了，电灯就不会亮，马点都早就明白这一点，马点都就看到过，石界曾关了总匣去亲他的妈妈，不过此时马点都却没明白，石界拉匣干什么？

石界在修李安的电炉盘，这是他前天为李安在市场上买的简易炉盘，

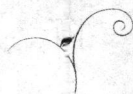

本来是想买电磁炉的，但李安不让，李安的理由是想结婚时再买，石界明白李安的意思，就买了二千瓦的电阻丝。这帮了李安许多忙，以至她再也不用等上一小时才能吃上饭。而现在电阻丝与电线的触点被烧断了，很明显是线路的承载不够。房子是老房子，线路是老线路，石界就想不如买个1500瓦的了，那样或许更受刃一些。

石界想着这个问题，不经意回头看了一眼墙上的电匣，他在准备为李安接上断掉的电阻丝。聪明的马点都把石界的举动看在眼里，他是个善于揣摩人心的孩子，他以为石界干着活还要去照顾拉掉的电匣。就等石界转过头时爬上了椅子，又爬上了桌子，几乎是瞬间的功夫，他合上了电匣。

这时他听到石界和他的妈妈共同叫了一声，叫声让他惊异地回过头去。弥漫的蓝烟挡住了他的视线，他辨不明到底发生了什么。与此同时医院里下班没走的医生，嗅到一股浓浓的煳煳的肉香，随后是马点都凄厉无比的哭声。

信 任

　　立普找王点娃。说事儿。

　　佟局长公出，母亲没人照看，立普让王点娃帮着照看几天。王点娃很吃惊，问立普，为什么不找付小红，她才是最好的人选。立普说，作为秘书，我只有做的份儿，没有问的份儿。王点娃无话可答。

　　佟局长是另类，没有妻子，情人是付小红。王点娃是付小红最好的朋友。

　　晚上六点钟，王点娃来到佟局长母亲家。一进门见立普也在，正给老人盛饭。桌上放着两个菜，一只电饭煲。桌旁安静地坐着佟局长的妈妈。立普一见王点娃，说，可来了，我儿子补课要放学了，我得去接他。说着抓起桌上的车钥匙就要走人。王点娃看了一眼老人忙问立普，我怎么称呼？立普说不用称呼，她是聋哑人。

　　侍奉聋哑老人并不难，老人什么都能自理，铺床，洗漱，去洗手间大小解，都弄得井井有条。王点娃需要做的就是，买菜，做饭，收拾屋子，照顾老人饮食起居，是否有病灾。

　　对王点娃来说这些都好做，最难交代的是付小红。她不知怎样和她说这件事，怎样说都有嫌疑，都摆脱不了干系，心中就盼望佟局长快些回来。

　　小红是王点娃闺中密友，两个人一处就是十年，当初认识佟局长也是从她那认识的。但是立普有嘱咐，这件事不让小红知道，立普说我们都是奉旨办事，不该问的不问，不该说的不说。王点娃就猜测，小红和佟局长之间一定发生了什么不愉快的事。

　　这日王点娃给佟城的母亲煲汤，付小红的短信进来了，想请她去看晚场电影，这让王点娃险些把汤罐砸在地上，这就更证明佟局长没有把她照顾母亲的事告诉付小红。

王点娃揣测清楚，就给付小红回短信。告诉她，她在长白山，想谋一份工作，大约要年底才能回去。有了这个短信，王点娃的心稍稍释然，至少小红再不能请她看电影了，她用长白山与家五百里的距离，拒绝了小红盛情的邀请。

现在王点娃盼望的就是佟局长快点回来。

可是佟局长并没有快点回来。而且一直都没有回来的迹象。

日子不知不觉地过去两展，王点娃惦记着自己的工作，就给立普打了电话。立普来了朋友，正搓麻将，立普说，缺你钱了怎么的？你看看你的工资卡。和！

立普一个和字，就把王点娃放一边了，接着是稀里哗啦的洗牌声。王点娃无奈，借买菜的机会去了楼下建行的取款机。这一查王点娃的心像发生了七级地震，她的卡上原来只有几毛钱，可这会儿变成了三千零几毛钱。也就是说王点娃在佟局长母亲这里是有报酬的。

这若是一般人会为自己有这样的收入而窃喜，可王点娃却心事重重。再上下楼时就觉得到处都是小红的眼睛。这天王点娃想来想去还是决定亲自给佟城挂个电话，问明原委，也好早日结束这个不明不白的差事。可是令王点娃大失所望，她打了几次佟城都关机。而且她是早午晚分别打的，而佟城所有的时间都关机。

夜半时王点娃睡不着，她觉出这事不简单，决定探探小红的口风。小红自从知道她去了长白山就再也没和她联系。电话打了过去，小红的声音病恹恹有气无力，待她听清是王点娃时，顿时哭了起来，小红像见到了亲人，哽咽着说，你什么时候回来啊？佟城不要我了，你也不要我了。

小红一哭，王点娃的眼泪也马上涌了出来。她问小红，怎么了，你们，是不是闹矛盾了？小红说，他说公出，可是一直关机，你说他是不是躲着我呀？王点娃忙说，不会吧，开起会哪还有工夫谈情说爱呀？小红说，不像啊，我去他们单位问了，也说问题不知出在哪里，你说他是不是双规了？王点娃说，双规的事哪能瞒得住呀，早传开了。小红说，我病了，没有他，我的天塌了，我原以为我不会在意他，可是我还是在意了……

天冷了下来，树叶变黄了，落了一地。像挨了鞭子，蜷缩得很不成样子。一晃王点娃已经和佟局长母亲在一起生活三个月了。这三个月，她和老人相依为命，日子没有改变也没有波澜。老人也态度平缓，从不向王点娃打听儿子的下落。

佟局长在单位的职务，也不声不响地由别人顶替了。

这一天，佟城的妈妈指着立柜顶端的一个纸箱，让王点娃取下来，纸箱很沉，打开一看，是一个四四方方的塑料袋，里面是厚厚的两捆钱。钱的上方放着纸条，纸条上写道：点娃，我是佟城，这是我一生唯一的干净钱，留给你和我母亲用吧，别问我去了哪里，一定代我为她养老送终，拜托了。

王点娃像挨了当头一棒，她哆嗦着想把这话念给老人听，方记得老人什么也听不见。

主　宰

　　程九六的妈妈喜欢陆冬梅，主要是因为陆冬梅会做面条。

　　程九六是女孩，陆冬梅也是女孩。两个女孩都是十五岁却不一样，程九六娇生惯养，什么也不会做，陆冬梅什么都会做，包括面条。

　　程九六的妈妈这一天忽然不能做饭了，原因是她的乳房上长了个疖子，疖子出头后要往出挤脓，挤完脓还要往里塞浸着福尔马林的黄药布。

　　程九六父亲的单位离家又远，中午不回家，程九六怕自己吃不上饭，就把陆冬梅带回家。

　　陆冬梅一住进程九六的家就不走了，她擀的面条颇得程九六母亲的喜欢，程九六的母亲从此就什么都指望陆冬梅，端水、递药、喂猪、撵鸭，没有不叫陆冬梅的，而程九六仿佛被她遗忘了。

　　这一天程九六的母亲去医院换药，碰到了陆冬梅的妈妈，程九六的母亲就对陆冬梅的妈妈把陆冬梅夸奖了一番，陆冬梅的妈妈就说，你那么喜欢她，就干脆认你个干妈得了，我刚好养不过来她。

　　有陆冬梅妈妈这句话，陆冬梅出入程九六的家就更随便了。

　　时间在人们的苦乐不均中不自觉地过去，白云苍狗间程九六和陆冬梅都赶上头一年恢复高考，陆冬梅考大学当然是没问题，陆冬梅能吃苦，头脑虽不及程九六聪慧，但韧劲却比程九六强。

　　可是程九六面临的问题就大了，程九六的胳膊先天有点毛病，左臂比右臂短许多，手也小许多，胳膊也细许多，其实一句话，就是程九六的胳膊一只是五岁时的，另一只才符合她现在的年龄。头一年恢复高考身体检查又十分严格，程九六带着这种压力哪能考好，结果就不出意料地落榜了。

陆冬梅考取了，却是个不太好的专科学校。

陆冬梅临上大学前又到程九六家擀面条了，这时候程九六正万念俱灰，整天以泪洗面。陆冬梅就劝程九六，你就认了吧，你自己想一想，国家哪能拿钱培养一个不健全的人？你就是考第一又有什么用？还不是和现在一样？

程九六说，我学习比你好，你都考上了，我为什么就不能考上，我说什么也要再念一年，我分数够了，高校就是不要我，我也心甘情愿了。

陆冬梅说，你非钻那牛角尖干什么？你心甘又能怎么样？情愿又能怎么样？国家该不要你还是不要你，你能把国家怎么样？是国家说了算还是你说了算？你不如找点能干的活儿，帮你妈养养你的弟弟妹妹。

这时她们谁也没注意，程九六的妈妈一直在偷听她们的谈话，程九六的妈妈这时就情绪激昂，她说，你看人家陆冬梅，小小年纪就知道帮大人分忧，你看你，心比天高命比纸薄，你知不知道仨多俩少？一样吃五谷杂粮的，人家怎么想你怎么想？矬巴子永远够不着天你不懂啊？真是的，越活越没滋味了！

程九六的妈妈说这话时乳房隐隐作痛，这是她那年有病做下的病根儿。乳房一痛她就心烦，于是她就把手中的水瓢咣的一声扔在缸盖上，吓得陆冬梅和程九六谁也不敢做声，陆冬梅这时就努努嘴示意程九六，就这样吧。

程九六就只得这样了。

春去冬来，一年过去，二年过去，三年也过去了。这一年教育制度改革了，残疾人也可以破格录取了，可是这时的程九六已经帮母亲维持家业，在被服厂做棉衣三个冬秋了，她把所学的那点课程忘得差不多了。

程九六听到这个消息张着嘴想哭，张着张着又哭不出来了，这时她猛然想起陆冬梅，陆冬梅已经三年没有回家了，抑或回家也不到她这里来了，她们家已经三年没有吃到陆冬梅擀的面条了。

第二天，程九六特意到陆冬梅家里去了一次，陆冬梅的妈妈告诉她，陆冬梅在大城市结婚了，生了孩子，生活富得就像地底下流淌的石油。

这以后程九六在困顿痛苦中度过了后半生，尽管她常常想起陆冬梅，

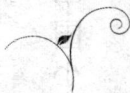

却始终再没有见到陆冬梅，她这才明白，陆冬梅不仅仅是陆冬梅，陆冬梅是她生命道路中的一块石碑，一座高山，一次地震后的残骸，一次海啸后的余生。

从那以后程九六多出一个毛病，就是再也不能吃面条，不管怎样好吃的面条，她一见就反胃，就是没有吃的欲望了。程九六的丈夫和儿子如果想吃面条，都是去饭店里悄悄地小吃一顿。

程九六的丈夫有一天忽发奇想，觉得程九六不会对面条真就过敏吧，就在程九六的口服药里做了手脚，程九六那几天颈椎痛，丈夫去医生那里给她配了一些药面儿，顺便把生挂面掰碎了放在了药面儿里。

程九六不明就里，就吃了，吃了也没什么反应，坏就坏在程九六的儿子身上，程九六的儿子见母亲没什么毛病，不吃面条不过是精神上的禁忌，就开玩笑似的告诉了程九六，谁知程九六一听，口中就像掀起一股喷泉，把污秽喷了儿子一脸，之后又跑向卫生间，在里面足足折腾了半小时。

程九六的丈夫在收拾卫生间时发现，被程九六吐在便池里的，竟是鲜红的血沫子。

避　难

　　这一次是他惹的祸，以往的很多次都和这一次不一样，都是他占了便宜。

　　他小时候母亲就告诉过他，不能拿别人的东西，别人的东西是别人的，再好也是别人的。可是他虽把这话记住了，就是做不到，物质的东西他倒是没动，就是动了别人的女人。

　　这应该从哪说起呢，是自己的老婆不好，还是别人的老婆太好，他自己一直认不清这个问题，总之他所到一处，身边的女人很多，多如蚁群，他总认为这是自己有"女缘"，别的就没放在心上。

　　可是这一次情况变了，他遇到了棘手的女人。女人最开始时是个很腼腆的人，到他部里工作一说话就脸红，再细致一点说是他一和她开玩笑她就脸红，但是乔美和他说过，脸红的女人心也红。什么是心也红，他问乔美，乔美说就是心色。

　　他不信，继续对她实施挑逗，比如他说，我今天打算请情人看电影，知道这个人是谁吗？你不猜准是你，你若猜还是你。女人一听脸又呼的一下红了，他就又说，你真聪明，十个弱智都不换。他老婆来电话，让他早点回家，他看她在办公桌前坐着，就说，我是要早点回家，你和我虽然同床异梦，但我还是能将就则将就，这会儿我喜欢的女人就在我身旁，那点事总得办完吧。

　　老婆一听就知道他在扯淡，说，去你妈的吧，一个大能吹。把电话一摔没事了，因为她就是在他的调情中一日一日度过的。

　　而坐在一个办公室的她则没有他老婆坚贞，她听了他的话心里剧烈一动，然后是全身电击了一般，除了脸红她还很嗔怪地瞥他一眼，只这一眼他就明白，这女人的心已经属于自己了。

这是经验。

闯荡二十几年的女人堆儿，可以说他一路绿灯，有过一夜情的他自己都记不清了。一次醉酒后他算过，以为这一回算得准确无误，结果早上一出大门在小区门口撞上了一个，到单位去热水房打水又撞见一个。

但这一次他着实是栽了，是办公室女人坠入情网爱上了他。

她爱上他，他却转移了目标，其实这也不完全怪他，在她没来这工作之前他就有了可心的女人，只是那女人太优秀，没轻易就范，而他又放不下那优秀的人。

一边放不下，一边满世界撒网，这才无意中遇上她。发现她对自己心动以后他有些清醒，他劝告自己说什么也不能冲破底线，因为他预感这女人很麻烦，很麻烦的女人都心狠，他不太敢动心狠的女人。

他这么想就这么做了，当他退缩时她俨然看出来了，当时她脸色大变，屈辱让她的脸更红了，翻饭乔美的话，那就是更色了。

更色的女人对色事看得比什么都重，对吃亏看得比什么都重，也是，平白无故被人耍弄了一场，撞响了许久没发音的心弦，放在谁身上也都受不了，反抗扳回一局是必然的了。

这天晚上他老早回家和老婆吃晚饭，正吃着接到她的短信，说她非常想和他的家人共度良宵。他一看大事不好，短信也没回，也没和老婆说一声，就一个人去了电影院，他想用电影来调解自己纷乱的内心。

电影院是乔美开的，乔美就是那个优秀的女人，他有什么事都愿意和乔美说，因为乔美从来不落井下石，从来不图回报，从来都是他惹了事，乔美出头帮他擦屁股。

说来也奇怪，乔美对他如此之好，对他什么都舍得出，钱和物都舍得出，就是一样乔美死活不舍，那就是乔美自己。他曾苦着脸问乔美，你是我生命的钉子呵？乔美听了淡然一笑说，记住，喜爱的东西千万别动它，动了就不喜爱了。

他听了觉得乔美怪怪的。

这一次他和乔美说了自己的境况，乔美给他出主意，说，这事你不宜出面，你出面会越描越黑，越扯越大。他说，那我总不能让她到我家大动干戈呀。乔美说，即使真大动干戈，你回去也不顶用，事大了还有法律，你需要的就是反省自己，伤害了人家什么？乔美见他低头不语，又说，今后看人要准，看准后再撩拨，撩拨了就不要抛弃人家，女人最恨玩弄情感的人，除非她没付出。

乔美说完给他铺了被褥，让他睡在她家。乔美知道没有公交车了，打出租会很昂贵，况且还不知他的家是否闹翻了天，而乔美自己则去放映室放连环电影去了。

他在乔美家住了一夜，乔美放了一夜的电影，根本就没给他近身的机会。他睡不着就想，乔美你他妈到底是什么人呢？临睡着时他想明白了，乔美是独特的人，是个好女人，是个可对他真诚到底的妈一般的女人。

大约天快亮的时候，房间里曙光微熹，朦胧中他觉得进来一个人，他第一感觉是乔美，全身不觉一阵兴奋，便假装睡着不动。可是这个人在他身边委委蹭蹭躺下，用肘弯碰了碰他，疲倦地说，往里点儿，一个人占那么大地方。他一听吓了一跳，明白这是乔美值夜班的警察丈夫回来了。

乔美的丈夫打了一连串哈欠，看来他是真困了。真困的乔美的丈夫又说，这个入室杀人案，害得我一夜没合眼，看来男人调情还真得有节制。

他听了这话，惊出了一身冷汗。

大路通天

吴总和秘书程都都从帝豪歌舞厅的楼梯上下来，看见妹夫尤保国拥着小妍在吧台开间儿，吴总就站下来，叫了声，保国，别开了，我那间闲着，走时别忘把门卡交给服务员。说着把卡片扔给发愣的尤保国，和程都都一起头也不回上了车。

到了车上，程都都才敢透过车窗向帝豪里面望了望，这才对吴总说，你明知道他背叛了你妹妹，你还为他创造条件，你让我不可理喻。

吴总摘下墨镜放在车挡窗下，说，你让我怎么办？问问他在干什么吗？

程都都说，那你不会装作没看见。

吴总没吭声，车子无声无息地驶向自己的公司。

程都都由于想不通吴总为什么会这样，为什么会麻木不仁，有三天时间无缘无故没来上班，她的理由是，吴总可以随便放弃自己的妹妹，对她也好不到哪里去，不如激流勇退，另谋高就。

可是在家呆了三天，吴总一个电话没有，她自己倒毛了，想再在家呆下去，心里像塞个小兔子坐卧不安了，到第四天她只好硬着头皮又回到吴总的公司。

她进去时，吴总正对着一个客户谈条件，客户是一个五十多岁的老头儿，口齿还有点儿结巴，可是吴总同他谈得非常认真，对她的到来没有任何介意。等客户要走时，吴总才回过头，让她出去送送客户，连带着把一张广告张贴在第五街的广告栏上。她当时不解为什么要张贴在第五街，只有陪同客户一边开门让路，一边亲热地同老头儿攀谈着走了出去。等她和客户一起走出感应门，见老头奔一个轮椅而去，她才看见门外还有一个人，是个坐着轮椅的小姑娘。

平时吴总有规定，要想客户所想，急客户所急，现在她理应帮老头推着轮椅，让他一路轻松。老头对她的举动很感动，特意仔细看了看她，之后说，吴总真有眼力，请了你这样的秘书，真是看着都让人舒心。

客户这一乐就把本来不该说的话也说了出来，他说，我本来在出来的时候还在犹豫到底在不在你们公司投资，我还选了一家在邻市，条件也很宽松，现在看吴总的雇员都这么善解人意，我就不走了。

她心里暗暗吃惊，吴总原来是让她续上谈判的尾巴。于是她和老头谈了许多在这里投资的好处，讲了许多吴总的经营之道。讲着讲着他们就到了第五街，老头说第五街这个名字多好，我的家就在美国的第五大街，现在告老还乡，我还是把家安置在了第五街上，你看——老头指着一幢高耸入云的大楼说，那上面开着百叶窗的就是我家，在那上面还能看到你们的公司呢。

老头喜色飞扬，她的心不由得又咕咚一下。到了那幢楼的跟前，她把手中的轮椅移交给老头，和老头辞别希望他以后常到他们公司。老头一一答应，说以后他将和他们一起做他们公司的主人。

此行的意外收获让她一高兴连跑带颠回了公司，她要把这个有点喜色的尾巴如实反映给吴总，不管怎么说，他交给她的任务，她完成得很出色。

谁知正在看报纸的吴总听了她的陈述并没有喜出望外，他放下报纸问她，广告张贴出去了？她这才想起她光顾高兴，把这事给忘了。她忙说，哎呀，我马上就去。

这一次重返第五街她没有上一次兴高采烈，广告都贴上了，她才看清上面的内容，原来是吴总想在自己的公司内开一家美容店，免费给公司内部职工美容美发，每月工资固定五千，只是美容师要求大学本科学历，个子一米六五，懂一门外语，到美国进修过理容专业的。

就这么个破广告，还要贴到第五街，还害得她跑了两回的路程，想到这她很不快，她又一次想一走了之。但是转念一想，还是使不得，自从她大学毕业以后，她接连跳槽五家，没有一家经理没对她有色心的，就是这

个吴总，到现在还没对她提起一个那方面的字，虽然他有时也定定地看着她，但毕竟离那一段路还差得远呢。

程都都把前前后后都想了一遍，最后还是责令自己回去。

回去之后，老远就看见，吴总的车在门外等着她呢，吴总坐在驾驶座上亲自驾车。她心里一热，二话没说上了车，吴总的车就一直向前方驶去，其间他们路过第五街，她张贴的那个广告，在广告栏上赫然醒目。

几天以后，那个推着轮椅的客户在公司投资了，一下子就投了一千五百万。吴总用它上了一个国际领先的新项目，预计头一年就会盈利五百万。

那个美容的发廊女也招来了，没几天就开业了，生意出奇地火爆。

一次程都都推着那个坐轮椅的小姑娘去做头发，发现这个美容的发廊女她很面熟，只是她一时无法记起在哪里见过她，后来她又看到有一个比发廊女还漂亮的女人也常常来这里做头发，这回她想起来了，并且再也不会忘记了，因为这个无法形容怎么漂亮的女人是尤保国的夫人，是那个发廊女永远无法比拟的她的尊敬的吴总的手足妹妹。

蓝蜻蜓

红豆腐食品店，我正买蛇皮果，付小茜从后面拦腰把我抱住。

我回头一看是她，大叫，不是说你死了吗？借尸还魂哪？付小茜不顾我的奚落，嘻嘻地笑，说，哪能呢，还没把你混到手呢。

我们一起坐在地中间的休息椅上，一落座，付小茜几乎坐在我怀里，接着反攻倒算，说，谁说我死了，我是嫁了，我不嫁，你又不要我，我等你一百年啊？我知道付小茜是故意这么说，她根本没嫁。

她一坐过来，我就觉得有个毛毛虫在怀里拱动，特别扭，又不好意思推开她，只好故弄玄虚，说，快高抬贵臀吧，我刚做过阑尾手术。

付小茜把身体向旁边挪了挪，一边挪一边说，你又骗我，你总是骗我，你什么时候能和我正经一点儿？付小茜有点眼泪汪汪了。

我哪敢正经？我正经她就来真的。

但说心里话，我真不忍心看付小茜这样，我知道她是真心爱我，我若不找她，怕再也找不到比她更爱我的人了。可是我对女人就是提不起兴趣。

我抬手摸摸付小茜凄楚的脸，不想再折磨她，就对她小声说，下辈子吧，啊？下辈子一定娶你。

付小茜又靠过来，她拉住了我一只胳膊，像搂紧一根吊在悬崖上的藤条，涨红着脸说，我知道，你就是看上我表哥五得了。

她的话把我说得一激灵，忙环顾左右，见无人注意，才说，这话不是好玩的，你会毁了我。

付小茜缄口了，但哭了起来，哭得我心都碎了。我想安抚她，可不敢，我怕这样一来，把本来疏远的关系再一次拉近。我任她哭，不劝她，她哭了好一会儿，最后说，你不爱我倒也罢了，你不能骗我，我对你这么痴情，就换不出你一句真话？

我见付小茜说得诚恳，觉得是有点对不住她，付小茜什么都比我强，正经的美专毕业，喜欢米勒，痛恨罗丹，她说罗丹的艺术高度，是他的情人克洛黛尔的，没有克洛黛尔，罗丹的作品没有一件是完美的。

付小茜独特的思想，曾经打动过我，我也力争把我俩的情感发展得近些，可是不行，我不喜欢女孩。付小茜说对了，我喜欢他的表哥五得，五得也喜欢我，我们在一起时，有太多的需要可以交流，可是和付小茜，和其他女孩，我就像一个嗜睡的孩子，不想醒来。

付小茜哭了一会儿不哭了，她两眼盯着窗外，木偶一般。我也不管她是不是在听我的话，只想把真正的想法说给她，让她心里有个底，我说，如果我这一生能娶女人，一定娶你，如果不娶你，那就是我终生没近女色。

付小茜没说什么，有两行饱满的泪双双流了下来，之后，她说，其实，我没想让你做什么，我只想让你抱抱我。付小茜的话，让我感动，我的眼睛也涩了起来。我知道她没太深的索求，她只想让我爱她，事实上她一直在递减着这件事的程度。

我用臂肘碰了碰付小茜，说，别傻了，别可一棵树吊死人，你和我没任何幸福可言。付小茜说，我不明白你说的幸福指什么，我就知道和你在一起快乐，再好的日子我不认为幸福就不幸福。

付小茜可真够痴的，现在这年月这么痴的女孩可不多了，别人都说越是知识女性就越痴，她们永远认为自己正确，也就永远走不出自己为自己设下的理论陷阱。

我们沉默着，谁也不说话，她一直依在我的臂膀上，像只熟睡的小猫，我不敢动，惟恐惊醒了她，惟恐自己无法逃脱。我心里在想五得，优秀的五得，让我心醉的五得，盼望五得这会儿能给我来个电话，能救我，可是手机也在帮付小茜的忙，它也像睡着了，一点鼾声都听不到。

末了，还是付小茜打破沉静，她似乎明白我和她不可能有什么进展，就看了一下表说，你再找我，就到梦江南酒吧吧，我和那的老板说好了，去坐台，你不接受我，我就把自己交给全世界男人，来者不拒。

她说完，把嘴唇贴在我的额头上，好久都不曾离开。我知道，她力图让我挽留她，可是我没有，我做不来，我不能那样做，那样我就对不起五得，那样我也对不起自己，那样我更对不起付小茜。

付小茜把我的一只手拿起，放在她的左胸上，那是她心的部位，是她的精华，我感觉到那里在擂鼓，鼓乐喧天，那里奏响着一个女人对所爱恋的人、最凄惨的离别乐章。

我看着付小茜走出红豆腐食品店，看着她妖娆的身姿和令多少男人垂青的体态，一眨眼消失在人流中，直到没了踪影，直到我满眼的杂乱无章。

我不知自己该何去何从，恰巧有一只蓝蜻蜓从门口飞了进来，它绕了一圈，飞走时，我跟了出去……

指向古典的温暖教化

——陈力娇小小说艺术论略

林超然　张天舒

　　陈力娇是弥漫着中国传统文化风味的抒情作家，阅读者会自觉身在古典美学的丛林之中。她的小小说总有一种肯定性力量，热衷于写希望，她的文字总试图告诉我们这个世界很值得好好地来一回，美美地活一回，人不该随便对生活发脾气。陈力娇坚定地远远避开个人化写作范型，她的听众总有一个"集体"的定语；她同样坚定地避开意识形态写作套路，但不固执地去写底层百姓的"病相"，而是端详他们的生命奇迹。她不是赞歌式的写家，当然不回避世事的艰辛、人情的冷暖、命运的捉弄，她的小说之所以每有拨云见日的情节，一是因为很多时候这正是生活真相，二是现代人照例要经历周而复始的世事厮杀，他们更需要的不是带血的利刃而是疗伤的良药。她的作品最终会执著地选择一种美来辉映，这源自作家天性中将心比心的敦厚与关切。

温暖叙事

　　陈力娇曾先后在京沪两地的顶级文学殿堂进修过，多年来她本人始终能够做到对西方文艺理论手不释卷，应该说对现代派手段绝不陌生，但她要做的是毅然决然地绕开而不是尾随，比之斗争她更倾向于和解，比之破坏她更倾向于建设，比之崇高她更倾向于优美，比之批判她更倾向于诗化。当代西方小说大都是作为一种"否定话语"存在的，"在与社会和法定文化的关系中，小说取反对立场"。熟谙其道的陈力娇却一往无悔地走上了另一条路。

《蓝天下》标题即有阳光的味道，是张开双臂随时准备拥抱的姿势。小说像一首抒情诗，更像一缕和风，带给人的是天鹅绒般绵软、熨帖的感受。"拿破仑"是个矮小、谦和、快乐、热情的中年男人，职位很低、收入一般的他不论是见到女市长还是普通百姓，都会老远就"轻轻举起右手，说声你好"，并且从不苛求别人的回应。作家特别设计了一个角色云朵朵，她是事件的见证人，也是故事的重要参与者。一次她跌倒了，正巧路过的"拿破仑"鼓励她疼也要爬起来。平素见到女市长躲着走，对人对事都觉乏味的她这一日"心里不免有些温暖，冰冷的世界有一句问候，有一把搀扶，感觉就是特别"，并且还情不自禁地"轻轻举起右手，说声你好"。这篇小说有一种扑面而来的浪漫气质，也几乎有着陈力娇全部小说的抒情基调和母题。

《天若有情》表面看是个情感故事，但是它的体式却是特别出奇，中国传统的情感叙事在陈力娇的笔下走出了呆板，如一面镜子让我们发现原来它的反面也能照彻人心。快乐的阿粉在哥哥阿法的"逼迫"下去照顾一个已处弥留之际的老人，直到看见母亲坟旁的新坟，哥哥才告诉阿粉，老人一生住在郊外，就是为了守护他们二十年前因生阿粉难产去世的母亲，阿法又拿出一张 DNA 检测单，上面有阿法的签字，证明阿粉和老人有血缘关系。小说到这里结束，留下余白让读者齿唇留香，悄然顿悟。原来世上竟有如此的恋情，原来阿粉与哥哥是同母不是同父，阿粉是母亲和另一个人的私生女，而阿法原本压抑的恋情也最终得以圆满和升华。

作家想告诉我们：情爱是美丽的，在有情人的眼里，它会冲破阻碍完成自身和世界的联结，赢得相应的承认而得以存活。对阿法来说，天下的爱情都不能用爱它和恨它简单划分，他的眼中只有偶尔越界的人，而没有善与恶、好与坏的森严壁垒。而为母亲的情人送终，是否背叛了自己的父亲？阿法显然超越了这个拘囿。在阿法的心里，一切来自大爱。在这里我们看到了陈力娇的用心良苦，她用了不到 2000 字，用人情投影用深厚爱意小心驱逐了原初的苍凉。

《爸爸，我是卡拉》写的是人们在患难中的相互搀扶。住在后楼和五岁女儿相依为命的程甫得了梦游症，每晚把女儿扔在家中一个人到大街上没缘由地走，因为妻子携着一百万与人私奔了，他的精神受了刺激。两个邻居担负起了挽救他的使命，他们用了许多办法也未能凑效，最后想起他的女儿敏儿并教给敏儿一句话"爸爸，我是卡拉"。一句普通的话让梦游者大梦初醒，他向着女儿扬起了手臂。因为他心中的卡拉，死而复生。原来他妻子的名字就叫卡拉。陈力娇交给我们这样一个谜底：相较于其他，真情更该是人们终极的追求。

小说是一则清洁灵魂的隐喻和传奇，梦游者迷乱的心智和清醒后向女儿（即生活）扬起的手臂被作家老老实实地写下来，不用先锋与现代，叙述未杂任何装饰，内容与主旨却本自天然地摇曳多姿。"随着大众媒体包围、渗入我们的整个生活，媚俗就成了我们日常的美学与道德。直到不久以前的时代，现代主义还意味着一种反对固有观念与媚俗的保守主义的反叛。今天，……现代性已披上了媚俗的袍子。"陈力娇因为蔑视一种媚俗而走向一种脱俗。

在《汪曾祺自选集·自序》中曾有"我所追求的不是深刻，而是和谐"之语，这是汪曾祺的夫子自道，当然也是他的一种自谦。很多人太愿意把"和谐"与"深刻"对立起来，其实这并不合适。和谐展示了主客体在实践中经过碰撞所实现的平衡、统一，是完美形式和内在本质的无间交融、浑整一体，深受传统文化濡染的中国人一定不要忘记和谐其实是一种更接近人类终极理想的大深刻，甚至就是最后的深刻。

教育读本

小说决非玩物，理应有所担当，因为"我们从其他方面所获的教益总没有从文学上得到的重要"，作家创作也必须慎之再慎。艾芜说："他们的愿望，他们的需要——一切东西都渗入我的灵魂来了，或者我的灵魂走进他们的肉体去了。这是一个醒着的人的梦。"陈力娇就经常做着"醒着的人的梦"，她的小小说常常具有一种实用性，像人生教科书，取自现实，又可便捷地回馈现实；她的文字和心思都极为干净、省洁（要知道当下小说中"少儿不宜"的内容委实不少）。她的不少作品因为与青少年特别贴心，而经常成为"中学生喜爱小说"的上榜篇目；她的一本小说集《赢你一生》（新世界出版社 2009 年 2 月版）被列入"新课标语文课外阅读经典"丛书，这无疑是对成年作家的一种褒奖。

在《车衣服》中，作家用的是一把童心的尺子，她写的是一个孩子能想到的全部，他的办法可能有些笨拙，却是生活原态，读之让人心热。小卖店的老爷爷看到了戴尔的辛苦，主动帮他看车衣服，不想有一天车衣服却丢了。戴尔的爸爸怀疑老爷爷做了手脚。老爷爷虽满心的无辜，却仍每晚为戴尔家看着新买来的车衣服，终因操劳过度累倒了。此后戴尔每天都要去老爷爷的小卖店买东西，买一只钢笔，买油盐酱醋，他还用爸爸给自己的零花钱，为老爷爷买了一箱牛奶。人类心灵最美丽的一角像旗帜一样飘荡在我们内心，小说给了我们一幅多彩的画面，真情和爱心永远是人类之爱最重要的主题。这样的结局不是作家的有意成全，而是人物自己赢得的胜利。

面对教育课题时，陈力娇总是特别投入。《火烧云》中的"火烧云"并不是真正的云，是胶卷曝光后抢救出来冲洗后的相片四周的红色印迹，但它又是真正的火烧云，因为它修正了一种世俗、消极的心态。马豆梗妈妈的"不到万不得已时绝不能放弃希望，白天应想到夜的黑，这是对的，但没有夜晚怎谈白天美丽？"很像是对所有现代人的郑重叮咛，那朵火烧云无疑会在人们心里燃烧。

陈力娇善于从小处反映大主题，善于从微不足道处下笔，写人类冷不防处的硬伤。小说告诉我们，对事物不抱任何指望的冰冷态度是不可取的。"人被宣称为应当是不断探究他自身的存在物——一个在他生存的每时每刻都必须查问和审视他的生存状况的存在物。"马豆梗虽已经历太多世事的敲击，对人再不抱幻想，但在最后一刻，在母亲的鼓励下，他走出了人类的设防，被挽留在只要用心其实就不难找到美好的境界中。很多时候，只要我们再争取一下，生活就可能给我们指出明路。对于中学生来

说，对于我们的学校、家庭乃至社会这些教育责任的承担者来说，这都是一篇特别值得细读，特别值得深思的课文。

陈力娇还有许多小说干脆是用一篇作品解决一个现实教育问题。鱼鱼想都没想就借给了儿子还在读高中补习班、家境贫寒的一名同学400元钱，结果她因此遭受丈夫的白眼、同事的奚落，说她受骗的，说她犯傻的，说她纵容犯罪的都有，弄得鱼鱼寝食难安很是委屈、沮丧。好不容易等到上大学的儿子放寒假回来，"鱼鱼像见到救星一样，把这事一点不剩地全对儿子说了，包括同事的看法，丈夫的抗议，包括自己的迟疑不能肯定"，儿子拥抱了她，他站在母亲一边。这篇作品流露了作家对世风的担心，但鱼鱼有一个善良、懂事，对人和世界满怀信心的儿子，这一成功的教育成果足以成为重拾对他人的信任的雄辩理由（《鱼鱼和儿子最近》）。阳台里的一团绳子是巴比的姥姥从外面捡回来的，她以前过着苦日子，富了之后也还是勤俭节约，看到外面有别人扔了却还有用的东西就捡回来。巴比的妈妈很反感自己母亲的做法，突然有一天无用的绳子变得有用了。作家是在提醒我们珍惜从前，善于从一种朴素中寻找神奇（《阳台里的绳子》）。类似的作品还有《更正》《搏斗》《绝地哺乳》《聪明的斡旋》等等，都在直面教育中或大或小的某种困局，而作家则以自己特有的敏感和深度的思考——为我们觅得良方。

陈力娇醉心文学的审美特质，同时对小小说的社会功能从不敢有丝毫的疏忽大意。文学是一种精致的精神产品，人们常常对它寄予厚望。为了这份热爱与信赖，创作中的陈力娇表情格外凝重。她的作品指向唯美，偶尔也会兼顾一下人们的娱乐心态，但这些绝不会影响到她对社会的种种提醒，她的所有小说几乎都有一个教育主题，而教育对象各有不同，可能是自然个体的人，可能大到家庭、学校，甚至可以是整个社会。尽管她的力量很是单薄，尽管不能一切尽如其愿，但作为中国传统文化的一个忠实的追随者和传道者，陈力娇的这番孜孜不倦的奔走，始终是有利于世道人心的。

古典情怀

陈力娇小说中的古典情怀是显而易见的，这是她艺术禀赋的核心也是她人文理想的走向，能够看得出来她对身上犹存古风的人物情有独钟，而她尤为看重的是人的刚健有为。《另类妈妈》中小五的妈妈居然有纵容小偷的奇异举动："他都踅摸我好几天了，我哪躲得起他呀，不如早给他，他就静心了，我也省心了"，结果是"那青年面红耳赤，把钱撒给小五的妈妈，转身头也不回地跑掉了"。舞会上一个老年男人因病猝死，就在身份尴尬、生怕被人识破暧昧关系的舞伴手足无措时，小五的妈妈及时赶过来，脱下自己的衣服垫在死者头下。更出人意料的是，待救护车走后，她竟捡起衣服，"抖抖上面的灰尘，然后像什么事没有发生一样穿在了身上"，她还不忘和那个躲在一旁掩面哭泣的舞伴拥抱一下。"中国特色的现代叙事学，是以渊深的文化感为其意义的密码，又以内在的生命感为其形式的本质。"小五的妈妈身上有着显在的儒家急公好义的思想，她的侠骨柔肠，她健康得不含半点尘滓的精神风貌会让我们悄悄竖起拇指，作家自然也舍得为此挥毫泼墨。

偎近心灵的"虚静"也是陈力娇的快意抉择。在中国文化中，"静"是一个关键的范畴，人们不仅把它当成一种理念来追索，而且把它视作摆脱是非、好恶的利器，把它视作远离功利、物我两忘的人生大境界，老子的"致虚极，守静笃"，庄子的"无己""丧失""心斋""坐忘"等，都是传统中国人恪守的艺术创作准则乃至做人处世准则。"虚静中的知觉活动，是感性的，同时也是超感性的。"所以虚静是一种深邃，这种深邃其实是喧嚣时代的急需。哑女美得像一种观念，她历尽辛苦才追上大美人还给她遗失的钱。对这个事件很感好奇并终于明白究竟的廖五一转身时，大美人在他的背后喊："你不要找她，更不要爱她，她是个哑巴。""廖五一站下了，是猛然站下的，这个扁担街出名的小混混，第一次暗自握起了拳头。"作家用个案来展示美与丑在生活中被偷偷置换的一个片断，她没有叹息，内心平静，让美静静呈现，让读者自己遴选（《女神》）。他没能找到合适的泳衣，儿子又在不断催促，只得一丝不挂地跃入水中。儿子开始欢呼了，他从来没有见过这赤子般的父亲。在人成年以后，"裸浴"便完全被世俗拒绝。穿戴整齐成为我们完成成人礼必须付出的代价，作家更是在提示我们，文明让我们遮羞，也会让我们失去太多真纯，人越来越成为大自然里的怪物，几乎没有胆量再向它祖陈自己。《阿宠的春天》写一匹在井下劳作的马，它要在最小的时候下到煤井下，从此不再出来，因为他是马，人类不允许它烦琐地上上下下。在一次塌方时，它凭着敏锐的听觉，判断出危难当头，并成功地的把五十几名矿工带到安全的巷道。当阿宠看到那些需要充饥的贪婪眼光时，又毅然决然咬断自己的大动脉，为人们送上了丰盛的晚餐。阿宠让人类红着脸想到了汉语中一个久违的词"君子"。

古典情怀到底能走多远？陈力娇的这种痴迷是不是指向某种危险？对古典的过分怀念和现代作家应有的反思立场是否相悖？有这样的诘疑，是因为我们的某种误会，其实这些我们都不必担心，古典只是她的精神归宿之一或者说只是她的一个答案。她有能力重新发现人性的复杂性、多面性，深挖人物的精神底蕴，寻找主体人格搭建的无限可能性。

陈力娇是中国当代小小说创作领域的重量级作家，我们能够读到她耐心、华美的抒情，也能读到她的焦虑和捍卫。她能够把握人生美妙或严峻的瞬间，以自己细致体察、高深颖悟的本领，借重与世界平视的角度，借重一篇篇短小精悍的文字，实现一次次警策人心的言说。陈力娇用自己全部的创作实践生动说明：不该随便对生活发脾气，是我们对时代的敬重，对世界的爱护，更是对生命的景仰。

本色天然，充盈完美

——论陈力娇小小说的艺术魅力

任雅玲

陈力娇是拥有创作小小说艺术敏感与智慧的作家，大凡艺术成功者，不只是执着与勤奋，更多的是她的禀赋和精神，陈力娇无疑做到了把这两者结合得最好，同时又具有了自己凛然的"本色"。她的作品既有人性深度，又有含藏之美，既有世俗情怀，又有审美愉悦，她总是力求通过表层事件隐喻出深层厚重的哲理意蕴，给读者以强烈的审美快感。

王蒙先生说："小小说是一种敏感，从一个点、一个画面、一种对比、一声赞叹、一瞬间之中，捕捉住了小说——一种智慧、一种美、一个耐人寻味的场景、一种新鲜的思想。"读陈力娇的小小说，我认为，陈力娇正是把这一切完成得美仑美奂的人。我们看到了她高屋建瓴的把握，看到了她游刃有余的收梢，看到了她临水一照的运笔，更看到了她温暖灼热的情义。这样的艺术天分，揉杂进对人类情感诸多思考和关注，不但完成了文学的使命和风景，也为作家的情怀开拓了无限伸展的空间。

含藏之美

在我国古典美学中，虚与实、藏与露是极为重要的概念，优秀的作家总是很善于利用两者之间的辩证统一关系。小小说要在自身有限的空间里含藏丰富的审美内容，就需要巧妙地运用虚实、藏露手法，使作品极尽含藏之美，令读者获得最高的审美愉悦。陈力娇深谙此道，她很注重自己作品的含藏之美，她的小小说写得含蓄隽永，常以简妙之语表达无穷之意，在描写人物或事件时，常引而不发，言在此而意在彼，让读者自己从物象中去品味、发现蕴藏在物象之外的美学意义。正如美国作家海明威说："如果一个作家对于他想写的东西心里有数，那么他可以省略他所知道的东西。读者呢？只要作家写的真实，会强烈地感觉到他所省略的地方，好像作家已经写出来的。冰山在海里移动很是庄严肃穆，这是因为它只有八分之一露在水面上。"

陈力娇的小小说《亲爱的羊》就具有这种含藏之美，其主题的隐蔽性与多义性，使作品产生了空灵的美感。这篇小说写的是村长苗里和媳妇宁肯舍弃自己家的羊也不让"上边的人"上山打麂子的故事。山上的麂子濒临绝迹，可是"上边的人"却借着视察的名义要去打猎。这可难住了村长，他既不想让"上边的人"伤害麂子，又不想得罪他们，怎么办呢？他把难题推给了妻子。结果，在村长不得不陪同"上边的人"驱车来到国家二级保护区打猎时，打死的却是村长家的山羊。原来是妻子忍痛把自家的山羊赶到保护区，在迷漫的风雪的掩护下，"上边的人"误以为是麂子，使之一枪毙命。在这篇小说中，"上边的人"其实是个符号式的人物，作者"露"的仅是其以视察的名义打麂子这一个细节，但读者却可以借此联想到生活中这类"上边的人"执法犯法的嘴脸，从而达到讽刺的效果。作者写得巧，"藏"得严，一露一藏，艺术效果非同一般，正像中国画"无画处均成妙境"，含蓄蕴藉，引人回味。

《灾年》也是一篇藏露有致、虚实相间的小小说佳作。这是一个让人心酸的故事，写的是在每天都有人饿死的灾年中，老支书每天都到村里的学校去找老师李承明，让他带智障的学生孟利黎去南山坡挖坑，并反复叮咛李老师不要告诉孟利黎挖坑做什么。只吃了两个糠窝头的孟利黎饿得不愿挖了，两顿没进食的李老师只好上树给他摘榆树钱吃，并骗他说挖坑是要种糠窝头，孟利黎于是就高兴地挖起来。小说尽写孟利黎、李老师等的饥饿状态，这是"露"，也是实写。晚上，没吃饱的孟利黎独自一人跑到白天挖坑的地方去找糠窝头，没想到碰到了老支书，老支书让孟利黎往坑中填土，孟利黎在坑边发现了一节红发带，他说"我娘也有这样的红发带"。智障的孟利黎不知道，他埋葬的正是他那饿死的智障的娘。之后，老支书又递给孟利黎一个糠窝头，让他填完两个坑才能吃，孟利黎高兴地填起头来，他没注意到老支书躺进了他挖的坑中并被他埋葬了，原来，老支书得了不治之症，他在痛苦地送走了一个又一个饿死的村民后，又用同样的方式结束了自己的生命。

这篇小说中，孟利黎智障的娘的死就运用了"虚"与"藏"的写法，孟利黎的娘从始至终都没有出现，读罢全文，读者却可以通过孟利黎、李老师及老支书的生活状态联想、想象出孟利黎娘的生活状态，脑海中会自然浮现出"最爱吃糠窝头"的孟利黎的娘活活被饿死的惨状，还会由坑边的那个红发带，推断出智障的孟利黎的娘也不乏爱美之心，进而深刻感受到在那饥饿的年月里，百姓生活的辛酸与惨痛。这一处虚笔不虚，不仅含蓄地暗示饥饿的孟利黎亲手埋葬的是自己因饥饿而死的母亲，也是对开篇村长"反复叮咛李老师不要告诉孟利黎挖坑做什么"的照应。

如果没有这一虚、藏的部分，作品的内容就不免直露，同时也会削弱"实写"部分的审美价值，虚实、藏露结合，才使作品获得了含蓄、震撼的艺术效果。一个虚写的镜头蕴寓出了如此丰富的生活容量和思想内涵，极大地拓展了小小说的审美内涵，避免了小小说因篇幅短小所造成的审美力度不足的弊端。陈力娇准确地选用与小说主旨与人物相契合的事件，通过精心的构思，传神地暗示出厚重的思想意蕴，成为"不写之写"，"无墨之墨"，有效地拓展了作品的艺术空间，使小说体现出一种含蓄美，读后余味无穷。

人性深度

文学作品对人性的深层挖掘是永无止境的，小小说虽然篇幅短小，但同样能表现那微妙、隐秘的人性，同样能将人在复杂的社会历史环境中人性的真正本质揭示出来。在陈力娇的诸多小小说中，对人性的丰富性与复杂性的揭示与挖掘是其作品的核心精神，可谓是一滴水里折射人性世界。

陈力娇的小小说对人性魅力的深入开掘，"不是要去消解人性的积极价值成分，不是要去培植什么也不相信的虚无主义，不是要去展示人性中丑陋、淫秽的东西，而是要确立健康的精神价值系统，凝聚民族性格的核心因素和情感纽带，构建真善美的人文环境和思想气质。"她的《生死之间》、《蓝天下》、《鱼鱼和儿子最近》、《礼单》、《另类妈妈》、《方向》、《布控》、《车衣服》、《不听你的故事我心烦》等微型小说都洋溢着人性的光辉，人性中善良、温暖、正义、友爱等因素被充分挖掘出来，并得以升华。

《不听你的故事我心烦》中，四十见有人不知回报非常憋闷，五十就给她讲了一个故事，五十说，早年她在供销社卖白糖时，下放到他们这里来的一个四十多岁的男人常常来求五十把卖完的糖袋子给他抖一抖，抖出二三两白糖，男人就当宝贝似的捧走。五年后，他们那儿发生了地震，五十被埋在房屋底下三天未进食，就在绝望之际，一个被埋在断墙外侧的男子递给她一块救命的糖球，原来这个人恰巧是常来她们店里抖糖的男子，他给她的这块糖恰是他用抖来的白糖制成的糖块，原来他妻子低糖，时不时就晕倒，可是他们没有糖票，买不到糖，于是就到五十的店里去抖糖袋子里的剩糖。五十当时不知自己善意的举动救了他的妻子，而这个男子后来却用自己的生命回报了她，小说结尾五十说得好，"我付出时没想过索取，却得到了比索取还大的回报；他索取时也没想过回报，却回报了生命，一切都是自然的，没有目的的，没有交换的，岁月的不确定性让人性的光辉照耀得更远"，这一点睛之笔使作品给人一种感动、警醒，触动人的灵魂，具有深刻的社会意义与美学价值。

《布控》中的"他"被绑架，虽然他只有十八九岁，但是，被硬梆梆的枪顶在脑后时，他选择的不是与绑架者一起干，走向罪恶，而是选择死亡——向寒冷刺骨、会轻松吞噬人生命的江水中走去。显然，陈力娇在对阴暗、丑陋的人性进行揭露的同时，呈现着对人性中光明、正义的向往，对道德、良知的呼唤。

在陈力娇看来，人性是美的，美在人灵魂深处善良诚实的品德和自然健康的人性，美在人与人之间的和谐，小小说《差距》就体现了这一点。

《差距》写的是黄少华和吴攀是大学同学，两个人都很有才华，但别人给黄少华介绍对象时，对象没看好他却偏偏看好了吴攀，从此，黄少华开始嫉妒吴攀，两人分到一个单位，吴攀被留在总公司，黄少华却被分到子公司，黄少华更把他当成自己的死对头，后来吴攀升迁到广州上任，黄少华就总是假装醉酒故意走错，跑到同住一个楼区的吴攀家，被吴攀妻子识破后拒之门外。后来黄少华又跟踪吴攀的老婆，想发现她的不轨行为密告吴攀，以此挑拨两人的关系，破坏他们的幸福生活，不料他跟踪到的那个男子却是吴攀派去自己家取光盘的。

小说中的黄少华生活中有许多不如意，他把自己的这些不如意都归结到吴攀身上，错误的指向使他的生活失去了快乐。其实生活中每个人都有自己的烦恼，都有人性压抑的一面，但人不能让自身人性恶的欲望无限制地发展下去，那样，人就会在名利的诱惑中逐渐失去本真的自己，被一步步推向深渊，幸好最后黄少华终于认识到"他和吴攀之间确实有一段不可小视的距离"，这个结尾，让我们看到了温暖的道义的力量，涵纳着深沉的意蕴，达到了一定的人性审美深度。其实，每个人都应该散发出追求自我精神救赎的人性光芒，并努力寻求一种"个性"的生命存在方式，使自身在从物质生存的本能渴望到精神需求的逐渐追求过程中达到一种满足，从而达到人性的最高境界。

平民关怀

陈力娇喜欢站在平民的立场上去表现凡俗人生，她在创作小小说时，始终站在体验者、观察者的角度，"零距离"地审视现实，通过对诸多平民化生活细节的精细描绘，凸显其对普通人个体生存境遇的关怀，对普通人精神幸福的深情关注。

《竞选》写的是生活中的一对普通夫妻，丈夫陈晨每天喜欢闭着眼构思他的小说，妻子总是瞧不起他，讽刺他，于是陈晨给她讲了一个故事，说有一次他在一本刊物上发了一篇文章，可是编辑寄的样刊他没收到，他打电话给自己平时净在一起喝酒猜拳的好朋友D，不料订阅了那本刊物的

D 竟断然拒绝把刊物送给他。陈晨的另一个开书店的朋友 F 听说此事，大模大样地承诺，说第二天就月挂号给陈晨寄来。可是，陈晨等了半个月也没收到。而陈晨的第三个搞理论研究的朋友 W 恰好订了此刊，听说陈晨需要此书，立刻豪爽地让他去取，结果陈晨在 W 的一本书里，意外地发现了一张汇款收据，原来 W 留下自己订购的那本刊物以作研究之用，特意又给陈晨邮购了一本，陈晨去取书的时候，他非但对购刊物一事只字未提，还请陈晨喝了酒。陈晨讲完故事，问妻子愿意找哪个人当自己的情人。妻子当然选择了第三个人，可是，她没想到，这个人就是自己瞧不起的丈夫陈晨。

这篇小说的内容看似平淡、琐屑，但却意蕴深厚，引人深思。陈力娇"撕裂"了种种浪漫婚姻与爱情的面纱，裸露出生活中"真实"的爱情、婚姻景观。确实，婚姻中烦琐、平淡的柴米油盐难免会将曾经炽热的爱情消磨殆尽，甚至将爱情变成一种沉重的负担，当下居高不下的离婚率就是一个明证。其实，许多夫妻也许正像陈晨的妻子一样，没有省悟到自己遇到的这个伴侣恰是最适合自己的，也是自己眼中最优秀的一个。小说暗示我们的正是这个道理，正如电视剧《半路夫妻》中的江大妈临终前所说在的："这婚姻呐，一男一女挺象俩刺猬一块过冬。离近了，扎；离远了呢，冷。非得是一人削下一半刺儿去，再贴一块儿，不扎了，也不冷了，就是忍着点疼！"陈力娇以平民化的视角来图解纷繁复杂的爱情世界，她的创作摒弃了某些文学作品中对爱情的诗性想象，淡化了爱情的浪漫主义情怀，更强调男女两性之爱的社会化内容，把爱情表现得更理智，更实际，她常常让主人公从那种浪漫爱情的梦想中清醒过来，解构爱情理想主义的精神内质，把爱情、婚姻拉回到平民世俗化生活中来加以审视，并因此确立平衡的支点。

陈力娇的许多篇小小说涉及到普通人的爱情与婚姻，除《劳顿的夜晚》写的是那种纯洁美好的爱情外，都是残破的婚姻。《两栖女人》写稻谷与欧阳小苹结婚十年，欧阳小苹不仅什么家务也不会，"还动不动就跑。跑一气，回来一气，再跑一气"，一次"跑"走后，跟一个倒卖古玩的男子过上了。《爸爸，我是卡拉》中的男子因妻子卡拉甩了他，还卷跑一百万，这个男子因此精神出了毛病，每天晚上都神情恍惚地去梦游，最后唤醒他的竟是女儿喊的一句话："爸爸，我是卡拉！爸爸，卡拉爱你！"《高手》中凤与龙结婚了，婚前很穷的凤婚后过上了天堂般的日子，龙很爱自己的妻子，拼命在外面挣钱，把一切钱财都归妻子打理，可他没想到，妻子却在什么都得到了之后，因为龙不能满足她的精神需求而要与他离婚，龙同意离婚，但要求女人先给他生个孩子，之后龙来到江南古寺剃度为僧，当老僧问他：你能真正而完全地割舍你的财产吗？龙"十分严肃又神圣地回答老僧：我把我的财产都移交给我的儿子了，我还有什么割舍不了的呢？我能。"

原本充满诗意的爱情在陈力娇的笔下失去了浪漫主义情调和理想主义色彩，更多地附丽于现世生活本身，在这里，陈力娇完成了对古典爱情的解构和放逐。在陈力娇的小说中，婚姻与现实生活是同义词，她对爱情和婚姻的理解定位在对现实生活秩序的充分肯定上，她的许多小小说都以极为真实的笔触描绘出生活中真实的两性生存现状，这给予读者的冲激力是前所未有的。陈力娇把爱情神圣的面纱毫不留情地揭去，并把它放逐到世俗人生中，记述了爱情在现实面前的不堪一击。在现实面前，爱情屡战屡败，在理想而不在现实。

陈力娇把作品中的人物置于市场经济时代的世俗生活舞台上，为我们展现了一幅日常化、大众化的生活画面。她以平民的视角来看待当下，视野中呈现的是有滋有味的平民俗世生活，她把这种生活逼真化、写实化，向人们展示了俗世生活中人的卑微性，而她对平民的同情，对他们生存韧性的由衷敬佩，让我们似乎看到了作家温暖的充满同情的目光。

尺水泛波

小小说作家在创作时得有几分游戏的心情，他得设法把很简单的情节动机在叙述上用隐蔽和迂回的手法弄得复杂些，就好像故意在跟读者兜圈子，形式主义批评家把小小说的奥妙形象地比喻成谜底和谜面的关系，既然谜底很简单，那么就要靠扩大谜面来增加它的趣味。小小说最终唤起我们的是某种瞬间的惊异、新奇和趣味感。陈力娇的小小说就具有这种"尺水泛波"的重要特征。

《变脸》的情节就是一波三折，弩马局长的前妻来向他推销保险，他说已买了，他前妻猜是弩马局长的同学王丹红卖给他的，并告诉他王丹红独吞了他的百分之三十五的回扣款。弩马觉得挺窝囊，王丹红来时他就不理王丹红，没想到王丹红后来打电话向他借钱，而且口气很硬，弩马断然拒绝。王丹红却在第二天来弩马办公室取钱，并且威胁弩马说，如果不借给她钱，就告他和她有关系，让他名声扫地，丢掉官职。弩马气愤地说："王丹红你太恶毒，你也不看看你的年龄，你都五十岁了，不是小姑娘了，出去找小姐，各个都比你年轻，一夜不过才一百元钱，你那么说，谁信呀？"说完一甩袖子走了，小说的结尾这样写道：

"几天以后，纪检委找弩马，说有人告他作风不轨，并说人证物证，让他快速去核实。弩马到了纪检委，听到这样一段录音，王丹红，你也不看看你的年龄，你都五十岁了，不是小姑娘了，出去找小姐，各个都比你年轻，一夜才不过一百元钱。

接下来是一个女人的声音，那声音弩马熟悉，夹杂着哭声，那声音说，不行，我不能依你，给五千我就依你了？五万我也不依！

哭声越来越大，弩马痛苦地闭上了眼睛。"

这篇小说可谓写得一波三折，把一位善于"变脸"的女性形象淋漓尽致地表现出来。可见，小小说是生活戏剧性的高度提炼和集中，陈力娇可谓独具慧眼，敏锐地捕捉到生活中最有感染力的一瞬，"以微见著"，反映生活本质，给人以美的享受。

陈力娇许多小小说作品都以其独特的结构形式，表现出了作者艺术构思上的独创性。她善于巧妙地选取生活中极富典型意义的一个细节、一个场面、一种情绪，采用多种写作技法，以最少的文字，涵纳最多的信息。她的《避难》、《放生》、《补痕》、《阿宠的春天》、《滴血的时间》、《你好，丰田佳美》等小小说也都很讲究"留白"与跳跃，具有"尺水泛波"的特性，强化了读者的审美期待和小说的艺术表现力。格式塔心理学理论认为，人们感知到一个不规则、不完满的形状时，会产生一种内在的张力，迫使大脑皮层紧张地活动，以填补"缺陷"，使之成为"完形"，从而达到平衡。陈力娇注重情节的中断与跳跃，构成了富有节奏感的情节，不但避免了作品的直露，极大限度地扩充了艺术载体的信息量，而且充分激发了读者的想象力与创造力，让读者获得更多的体验和感受，从而使读者获得审美心理的满足和愉悦，增强了读者的审美快感。

　　汪曾祺老先生在他的《小小说谈片》一文中曾说："小小说是一串鲜樱桃，一枝带露的白兰花，本色天然，充盈完美。"我认为，这句话恰好可用来评价陈力娇的小小说。读陈力娇的小小说，是一次人性的解读，是一次心灵的提升。

静观默察俗世民众的心灵秘密

——评陈力娇小小说

姜 超

我所熟悉的小说家陈力娇以多变的叙述、微妙简略的细节，以深入骨髓的观察，不饰雪刃的笔触，创制了许多可供反复咂摸的中长篇。近年来，她主攻小小说创作，一出手就显凌厉之势，将小小说界的多种奖项和荣誉收入囊中，登上了创作生涯的又一个高峰。意大利探险家卡拉·佩罗蒂说："我走出了塔克拉玛干，并不是我征服了它。塔克拉玛干允许我穿过，所以我感谢沙漠。"小小说就是陈力娇要超越的塔克拉玛干，它玉成了又一个全新的实力作家陈力娇。苏珊·桑塔格说过："在我看来，为新作特别是被忽略、埋没的或误解的作品摇旗呐喊比我自己心爱的老作品喋喋不休更有好处。"在深入阅读她小小说作品之后，我们会对这位当今小小说界重量级的作家心生爱慕。

小小说是一个特殊文类，常被人们视为雕虫小技，似已为茶余饭后的消遣品或可有可无的鸡肋。实际上，它易写而难工，对操控者文字功夫要求甚高，同时构思上应出奇制胜、别开生面，意蕴上须涵盖深广、让人回味。令人欣慰的是，近十年来小小说以丰厚的实绩获得了身份认同，在文坛赢得了一席之地。诚然，优秀的小小说作品，不要说百里挑一，有时恐怕千里挑一也难如愿。写好一部长篇并不比治理一个国家容易，而写出如卡尔维诺的《短篇小说七篇》至高水准的小小说更是奢望。小小说篇幅短小的文类特质，不具备其他类型的小说那种从容和深厚的优势，要在文学的各种主流形式的夹缝中生存，必须"以最小的面积集中最大的思想"，螺蛳壳里做道场，以少少许胜多多许，将"减法"做足做实做细。遍览陈力娇的小小说，我发现她在该文种创作上天赋较高，很快确立了气质鲜明的叙述风格，对小小说的发展贡献颇多。更难能可贵的是，陈力娇的小小说，或于方寸之间展示历史沧桑，或于转瞬之际镜鉴人性善恶，灌注着丰沛盎然的"小说精神"。陈力娇撷取司空见惯的生活素材，使极平淡的事件闪烁出溢彩流光。

书写作茧自缚的苦痛

陈力娇描摹了各异的情爱故事，它们涵盖了情爱的各个阶段：

情人眼里出西施。在爱之初体验阶段，主人公认为爱情是圣洁无瑕的，却往往深受世俗的牵绊，而他们乐意为之冲风破浪。《爱情芭蕾》描述了古歌与方小含之间的心有灵犀，彼此钟情，终于跳过婚姻和远亲等世俗视野，靠近爱情；《竞选》则类似慢镜头回放男女相爱的起点，忽略的是爱情长跑征途，一本书的故事使男女心灵始终依偎在一起；《避难》更近一步，那个不"轻易就范"的优秀女人不再心如止水，看来"有千千万个男人可以成为你的情人"并非没有现实的翻版。

围城内外多嗟叹。婚姻苍白无力，而跋涉在城内外的人并没有平添几许幸福，多的是庸人自扰。《逝情》说的是男主人公为摆脱情人煞费苦心。《生死搭档》为挽救灰暗的婚姻，只有设下骗局。《劳顿的夜晚》中男人虽未出轨，但爱情童话难掩欲望的汹涌地火。

情爱与婚姻双死亡。《高手》、《你好，丰田佳美》里的女人付出情爱，走进和走出婚姻都是为了金钱。《妈妈，你害了我》精心设计的"怀孕"行为，彻底击溃了一场不咸不淡的婚姻。小说的主人公心似已灰之木，丧失了爱的信心与动力。

若陈力娇只单纯叙写这些情爱故事而无其他建树，她势必会遭遇题材撞车，成为没有个性的作家，湮没于小小说创作队伍群落里。陈力娇的情爱系列小小说，以情爱价值观的探讨为基点，聚焦男女交往的细节，并放置在波谲云诡的时代大背景下，尖锐的笔触追踪了情爱的全部精神谱系，在完成故事承载的同时，植入了深度诘问。首先，她从情爱行为的问题追问情爱本身的存在，用具体可感的文本讲了追求者与被追求者间的情感竞赛历程，追问的是"什么是爱"、"它的本性是什么"、"爱情的作用有多大"等问题。其次，她追踪了恋爱双方不对称和爱情融合度的问题。再次，她追踪了情爱注意力由恋爱对象转移到恋爱的原则问题，即"我为什么而爱"的问题。以上诸篇可以见出陈力娇的笔痕，此不赘述。

谈到陈力娇对情爱的表现，绝不可忽视其对性爱问题的挖掘。对情事、性事的处理方式，是检验作家优劣的一个标尺。谢有顺在《文学身体学》中说："害怕面对人的身体的文学，一定是垂死的文学；连肉体和身体的声音都听不清楚的作家，一定是苍白的作家。"因为编选的缘故，未收录的许多作品更能呈现出陈力娇对此的思考。她写了许多扎在女人堆儿的男性形象，隐秘地批驳了他们只有性而缺乏羞耻感的行径。她也写了女人为爱付出性或者无性而精神之爱的各类故事，这些并非难事和了不起的本事。陈力娇更进一步的标志，是既审判男权（可惜力度稍有欠缺），又关注女性自审，尤为独特的贡献是通过叙述实现了引导女人从白金梦中醒来。《高手》里的女主人公固然面目有些可憎，但她作为传统的弱势女人，一辈子都在等待，都在依赖，她们只能利用唯一的资源，即消耗青春美貌在婚姻中寻找出路，而男人却可以凭着财富和地位不断增加他的资源，有机会获得不断享受青春美貌的权利。陈力娇不过对这个人物做了极端化处理。福柯认为，现代社会是倒错的，这不是无视它的清教徒精神，也不是对其虚伪的反动，因为现代社会事实上就是赤裸裸的性倒错。陈力娇的这部作品还不忘记述男主人公的"智慧"，这样，小说就由情爱常态升华到了哲理认知。

《第三者》里的"我"不再像从前那样甘愿做爱的俘虏，听凭命运的摆布。陈力娇的深刻在于把女性逼入绝境而后生，让她们在破除爱情童话的同时真正悟透人生，从而拥有选择的自由和权利。她用一个个鲜活的女性形象警醒我们，"守望，等待，把自己的人生系在一个男人身上，无论是婚姻还是爱情，现实的或是理想中的，最终都可能从树枝落下，一生无果。"

陈力娇的情爱系列小小说塑造了很多典型的人物，这只有高水平的作家才能达到，凭此，她突破了小小说讽刺畸型情爱的局限。"文章有众人不下手而我偏下手者，有众人下手而我不下手者。"《蓝蜻蜓》这篇作品笔力道劲，涉入同性恋题材，却又不靠先锋离奇取胜，"那是她心的部位，是她的精华，我感觉到那里在擂鼓，鼓乐喧天，那里奏响着一个女人对所爱恋的人、最凄惨的离别乐章……我不知自己该何去何从，恰巧有一只蓝蜻蜓从门口飞了进来，它绕了一圈，飞走时，我跟了出去……"陈力娇的这段文字如有神助，开放式的结尾余韵绕梁三日，写出了深爱同性的"我"在可爱的异性走后心潮翻滚的心理状态，更裸裎了人性的复杂。陈力娇用细腻多情的文字告诫我们，对非常态的事物先别忙着批判和指责，而应俯下身子倾听灵魂悸动的呢喃之声。

洞达人性的智慧

小小说与小说一样，除了人物、情节、时间、地点等要素，都有一个意义世界，这就是作家借助作品要传达的对生活和世界的理解和判断。"不谈价值，我们就不可能理解并分析任何作品。"陈力娇的很多小小说围绕道德评价的主题展开讨论，在打破迷关的同时，其作品透射出洞达人性的智慧。

复杂的恩仇世界。《崇拜》讲的是滴水之恩回以血泉相报的故事，这样的主题展示简洁明朗，在让读者心上为之一颤的同时，可供回味的空间显得有限。好在作家关于恩情探讨的作品较多，《主宰》、《不听你的故事我心烦》、《方向》等作品意义含蕴阔大，足资展示陈力娇在此方面的深度开掘。诚如马克·吐温所说："报恩和背信是同一行列的两个极端。"韩信终生记挂的是漂母一饭之恩，而刘邦不领韩信的开国之功，欲置之死地而后快。《主宰》是作家刻骨铭心的亲历，附带着强烈的主观倾向。陆冬梅是受恩者，却给施恩者一家带来了无法抚平的心灵伤痛，以至于主人公程九六一见到面条就反胃，甚至吐出鲜红的血沫子。陈力娇以自己的经历现身说法，探讨了施恩与受恩的共生关系：施恩者本处于优势地位，受恩者处于劣势地位，但受恩者强大以后，首先谋求的是精神上的独立，若此种心态甚为强烈，再加之受恩者素质不高，就会产生忘恩负义的行为。陈力娇指出了人性的丑恶，尽管叙述起来散淡轻松，读者却不应轻松读过。

施恩者的心态非常关键，因为它是变幻的，既可能施恩不望报，也可能施恩望报，这样反而会降解当初施恩的目的和效果了。《礼单》里的王老狗知恩图报但未化整为零令施恩者及时知道，竟被人误解为"心眼小得像针鼻儿"。《不听你的故事我心烦》将人性的复杂性加进了施恩与报恩的主题，"逢人患难要施仁，望报之时亦小人"，"卖糖的"与"络腮胡子"施恩与报恩的关系在大难之时瞬间转化，二人均无怨无悔。"几块粗糙的、自制的、象凝血一样的、黑褐色的糖"，终让"络腮胡子"的妻子悟透了施恩与受恩的关系，找到了心理平衡，从此多了快乐。

可怕的人际空间。陈力娇的小小说有相当的部分关注了偶然事件对人际交往的重要转变。"相争只为一文钱，小隙谁知奇祸连"，人与人之间芝麻绿豆点大的小事让她经营得怵目惊心、发人警醒。《决别》讲的是较真的王萧萧无意间惹恼了出轨的闺中密友，二人从此决裂。陈力娇的独到之处在于抓住了爱与恨转化的关节点，它微小到仅仅是人的念头一转，若不是故意遗落那本书，她们的友谊还会继续很长一段时间。"一瞬间的感情冲动，人类的缺点，甚至是一个愚蠢的玩笑，都会给当事者或其他无辜的人们带来不幸。"同样的作品还有《心灵的窥视》，仅仅是雨中的一次微小事件，让姑姑怒火中烧，从而导致一场终身大事无疾而终。

《决别》描述的是因粗心而致人际疏离，《尺度》《情同手足》《变脸》等作品则是因一方有意为之（有时是机关算尽）而致友情破裂。这三篇作品写的是随机发生的小事，伤害了本来美好的人际，作家观察的眼力可谓老到。陈力娇借助以上作品，阐明了人们不互爱的缘由，正是人类自私自利的本性，使得许多人见不得别人美好，只要外界时机合适恰当，他们毫不犹豫地"辣手摧花"。这里，必须提及陈力娇在表现人际的独创性，即她将人性的弱点曝光在偶然性的考验面前。陈力娇提醒我们，可怕的不是偶然事件，而是人性之恶。读过这类小说，我们方知陈力娇是为了更充分无遗地指斥人性的丑恶，才频频择用那些有杀伤力的偶然事件。偶然性成为陈氏小小说叙事发展的动机，是许多突如其来的事件改变了命运的走向而将人物逼到一个被动的环境里，以展示他们内心的焦虑和生命本然的冲动。在陈力娇的笔下，偶然性把人性之中过度的善与恶都展示出来，它是欲望挥霍的天堂，是命运的凶险劫数。这些偶然行为，诱发了人性之恶的泛滥，给熟悉的人们带来了意想不到的灾难。《情同手足》的秦哨所无意间身染爱滋病，却"漫不经心"地邀请好姐妹一同坐台，其心卑劣龌龊到了极点。

以上诸篇几乎是"他人即地狱"的形象翻版，但《朋友》一篇别出机杼，意义不在控诉与批判，而是温婉地提醒心中有他人而无自己的张倩倩也活错了，将人际关系拉成鸿沟固然不对，但将其填满充实也会伤及自身。"她哭了，把头深深地埋在她母亲的怀里。第二天她上班了。"张倩倩经过一番苦痛，终于对人际深有领悟，释放了心底的阴霾。陈力娇对于现实人生的揭示，让人感到切肤之痛却不露声色。

可敬的道德底线。"写作使人善良，作家比别人更能感受人间的不公平而带来的痛楚。他们是在白天和黑夜始终警醒的社会的神经。"陈力娇在浊世中没有历练出巧慧、机巧，她心思专注，澄心以冥思，时时拷问俗世背景下灵魂是否在场。《布控》礼赞了在黑白较量、善恶角力中高贵的人性，我们仿佛听见毅然赴死的男孩宁死也不作恶的内心呼喊。作品的张力堪比昌耀的《慈航·爱与死》里名句："是的，在善恶的角力中/爱的繁衍与生殖/比死亡的战残更古老/更勇武百倍。"决然不肯与劫匪同流合污的男孩形象跃然纸上，然而作家巧妙省略了人物灵与肉对峙的心理活动。"他不会水，会水也不可能在大冬天从这条江游过去，那要横跨一公里，一公里寒冷刺骨的江水，会轻松吞噬人的生命，这谁都知道。"我们不怀疑故事的可信度，只是觉得这个形象有完满之嫌。倒是《女神》更恰切地表现了复杂的人性，陈力娇在这篇作品探讨了拾金不昧、信任两个道德底线的问题，寥五一这个小混混因为哑巴少女的执著义举而幡然醒悟，他的道德升华历经了不道德的纠缠，比如他不相信有人会拾金不昧。"在现世的世界中，真理必须是善恶有别的真理，人仅置身于现世之中，就始终无

法摆脱区分善恶的纠缠。"

在陈力娇的相关作品中，道德底线（或者说是底线伦理）烛照世人灵魂，是不可或缺的叙事因子。陈力娇的小小说不可能穷尽全部的道德底线故事，她采取滴水藏海的方式，广泛调动了个人经验。《车衣服》里的老爷爷为了人与人之间起码的信任，不惜一个个夜晚为人看护车衣服。《蓝天下》里那个见人扬手说你好的小个子男人着实可敬可佩，他用简捷的方式温暖着相互设防的人们。《包装》里的老板杜保欺世盗名，一旦获得名声，立刻现出龌龊的嘴脸。凡此种种的人物，均是陈力娇杂取种种、合成一个的努力外化。这样的个人经验对读者有着强力的吸引，更具有普泛的意义。陈力娇的局部个人经验比"客体的全部"更真实可信。

陈力娇的价值评判系列小小说充满担当与呼告、信奉与追问的声音，却不做直接判断，她于瞬隅见大千，让读者领略了"思想所引起的喜悦"。尤为读者称道的《方向》是"含蕴其中，理不直指"的上品，合理的叙事疏密度，恰切的悬念设置，增强了小小说的"悦读"效果。含而不露，造成了一种阻隔，这样的阻隔有益无害，刺激了读者纵深阅读、深入思考的欲望。正如福楼拜所说："艺术家不该在他的作品里露面，就像上帝不该在自然里露面一样。"陈力娇十分注意这一点，作品中极少犯直接判断的错误，但她有时还是忍不住借人物之口"布道"。有的间接论述与全篇水乳交融，读来忍不住击掌叫绝。"无论罹受多么严重的摧折和不幸，它从不徒逞一时之快地诅咒生活，贬低人类的尊严。它任何时候都信持写作的最基本的道德原则和文化使命，那就是温柔的善念和爱意，向人类和世界表达祝福的情感。"陈力娇的一些间接论断存在今是昨非的谬误，她应克服在作品中快意恩仇的隐性心理，通过拔境界，增学养，润文心，更好地提升作品的成色。还要提醒的是，含藏艺术应把持尺度，个别作品过犹不及的隐晦主题读来使人如坠雾中，好在作家本人已经意识到这一美中不足。

语重心长的成长劝诫

　　陈力娇的成长劝诫系列小小说让读者嗅到了久违的青春气息，那些曾经使我们心旌摇荡的动人的歌谣由远而近，她拾缀起少年的点滴往事，记录了他们充满艰辛的成长过程。

　　《更正》、《阳台里的绳子》是典型的"成长仪式"的现场摹写，关注的是成长的艰难，它把成长隐喻为从"天真"走向"经验"这一孤独而艰巨的历程。两个少年通过成功处理日常生活的小事，确立了自我的独立价值。"文章念完，迈迈的儿子把手中的书往床上重重一放，他郑重地向母亲宣布，他说，我根本就没有错，不能你说我错我就错，不能你让我停我就停，我要听我自己的，只有我自己才知道我在做什么！"（《更正》）陈力娇抓住了少年对蛮横的母权力量的尖锐的反诘，挖掘出了传统人伦道德的潜在力量导致了个体成长过程中的心理紧张，并因而成为叛逆意识的目标指向。"巴比的妈妈看到是家里的号码时，说了声，这孩子，又闹什么鬼？而那一头的巴比却很郑重其事地对妈妈说，邱云，谈个问题好吗？"（《阳台里的绳子》）

　　《赢你一生》里的成年礼具有严酷的考验性质，阮小衡顺利通过了考验，被成功"改造"了，得到了成人集团的认可，进入社会集体并取得相应的社会位置。陈力娇在阮小衡看似水到渠成、顺理成章的"成长"背后，埋藏的是一个少年艰难而痛苦成长的过程，遮盖了成长过程由情感到精神到处是涌动的暗流或潜藏的礁石的残酷事实，读来让人心里倍觉沉重。

　　读者还能从陈力娇的小小说中领略到成长的各色情感，更能从中捕捉隐没在其中的人与人、人与社会关系中存在的复杂性与多面性。《我想有个家》记录了少年对和睦家庭的美好渴望，他以少年特有的行为方式守护着内心的愿景，也让周遭的成人受到了情感教育。《完美童年》正话反说，讲述的是完美童年发生的不完美的故事。成人世界的狡黠、精明、功利等毒素，竟然散发于儿童自由成长的空气中。陈力娇在表达对少年儿童生存

状态和心灵世界的关怀的同时，对世道人心做了谆谆劝诫。

《火烧云》、《绝地哺乳》提示我们，少年的成长不仅需要自我的体验与认知，更需要成人的慰藉与扶助。扶上马送一程，对少年的成长无疑是必需的阳光和雨露。"她的作品指向唯美，偶尔也会兼顾一下人们的娱乐心态，但这些绝不会影响到她对社会的种种提醒，她的所有小说几乎都有一个教育主题，而教育对象各有不同，可能是自然个体的人，可能大到家庭、学校，甚至可是整个社会。"陈力娇的致思基点，不在往古追思，而立足当下，思索高度技术化、物质化的都市社会多重价值冲突分裂的当下生活，作家对现实不妥协、不宽容的写作态度十分明朗，反对冷漠、呼唤真情的古道热肠从未减弱。

陈力娇本人坦言，小小说塑造和试探了她的艺术腕力耐力、包容力、爆发力，帮助她实现小说创作道路上的'由处女到妇人'整个人类成长的心智历程。"高明的作家懂得节制，同样地亦不会过分依赖悬念、戏剧性的故事转折和种种叙事的技巧。他们不会让读者轻易获得满足，而是尽可能地推延故事高潮的来临。"文学于陈力娇是心中佛、血中铁、汗中盐、泪中珠，也使她对世界、人生有了立体式的了解。投身小小说创作的陈力娇起笔就表现出良好的文学感觉，身上少有小小说文坛流行的主题撞车和庸俗流毒，具备了优秀作家的先天禀赋和后天的努力，并显示出独特的个性。茫茫文坛，写手多哉，但名比身先行废去的更多矣，陈力娇不玩弄虚假感觉，也拒绝复述小感觉、小感悟、小情调，尊崇自己的本性，不盲从，不随大流，老老实实地观察生活、还原本色，倒也令人刮目相看，她通过守持自己的心性连创佳绩。

优秀不是一次表现，而是一贯如此。每一次文学上的进益，都是一次文学革新，想透了永远胜于无目的地蛮写。希望陈力娇站高位抓关键，再站准位打"七寸"，拿出更多更好的拳头产品。

永 不 迷 失 的 精 神 家 园

陈力娇

美籍华人学者，著名文艺理论家，美国爱荷华州立大学世界语言文学系教授穆爱莉日前走访哈尔滨，这是她在中国第三十五个驿站，她想用她的思想和世界性的眼光丈量小小说在中国大地上的土壤，使其更加丰实，奇葩更加茂盛，进而百花齐放。

在她采访我的过程中，我把我对小小说的一些基本想法、态势和展望交付于她，和她共讨商榷小小说的现在与未来，还小小说一个本来清新亮丽明媒正娶的公道，并诉诸笔端在这里奉献给广大读者和多少年来一直关注我的老师与朋友，也借此机会表示我深情的不折不扣的谢意。

写小小说一直是我一生的最爱，不论我写多少中短篇还有长篇，我都不会停止小小说创作。因为它不但滋润和提升了我，还塑造和试探了我艺术的腕力，耐力，包容力，还有爆发力。它的技术含量和浓缩的精华在某种程度上考验和驱动了我，使我在没有思路的情况下峰回路转一路兴高采烈打马高歌，完成了小说创作道路上的"由处女到妇人"整个人类成长的心智历程。

艺术永远在和我们的智力赛跑和较劲，它以迅雷不及掩耳之势掠夺着我们的才华和智慧，让每一个字节每一段文字都来自心灵的储藏和震颤，没有半点的不敬和私下逃生，每一次从心灵底层喷薄而出的岩浆足以让我们的灵魂地动山摇，由此而进入一种陌生的难以自制的快乐和癫狂，我用小小说这种形式找到了启开我内心的钥匙，找到了中短篇小说及长篇创作共同拥有的原始之初，开动它时我没忘记我们共有的艰难依恋与赴死求生，得到时我没有忘记壮大自己和来日方长。

　　曾经在黑龙江青年作家读书会上，我对小小说做了公正的评价，否定了小小说不是文学的阔谈和不负责任的弃之如敝屣的论调。我们的母亲在艰苦的岁月中生下她的四个孩子——长篇小说，中篇小说，短篇小说和小小说，她含辛茹苦地喂养他们不是为日后的背叛和反目成仇，而是让他们承载人类的传统和继承自己门类的精髓与足迹，让他们有朝一日屹立于其他文体之上，让他们以弱小却相濡以沫的情怀感恩人类永不停歇的奋斗。因此我不能把母亲最小的孩子视为不是他们的兄弟姐妹，抹杀他们共同的出处和筋骨亲情，况且这个最小的也曾以他微不足道的体温传递过温暖，在那寒冷的岁月中，他的"七根火柴"下大家都曾得以坚持到天明。

　　有了这样的认识我们的灵魂不能不面对自己，我们不能因为自己现今的强大而遗弃过去一些时光的拾零，当日子的光环五颜六色眩晕着我们，当我们的生活在纸醉金迷中隆醉，里面包容的情感正以它纯情的挽留和呼唤成为我们又一次出征的集结，集结号的吹响依旧明亮悦耳动听而纯粹，成为人类小说史的又一次进探与升华，我们就更不能不对此无言以对。

　　这种长期的不能释怀让我加深对小小说创作的敬重，其实细心的读者会在我的作品中发现一个秘密，那就是我的小小说有时就是我短篇小说的第一章，我的短篇小说正是我中篇小说的第一章，我的中篇小说也许就是我的长篇小说的第一章。如此说来他们浑然一体，天造地设，如出一辙，更证明小说母亲的包容并蓄与珠联璧合。

　　说起小小说我不喜欢他框架的干瘪和简单，不喜欢他的单一和形单影只的骨感，往哪里一站，我愿意看到他相对饱满的身躯，让人一看就说：嘿，你们看，这是他们最小的兄弟！而他壮硕的体态和风流倜傥的风范，绝不亚于其他文体的谄媚与风骚。

　　自从 2004 年涉足了小小说创作，到现在美国《国际日报》能全程转载，及各种媒体对我作品的承认，我可以破例却又小心地说一句，我一直在用我的微不足道悄然改变着中国小小说原有的奉行，我力图打破它固有的平静和呆板，来一次以弱小抗衡集体阵营的执着爆破，否定小小说不能负累的坚持和强硬，用我的情感和笔触及大众喜欢的叙述方式，为小小说原有的形态做着涂改和订正，而在一些期刊、选刊的帮助和认可下，这想法也正以合适的方式颇为大众所喜爱。

这就是增加小小说文体的丰腴和美丽，力量与厚度，姿色与风貌，使其成为有血有肉七情六欲俱全的健康兄弟，我想这是我应该努力去做的奉献，也是每一个热爱小小说的人都应该努力去做的奉献，人活着总要为这世界做点什么，尽管有时世界不需要我们，但这没什么，山不过来我们就过去，我们祈祷时，所有的东西都是佛。

我想这是我使命般的改变和整合，世界给予我们相通的道理，这就是一旦它接受了你，就等于承认了你，承认他的领域之中有你这样一个门类，我正是为这种门类做着不懈努力的人，我想这是我对小小说最虔诚的投入、完善与补充，一次情有独钟的最完美无瑕的别致恋情，我更想让他成为我对人类小说文体的一种建议性关照和反叛。

小小说在写法上颇为讲究，他的一招一式充满着机巧和灵动，他精工的笔调培养了他滴水不露自圆其说的能量，他像一个守口如瓶奉公守职的汉子，从不多说一句也不少说一句，总是恰到好处地让他的每一句话都有着精细的打算和分量，他的铺垫与展开都经过了慎重的思考，他迈腿之前都是事先找好了方向，他仿佛知道自己没有闲情和时间与兄弟们争宠，总是让自己在保持热能的情况下，最大限度地给世界余热和光芒，完成他最优美最得心应手的痛快和充实的旅程。

纵观小小说一个最大的特点就是推崇"藏"，也就是故事背后的故事。我在写《阿宠的春天》时连我自己也对他的这一主张佩服得五体投地和俯首称臣。《阿宠的春天》不过是写一匹从小就下煤井的马，它在没有阳光的情境下，很快就失明了，但是它强壮的体魄却日渐健壮，它能拉煤，能生长，能与人为伴，能给人带来生机，却是唯有一样不能做到，那就是不能上升到地面重见阳光。

原因是井口太小，它只能从小下来，而长大再也出不去。在井下了此一生是它的命运。就是这样的一个阿宠，却遇到了一个饲养它的阿别，阿别已年近古稀，他与阿宠的友谊就坚固异常相依为命了。阿宠对阿别来说，俨然是个命运不好的孩子，雪青的颜色适应井下辨认却让它有摆脱不了的苦难。之间弱小对阿别来说演化为分外的疼痛，让阿别觉得我们人类剥夺了阿宠的自由，他要把足够的慈爱回报给阿宠，代替人类偿还这笔欠下的债务。

而阿别对于阿宠来说，是生命的温暖和支撑，是生命的亮色和声响。如果没有阿别悉心照顾，阿宠能活到哪一天，能不能活谁也说不清。是今天，是明天，是此时，这一切都看阿宠对阿别的信任和依恋程度。别样的关系组成别样的情分，阿宠报答阿别的愿望却成了对人类总体的回报。当一次塌方来临，人们哄笑着取笑着阿宠时，阿宠通过对黑暗的谛听，判别出事故马上要来临，它用奋力的奔跑把五十几号人顺利地带到安全的地方。

拯救生命这应该说是个大主题，而对人类深深的谢意，更是不可小视的深重情怀。但是小小说，却通过一千七八百字，把它涵盖和包容在里面，这洋洋洒洒的爱意，浩浩荡荡的声势，并没有通过文字足量地进行显现和抒怀，它只写了水面上的一棵冒泡的芦苇，通过它的摆动和呼吸去衡量和揣测水面下的故事和是是非非。

悲剧的阿宠最终死亡了，但是它的死却救活了五十多号人的命。它在断水断粮断联系的黑暗巷道里，揣测明白人们射向它的贪婪的目光和心理，知道人们太需要活命了，太需要以它的身体来充饥了。聪明的阿宠对人类最后的一抹感谢完全成为一种自愿，它爬到一个浅坑边，用牙齿咬断了大动脉，让自己汩汩流淌的鲜血成为滋补生命的甘泉，由此，我们人类的自私和阿宠的奉献在两极分化中，相辅相成，恨爱互生。

而阿别呢，处在这两难之中的阿别，在阿宠牺牲自己去救人类的时候，他是什么样子呢？"那边，阿别的泪，把耳朵都灌满了。"仅一句话，说明了阿别悲伤的程度，他是多么心疼阿宠——他的孩子啊。没有阿宠，阿别的生命就没了。阿宠的死亡就是阿别的死亡。可这死亡中重新诞生的另一种品性的光辉，却在一些人卑微的活命中拉长了永恒。

小小说没有闲笔，所有这一切都不是在作品中正面交待的，都成为一种遐想交予了读者，作为了文字背后的非有不可的补白。

如此的布局和艺术渲染力让我十分满意，它除了表述阿宠对人类的忠心、知恩图报和不计较得失，也为小小说的"藏"做了很好的诠释。当然聪明的读者也可能会想到另一层意思，就是这世上会有这样的事吗？阿宠作为一匹瞎马它能做到这些吗？阿别和阿宠真的能相处那么好吗？这里我要说的是，人类与世界都有着无限的可能性，文学创作不只是写现在有的，没有的，延伸的，可能的，才是文学使命的诸多因素。如此这样问这样想，就更是作品背后"藏"的深厚。就随读者去想吧，愿意怎么想就怎么想，愿意怎么揣测就怎么揣测，愿意怎么触类旁通就怎么触类旁通吧。那是你们的权利，读者的权利，而促使读者的想象力发挥到极致却是我的责任，因为好的小说家，他必须有统领全军的能力，他指挥着作品及读者这千军万马，实则是个规模庞大又不许败退的宏伟战役。

小小说，它是一件精美和不退色的华服，它的技术含量是其他作品不能等同的，这就像它是最小而最受疼爱的位置，其他兄弟姐妹不能取代一样，而这技术含量的概念又不是表面意义上的技术操作，也可以说和技巧没多大关系，或者说关系不是很密切，这个命题看上去可能不太能被人所接受，但其中的寓意只有真正的小小说操纵者才有切身体会。写小小说这么多年，我可以把我的一点私密的心里话交付读者，那就是，小小说的技术含量是小小说作家生命的喷射，而并非纯技术的设置，也愿意以一句不当说的话在这严肃的文章中冒犯读者一次，那就是，小小说的技术含量与生命喷射的关系，就像真正的情人和性没有太大关系一样，这似乎不太让人痛快地理解和认同，因为两者一直以来就被彻底的混淆和依偎，它们那么雷同和相近，那么直逼事物的本质及人的灵魂的深层，但深入探究，它们根本就不是一码事。

真正属于生命的东西是生命中的流淌和喷涌，它没有岸边和拘束，没有任何人为的迹象和刀削斧劈，太多的技巧太多的目的，都不是生命最后的不可遏止的狂突奔涌，这个过程的酝酿一直到展现，是小说家之间最大也是最后的差异，同样都是同等的学识，同样都是同等的创作经历，同样都是同等的生活环境，同样都是同等的生存土壤，滋生的果实却千差万别良莠不齐雌雄难辨，小小说则为这一伟大的运转做了最高超的最成功的准星。

我在复旦上学时我的老师陈思和曾和我们说过这样的话，他说你们虽然写中短篇，但我提倡你们一定要先写一写长篇，哪怕不发表也要先写一写长篇。现在我明白了他的话，他是告诫我们要荡开我们的笔触，要让我们的笔像横扫文学天空的彗星，在浩渺的自己的创作空间中有徜徉之地。所以在这里我还要对广大读者推介小小说的另一种天空，我要对你们真诚地说一句，写小小说没有中短篇的基础并非能写好，只局限发表一些篇章而不能长驱远行，即使能远行也不能精粹并篇篇籽粒壮硕。陈思和是著名文艺理论家，他用他的思想概括了艺术创作的精髓，所以我要告诉大家，想做个优秀的小小说作家，中短篇长篇也要出类拔萃，否则在这条路上你的起点离终点不会遥远，这没有任何的反驳与争辩的余地。

小小说的临门一射曾让我乐此不疲，它的技巧的高超永远大于它的兄弟姐妹，中短篇创作中你可以用其他的美丽打扮你的人物和岁月，而小小说就像和母亲撒娇时专门有打动人心的绝活儿，这就是它最后的临水一照和惊鸿一瞥。

这和我的为人及行为准则分不开，我喜欢它的风貌实则是因为它帮我如何做人，一般来说对人和事我总是不愿涉猎太深，生活中的我总是蜻蜓点水保持自我心境居多，总是心在高处双脚着陆与大地一起行进，而我又时刻愿意我的内心同世界平视，也愿意把我的精彩毫不隐藏地交付芸芸众生，于是小小说便毫无阻挡地和我的个性合二为一，惊鸿便成了我行走在世的一道图腾和一个非执行不可的法规，小小说的结尾也自然而然成为我寄托所有人生理想的巢穴与窠臼。

纵观几年来走过的创作道路，应该说辛苦异常人马俱疲，日新月异中夹带着险象环生，这个月月初的某一天早晨轻风骤起，我为我历经六年创作的 200 篇小小说画上了圆满的句号，对作品而言它们可能不是这个世界最好的，但却是我最尽力最费尽心智的，它们也可能不是我最美丽最得意的果实，却是我最精心呵护和最呕心沥血的足迹，它估测了我半生创作的深浅和才华的成色，也为我重新开始的帆船加足了马力，而那一刻我行走在我漫长的上班路上，恰好云鸟停步，草木葳蕤，万物峥嵘，心绪缱绻中我感慨万千也万般凝重，带着这种复杂、劳顿还有伤感的咬噬，我给我最好的朋友发了一条短信，告诉他我心中的快慰与欣喜，苍凉与哭述，那条短信发出后，我知道这个世界有人第一个看到了我出征的旗帜。

日前穆教授的到来无疑会为中国的小小说在世界文坛争得一席之地，这诚然是我盼望和翘首以待的，同时我也希望中国的小小说不再以它的孱弱与幼小跻身于同行之中，不再因以往的价值标准存活于人们眼底最不起眼的角落，我愿意他强大无比而著作等身，愿意他繁花似锦而高奏凯歌，愿意他别致的英姿再一次与他的兄弟平分秋色，共同拥有不尽的妖娆与娉婷向世界开放般展示。

曾经是我的梦幻的小小说，曾经把我的迷恋拉入颠狂峰顶的小小说，曾经把我的膜拜叩首在朝圣路上的小小说，我要对你说一句，你是我永远倾情永远爱恋永远不败的精神家园。

创 作 年 表

（主要作品）

2004 年

《生死搭档》发表于《北方文学》第 12 期；

《戒毒》发表于《百花园》第 22 期。

2005 年

《不朽的情人》发表于《百花园·中外读点》第 1 期；

《第三者》发表于《北方文学》第 3 期发表；

《表演》发表于《小小说选刊》第 16 期发表；

《军礼》发表于《小小说选刊》第 12 期；

《第九十九首爱情诗》发表于《当代人》第 9 期；

《鱼鱼和儿子最近》发表于《北京文学》第 12 期；

《蓝天下》发表于《北京文学》第 12 期；

《放生》发表于《小说月刊》第 12 期，《微型小说选刊》第 4 期转载；

《诀别》发表于《北方文学》第 12 期；

《大路通天》发表于《北方文学》第 12 期；

《爱人，你不能对他哭》发表于《百花园·原创版》第 4 期，《微型小说选刊》第 13 期转载；

《身后情》发表于《时代文学》第 2 期，《小小说读者》2005 年 7 期转载；

《男朋友》发表于《百花园·中外读点》第 12 期；

《搏斗》发表于《百花园·中外读点》第 5 期；

《投降》发表于《文艺生活·小小说精品》第 6 期；

《礼单》发表于《文艺生活·小小说精品》第 8 期，《短篇小说选刊》第 10 期转载；

《也是母爱》发表于《小小说读者》第 6 期，入选《感动中学生的 100 篇微型小说》；

《一位普通母亲与大学生儿子的对话》发表于《芒种》第 4 期，《微型小说选刊》第 22 期转载；

《胆瓶》发表于《小小说读者》第 2 期，《短篇小说选刊》第 4 期转载；

《双盔山》发表于《百花园·原创版》第 11 期；

《国家的水》发表于《文学港》第 5 期。

2006 年

《雪祭》发表于《当代人》第 1 期，《小小说选刊》第 6 期转载；

《猎犬黑豹》发表于《百花园·原创版》第 6 期，入选《全国中学生最喜爱的 100 篇微型小说》；

《少年》发表于《小小说选刊》第 13 期"第一时间"，入选《最具阅读价值的微型小说选》

《枪响》发表于《百花园·原创版》第 10 期，《微型小说选刊》第 4 期转载；

《嘱托》发表于《百花园·小小说精选》增刊，入选《2008 年值得中学生珍藏的 100 篇校园小说》；

《花开花落》《小说月刊》第 11 期；

《吴黑米的手》发表于《天池》第 3 期，入选《感动中学生 100 篇微型小说》《中国小小说 300 篇》；

《竞选》发表于《百花园·原创版》第 5 期；

《忘记》发表于《文艺生活·小小说精品》第 5 期，《微型小说选刊》第 18 期；

《朋友》发表于《文艺生活·小小说精品》第 5 期；

《办事儿》发表于《百花园·中外读点》第 10 期，《微型小说选刊》第 1 期转载；

《更正》发表于《天池》第 5 期，《微型小说选刊》第 2 期；

《营救》发表于《微型小说选刊》第 2 期原创擂台；

《意外事件》发表于《小说月刊》第 4 期，《微型小说选刊》第 12 期转载；

《谁还敢嫁你》发表于《文艺生活·小小说精品》第 8 期；

《情同手足》发表于《微型小说选刊》第 10 期"名人新作"；

2007 年

《裸浴》发表于《小说月刊》第 1 期，《微型小说选刊》第 6 期转载；

《守身》发表于《小说月刊》第 3 期，《小小说选刊》第 9 期转载；

《借米》发表于《文艺生活·精品微型小说》第 11 期，《特别文摘》第 8 期转载；

《化简程序》发表于《青春》第 7 期，《微型小说选刊》第 18 期转载；

《你到底爱不爱我》发表于《小说月刊》第 6 期，《微型小说选刊》第 16 期转载；

《饯行》发表于《北京文学》第 12 期，《小小说选刊》第 23 期转载；

《寻岸》发表于《微型小说选刊》第 7 期"名人新作"，入选《中国小小说 300 篇》；

《败将》发表于《小小说选刊》第 21 期"第一时间"，入选《2007 中国年度小小说》。

2008 年

《随风飘去》发表于《小说月刊》第 2 期，《微型小说选刊》第 11 期转载；

《至交》发表于《天池》第 5 期，《微型小说选刊》第 16 期转载；

《我想有个家》发表于《文艺生活·精品小小说》第 5 期，《小小说选刊》第 13 期转载；

《布控》发表于《天津文学》第 7 期，入选《最具中学生阅读的小小说年选》；

《大爱》发表于《小小说选刊》第 17 时"第一时间"，《润·文摘》第 11 期转载，入选 2008 年《金麻雀获奖作品》。

2009 年

《通往天堂的路》发表于《小说月刊》第 9 期，入选《2009 年中国小小说年选》；

《坚强的豆苗》发表于《微型小说选刊》第 3 期"名人新作"；

《爱情芭蕾》发表于《小说月刊》第 8 期，入选《2009 中国年度微型小说精选》；

《底牌》发表于《天池》第 1 期；

《宅男》发表于《百花园·中外读点》第 8 期；入选《2009 中国年度微型小说精选》；

《家园》发表于《小小说·大世界》第 2 期。

2010 年

《火烧云》发表于《新课程报·语文导刊》第 5 期；

《绝地哺乳》发表于《新课程报·语文导刊》第 7 期；

《车衣服》发表于《新课程报·语文导刊》第 9 期；

《聪明的斡旋》发表于《新课程报·语文导刊》第 11 期；

《爸爸，我是卡拉》发表于《新课程报·语文导刊》第 13 期；

《阳台里的绳子》发表于《新课程报·语文导刊》第 15 期，获第 12 届全国小小说优秀作品奖。